我的三壘手

Last Days of Summer

Steve Kluger 史蒂夫・克魯格　著
陳宗琛　譯

鸚鵡螺文化

INFINITIME

鸚鵡螺，典故來自不朽科幻經典
《海底兩萬哩》中的傳奇潛艇，
未來，鸚鵡螺將在無限的時空座
標中，穿越小說之海的所有疆界
，深入從未有人到過的最深的海
域，探尋最頂尖最好看的，失落
的經典。

有一種朋友，他會跟你說笑話，會捉弄你，挖苦你，甚至還會罵髒話。然而，他的笑話，會讓你笑完之後想掉眼淚，而在你面臨危難的時刻，他願意不顧一切挺你到底。甚至，因為他，你發現了自己內心深處擁有某種值得珍惜的特質，同時也彌補了自己生命中的缺憾。

這樣的朋友，一輩子能有一個，你已經非常幸運。

序曲

白宮　函

日期：一九三六年十一月二十六日

親愛的喬弟

首先，我要向你致上最深的謝意，謝謝你捐贈的一塊錢競選經費。另外，關於你建議降低選舉投票年齡的事，我審慎考慮過之後，結果恐怕還是要讓你失望了。投票年齡的底線必須維持在十八歲，九歲是絕無可能。當然，我真心希望能夠降低到九歲，可惜卻愛莫能助。但無論如何，你的熱情支持還是令我非常感動。

謝謝你對我的讚譽，我太太也非常感激。但願未來的四年我能夠持之以恆，不致於辜負長久以來你對我們的信任。

祝　平安愉快

法蘭克林羅斯福　謹啟

經過這許多年，布魯克林的面貌已經完全變了。當年，所謂的非商業區就是指「納森熱狗」、或是「派拉蒙戲院」。要是你心血來潮，想喝瓶橘子汽水，來根香噴噴的熱狗，或是有閒功夫聽那些百無聊賴的美國大兵扯一堆戰場上的豐功偉業，那麼，「納森熱狗」就是你該去的地方。而「派拉蒙戲院」呢，四〇年代紅透半邊天的好萊塢冷艷巨星薇若妮卡雷克（Veronica Lake）就是在那裡公開獻吻、販賣戰爭公債，結果，她一個人募到的錢差不多就足以支付諾曼第登陸的全部軍費。至於商業區，指的就是「市政新聞大樓」。要是你有時間在那裡混上一整天，仔細偷聽四周的人說話，那麼，你就會知道「巴丹戰役」並不只是一部電影。至於市中心區，當然就是指佛萊特布希區。每年一到七月四日國慶日，第433步兵師都會在這裡遊行。隊伍最前面的樂隊會演奏充滿爵士風味的進行曲，從雄兵廣場出發，而部隊就跟在後面一路前進。

巨砲班克斯痛宰愛荷華市5：0

〈伊利諾州春田市五月十四日報導〉十九歲的新秀查理班克斯掀起風雲，帶領春田市藍夾克隊輕鬆擊敗愛荷華市。他先在第二局轟出一支陽春全壘打，又在第八局下半轟出再見全壘打。今年四月初，班克斯參加藍夾克隊的選拔賽，沒有入選，沒想到他硬是衝上球隊的巴士，打死都不肯下來，結果，藍夾克隊只好讓他加入。從那時候起，這位火爆浪子年輕三壘手就成了當地的傳奇人物。

我是在布魯克林長大的。在那裡，我慢慢知道什麼叫「納粹突擊兵團」，嚐到紐約著名的「巧克力蘇打奶油」是何等滋味，知道什麼叫「高砲攻擊」，知道雨鞋是橡皮做的，穿了腳就不會濕。在布魯克林，我慢慢知道瑪瑙彈珠不是普通人買得起的，只能乖乖玩鐵彈珠。當年，在布魯克林的電影院，電影開場前都會播新聞影片，影片裡常常看得到幾十萬德國士兵穿著笨重的鐵靴踢正步。每次看到那種畫面，都會聽到自己的胃發出奇怪的聲音。那是快吐出來的聲音。在布魯克林，隨便哪個小孩都知道「柯林凱利上尉」的傳奇。珍珠港事變三天後，上尉帶著他的組員開了一架B—17轟炸機，只帶了三顆炸彈就把日本榛名號巡洋艦炸沈到海底。在布魯克林，每個小孩都知道這個傳奇，可是卻搞不清楚密西根州的首府是哪個城市。在布魯克林，最接近天堂的感覺，就是聞到康尼島主題樂園裡瀰漫的爆米花香，或是看到一架「無畏式」俯衝轟炸機從布魯克林海軍造船廠起飛，機身上的藍底白邊真的會迷死人。在布魯克林，最接近天堂的感覺，就是聆聽偉大的爵士樂手葛倫米勒（Glenn Miller）。拉上窗簾，沈浸在黑暗中，聽著收音機裡傳來葛倫在「葛倫島賭場」（現在，那裡已經成為音樂聖地）現場演奏「月光小夜曲（Moonlight Serenade）」，那樣的時刻，感覺就像在天堂。在布魯克林，我也漸漸意識到自己原來是個猶太人，而我第二要好的朋友是個日本人，還有，我爸爸從來不回家。

「娜娜伯特，我爸爸在嗎？」

「噢，小朋友，他現在沒空接你電話。我們馬上就要去蒙地卡羅了，可惜外面到處都是德軍，房間都訂不到，真要命。我看，你就等這個月十八號以後再打電話給他吧。」

第五局結束，班克斯食物中毒不支倒地

〈密蘇里州，喬普林市，六月二十四日報導〉威名遠播的「雷辛鎮火箭」班克斯墜落了，沒有機會再繼續締造連續三十八支安打的輝煌紀錄。班克斯吃了一罐腐壞的鯷魚罐頭，導致食物中毒，不過，今天下午和喬普林隊比賽的時候，前五次打擊依然表現亮眼，連續擊出安打，結果，到了第十一局，他終於不支倒地，在壘上遭到雙殺。

高燒四十度，被人用擔架抬出球場的時候，他虛弱無力的說：「我還以為那是沙丁魚。」有人問他是怎麼訓練出這種驚人的耐力，有辦法撐到第十一局，這位十九歲的三壘手回答說：「3C訓練出來的。在那裡，除非你死了，否則你就得繼續幹。」（譯註：3C，Civilian Conservation Corp. 的簡稱，公共資源保護隊。經濟大蕭條時期，美國聯邦政府提供失業青年工作機會，在全美各地進行公共建設。）

我們本來住在威廉斯堡區，那裡住的絕大多數都是哈西德教派的猶太人。爸媽離婚後，我媽就帶我搬走了，搬到貝德福大道和蒙哥馬利街口的一棟紅石屋。家家戶戶庭院上都有信箱，上面用油漆噴上那家人的姓：「柯瑞里、維拉斯卓、費奧瑞、畢爾曼、狄西科、德爾維奇奧」。光看信箱上那些義大利人的姓，我已經可以預見十幾歲的我接下來會有什麼下場。雖然我才剛搬來，還不確定這裡的義大利人會

怎麼「招呼」我這個猶太人，不過我可以百分之百斷定，頭破血流一定是少不了的。另外，我媽媽和凱莉阿姨有一些引人側目的舉動，比如說，小義大利迎神節那天，她們竟然當眾點燃猶太安息日的蠟燭，而且，她們為了上猶太教堂，竟然從義大利人聖母教會的遊行隊伍中間穿過去，還有，她們會送食物給那些陣亡義大利士兵的遺孀，問題是，她們送的是烤牛肉香腸和猶太馬鈴薯餡餅。不過，倒也不能一口咬定說她們這樣做會導致我的處境雪上加霜。搬到這裡來的第一天，我估計自己大概還剩下一個禮拜可以活，不過，當我第一眼看到藍尼畢爾曼，我就明白自己肯定活不到一個禮拜，頂多只有三天。但儘管如此，我還是決定要努力活下去。

「喂，馬古力家的臭小子，誰說你可以過馬路到這邊來？這條路，猶太鬼只准走對面。」

啪！

班克斯勇奪聯盟最高榮譽

〈伊利諾州芝加哥十二月十八日報導〉今天，中西部聯盟進行投票，全體會員一致通過，將一九三七年的亨利查德威克獎頒給查理班克斯。這是該聯盟創立六十一年來第二度將這項最高榮譽頒給新進球員（第一次是一八九八年的「火雞」麥克唐林）。當時，現年二十歲的班克斯正在他的家鄉威斯康辛州的雷辛鎮。據說，他接到大會的電報通知後，立刻回了一封電報問：「亨利查德威克是誰啊？」很多球隊爭先恐後提出優渥的合約，企圖從春田市藍夾克隊手中買下查理，但都被該隊高層拒絕了。據說其中一支球隊就是布魯克林道奇隊……

還不到十二歲的時候，我就已經很討厭道奇隊，一聽到道奇就想吐。然而，布魯克林這邊的人普遍都有一種莫名其妙的情結，認為他們雖然一天到晚輸球，但還是一支很可愛的球隊。可是在我看來，把「很可愛的」這種形容詞拿掉，大家就比較容易看清真相：一天到晚輸球。道奇隊沒長腦袋又缺乏訓練。假如他們好歹有一兩個天才好手，卻只是因為訓練不夠，一天到晚輸球，我或許會同意他們「很可愛」，但問題是，全道奇隊沒半個球員是打球的料，甚至可以說，連棒球長什麼樣子都不知道。好比說，道奇隊的游擊手是一個叫杜夫卡米里的矮冬瓜，一開始還有模有樣，後來就黔驢技窮。他們竟然幫他取了個綽號叫「小鋼砲」，簡直是肉麻當有趣。三壘手叫古奇拉瓦加多，那傢伙平常根本連上場打擊的機會都沒有，只能幫別人代打。真奇怪，怎麼沒有人想到要去問問道奇隊的高層，為什麼他們隊上全是這種貨色。另外，還有一個叫李奧杜洛奇的傢伙。我沒想到的是，我那個日本人好朋友中村克雷竟然把他當成偶像，可是在我看來，那傢伙根本就應該關進籠子裡，而且，不管是警察局的籠子，還是動物園的籠子，都沒什麼差別，看哪邊有空出來的籠子就關進哪邊，反正，關進籠子就對了，他根本不應該出現在球場上。那些日子我已經很倒霉了，而且，我對道奇隊的痛恨已經到了無以復加的地步，但很不幸，我房間的窗口偏偏又正對著道奇隊的大本營「艾比特球場」，而更不幸的是，整個佛萊特布希區好像只有我一個人痛恨道奇隊。我們這裡流傳著一首打油詩，你光聽內容就不難想像我的日子有多難過。

道奇道奇我們為你喝采
你的光芒比球場的燈火更燦爛。
道奇道奇我們為你瘋狂，
你的威力就連天神也無法抵擋。

當然，當時還不過是一九四○年，根本還沒有所謂大眾心理學這玩意兒，我哪會分析自己有什麼鬼「情結」？所以我一直都沒有意識到，我之所以會如此痛恨道奇隊，其實是因為我爸爸瘋狂迷戀那支見鬼的球隊。不過，我唯一可以確定的是，在布魯克林，我休想找得到我心目中的偶像。所以，我只能到別處去找——問題是，結果還是讓我有點失望。

日期：一九四○年二月十四日

白宮　函

親愛的喬弟

不久前，你寫了一封信給羅斯福總統，他請我代為回覆，並請你放心，他也和你一樣，一直在留意丹麥的動靜。你提到第一次世界大戰期間，英國皇家郵輪盧西塔尼亞號被德軍潛艇擊沈，導致美國參戰，並以此推論，建議總統向英國皇家空軍提供軍事援助。儘管你的推論很有道理，但我相信你應該明白，現在時機尚未成熟。不過，總統會儘快將你的建議轉達給英國首相納維爾張伯倫先生。

敬祝　平安愉快

新聞祕書　史蒂芬爾利

一九四〇年四月九日那一天，我忽然有一股衝動，很想這輩子乾脆去殺人放火幹歹徒算了。那天，爸爸本來應該要帶我去康尼島，上次打電話給他，他的祕書說他會回電話給我，可是我卻一直等不到電話。那天，我的左眼又被打腫了，一團黑紫。那天，日本宣稱他們只是暫時借用南京，不過，鬼才相信。那天，我開始被希特勒嚇得屁滾尿流。

地鐵肯納西線有一站是在大都會街，那天，我鬼鬼祟祟躲在車站一根柱子後面，打算幹下這輩子第一樁犯罪勾當：偷一根櫻桃棒棒糖。車站書報攤的櫃台上有一個玻璃罐，裡頭裝滿了櫻桃棒棒糖。老闆是一個火爆脾氣的老頭，眼睛瞎了，養了一條半死不活的小獵犬，櫃台上擺著一個錫杯。要不是因為我很清楚他是天底下最凶狠刻薄的臭老頭，否則，在某些多愁善感的時刻，說不定我會承認他算是個老好人，只是脾氣有點暴躁。「你好啊，小兔崽子。」這瞎老頭比蝙蝠還機靈，聽聲音就知道我來了，打招呼還是一樣笑裡藏刀。看他那副樣子，我僅剩的一絲罪惡感也消失無蹤了。我決定要下手。我打算走進他的書報攤，裝模作樣買一份「布魯克林鷹報」，其實是要聲東擊西，引開臭老頭的注意，然後趁機伸出左手摸進櫃台上那個裝滿棒棒糖的玻璃罐。

「報紙一份。」

「兩分錢，好了，你可以滾了。」老天！有機會得手了！我悄悄抓住一根棒棒糖，這時候，一班列車轟隆隆呼嘯而過。由於沒有乘客要上下車，所以車子根本沒減速，一路繼續衝向孟羅斯堡、摩根、迪卡布，彷彿急著要衝到地獄終點站。後來，列車走遠了，月台上又恢復一片死寂。沒想到，才一下子，我立刻又聽到另一種驚心動魄的聲音。

「臭小子，髒手拿開，不要碰我的糖罐！」

不用說，這輩子我再也不敢靠近那個糖罐。

不過，更驚心動魄的是那份報紙。

布魯克林鷹報

一九四〇年四月九日星期二

德軍佔領丹麥，攻擊奧斯陸，挪威對德宣戰
希特勒步步進逼斯堪地那維亞半島

巨人隊簽下火爆浪子三壘手

記者伯特哈奇曼，紐約巨人隊球場特別報導

（一九四〇年四月九日星期二紐約報導）紐約巨人隊今日宣布，昨天深夜，他們已經和中西部聯盟

的春田市藍夾克隊達成交易，從他們手中簽下三壘手查理班克斯，就此結束了一場競標大戰。參與競標的對手，包括芝加哥小熊隊，華盛頓參議員隊，聖路易市紅雀隊，還有波士頓蜜蜂隊。

現年二十二歲的班克斯生於威斯康辛州，自從三年前加入春田市藍夾克隊之後，他就已經成為全國新聞體育版的焦點。這一方面是因為他的打擊率長期維持在駭人聽聞的 .369，另一方面則是因為他惡名昭彰的拳頭。據他說，「要是有人當我的面嘴巴不乾不淨」，他的拳頭就會失去控制。小聯盟所有的打擊排名項目，他一個人包辦了全部的第一，而且最近還拿下了「史伯丁盃」（譯註：這個獎項是為了紀念 A. G. Spaulding，美國職棒史上第一位拿下兩百勝的投手）。儘管如此，對這個天才球員最崇高的禮讚，來自另一位赫赫有名的大人物：羅斯福總統。去年夏末，曾經擔任紐約州長的法蘭克林羅斯福公開宣稱這位右打者是「美國的祕密武器」。後來，有人告訴他總統讚美他，當時他的反應是：「總統？總統是幹什麼的？」

巨人隊的經理比爾泰瑞對小聯盟出身的查理更是推崇備至，形容他是「羅傑布瑞斯納漢第二」（譯註：Roger Bresnahan，二十世紀初的美國職棒巨星，曾於 1905 年代表紐約巨人隊贏得職棒大聯盟總冠軍，同時也是打擊頭盔的發明人。）比爾甚至還預測，明天，巨人隊的主場馬球球場即將進行開季的第一場比賽，查理很可能要立刻上陣，和現任的三壘手梅爾奧特輪流上場防守。據說，奧特聽到這個消息，冷冷哼了一聲說：「來啊！我們大家都在等著瞧！」

另外，布魯克林道奇隊極力否認他們也想延攬這個菜鳥，不過，有傳聞說他們不遺餘力想阻撓巨人隊搶到……

（接下一版）

一九四〇

紐約市布魯克林區布希維克街 1215 號

布魯克林區少年感化院 函

受文者：拉封丹院長
發文者：卡哈納輔導官
主 旨：馬古力家的孩子

一，他不肯吃晚飯。他說他想吃黑麥麵包夾牛胸肉，結果我們在麵包裡夾烤羊肉，騙他說那是牛胸肉，可是他根本不上當。

二，他說他渾身上下都痛，非常痛苦，要我們立刻放他走。他說他有盲腸炎，心臟病，而且還感染了白喉，小兒痲痺，甚至還有淋病（每一種病的名稱他甚至都能準確的說出學名）。事實上，我們認為他只是有點發燒，所以給他吃阿斯匹靈，喝點柳橙汁，果然他很快就退燒了。

三，我們一直追問是誰打他的，可是他卻堅決不肯透露，甚至不肯承認有人打他。他說他是被載青菜的卡車撞到。他被打得很慘，看起來，應該是畢爾曼那個頑劣小子幹的，問題是，那孩子不肯指證，我們也愛莫能助。

四，我們已經通知那孩子的母親和阿姨，她們下午三點半就來了，在接待室一直等到現在。其實，現在就讓她們見喬弟，並不妥當，最好是等個幾天，或至少要等他臉上的傷口癒合得差不多了再說。媽媽和阿姨都不知道那孩子一再遭到毆打的事。每次被打，他都是告訴她們他只是騎腳踏車摔倒。另外，有件事我必須附帶報告一下：嘉汀格太太（孩子的阿姨）不知道用什麼辦法把接待室每個人的宗教信仰都查得一清二楚，現在，她只肯和葛林堡輔導員說話。

五，我們打電話到他父親位於曼哈頓的住處，打了好幾次都找不到人。管家說已經留言轉告他，可是到目前為止他一直都還沒回電。

六，我們問那孩子願不願意告訴我們為什麼要做那件事，結果他竟然回了一句黑社會電影台詞：「你們這些死條子，到底要把我關在這個臭格裡關多久？你們不怕被我做掉嗎？」基於他今年才十二歲，我們當然不會把這種威脅的話當真，不過，為了禮尚往來，我們也搬出電影裡的台詞來回敬他。在全院的同仁當中，法瑞森戒護官的聲音聽起來最像那個專演黑道的反派明星艾德華羅賓遜，所以就由他來負責表演。他對那孩子說：「是嗎？你給我聽著臭小子，要是你再不招供，我們就把你送進大籠。」結果根本沒用。後來他換了一招，企圖賄賂，說要是我們願意放他出去，他要請我們去看明年上映的「梟巢喋血戰」。

七，我們已經聯絡過心理輔導部的魏斯頓醫師，他明天早上會來幫那孩子做心理分析。另外，我要附帶提醒全院同仁：喝水要小心。

不准在蓄水池小便

作者：喬弟馬古力

不准在蓄水池小便。不准在蓄水池小便。不准在蓄水池小便。不准在蓄水池小便。

不准在蓄水池小便。不准在蓄水池小便。不准在蓄水池小便。不准在蓄水池小便。
不准在蓄水池小便。不准在蓄水池小便。不准在蓄水池小便。不准在蓄水池小便。
不准在蓄水池小便。不准在蓄水池小便。不准在蓄水池小便。不准在蓄水池小便。
不准在蓄水池小便。不准在蓄水池小便。不准在蓄水池小便。不准在蓄水池小便。
不准在蓄水池小便。不准在蓄水池小便。不准在蓄水池小便。不准在蓄水池小便。
不准在蓄水池小便。不准在蓄水池小便。不准在蓄水池小便。不准在蓄水池小便。
不准在蓄水池小便。不准在蓄水池小便。不准在蓄水池小便。不准在蓄水池小便。
不准在蓄水池小便。不准在蓄水池小便。不准在蓄水池小便。不准在蓄水池小便。
不准在蓄水池小便。不准在蓄水池小便。不准在蓄水池小便。不准在蓄水池小便。
不准在蓄水池小便。不准在蓄水池小便。不准在蓄水池小便。不准在蓄水池小便。
不准在蓄水池小便。不准在蓄水池小便。不准在蓄水池小便。不准在蓄水池小便。
不准在蓄水池小便。不准在蓄水池小便。不准在蓄水池小便。不准在蓄水池小便。
不准在蓄水池小便。不准在蓄水池小便。不准在蓄水池小便。不准在蓄水池小便。
不准在蓄水池小便。不准在蓄水池小便。不准在蓄水池小便。不准在蓄水池小便。
不准在蓄水池小便。不准在蓄水池小便。不准在蓄水池小便。不准在蓄水池小便。
不准在蓄水池小便。不准在蓄水池小便。不准在蓄水池小便。不准在蓄水池小便。
不准在蓄水池小便。不准在蓄水池小便。不准在蓄水池小便。不准在蓄水池小便。
不准在蓄水池小便。不准在蓄水池小便。不准在蓄水池小便。不准在蓄水池小便。

診療醫師：唐納魏斯頓醫師　　診療對象：喬弟馬古力

問：你的臉怎麼了？
答：「袋鼠拳王」傑克田普西三回合就把我擺平了。全國報紙都登了。
問：你好像不怎麼信任我，是不是？
答：你說對了。
問：想吃顆糖果嗎？
答：不想。
問：要喝點水嗎？
答：不要。
問：想來根煙嗎？
答：你知道我才十二歲嗎？或者說得更準確一點，到七月八日滿十二歲。
問：很多小孩在你這個年紀都會抽煙。
答：那是他們。不過，可以來杯白蘭地嗎？
問：我這裡剛好沒有。
答：想也知道。
問：你媽媽會抽煙嗎？
答：不會，不過她會開車。
問：想不想聊聊你爸爸？

答：他是飛行員。他和林白合作打造了「聖路易精神號」，而且還跟那個「迷航柯利根」聯手打造了「科特斯羅賓號」。有時候，他還會開飛機載我跨越——（譯註：柯利根，本名 Douglas Corrigan，美國飛行員，一九三八年他曾經謊稱儀表誤判，故意從紐約違法飛到愛爾蘭，從此得到綽號「迷航柯利根」——Wrong Way Corrigan」）

問：你爸爸不是開紡織廠的嗎？

答：噢，對了，我差點忘了。

問：你喜歡爸爸嗎？

答：喜歡。

問：為什麼喜歡？

答：我也不知道為什麼。

問：他為什麼不肯陪你吃午飯？

答：可能是因為有客戶要到他辦公室跟他談尼龍的問題。還有，娜娜伯特老是說他不在辦公室。

問：娜娜伯特是誰？

答：他太太。他們住在第五街。

問：這樣會讓你覺得心裡不舒服嗎？

答：還好吧。

問：他告訴你他沒辦法過來陪你吃中飯的時候，你做了什麼。

答：我點了一份雞尾酒蝦和一份牛排。餐廳領班是肯尼，他都叫我小伙子。當年他是我爸爸在猶太小學的同學，每次去那家餐廳，他都會讓我記賬。

問：接下來你就跑到蓄水池小便？

答：還沒，我先去廉價商店買了一條金魚，然後吃掉。

問：你剛剛講的這些，有多少是瞎編的？

答：全都是。問這個幹嘛？

問：喬弟，你有沒有想過，說不定你是為了想引起你爸爸的注意，所以才故意闖禍？

答：你是說心理學上那種「負面行為引起注意」嗎？

問：呃……對。

答：沒有用的。就算警察出面，他還是一樣不會來。

問：你覺得他真的不會來？

答：不會。他要跟客戶談尼龍的問題。不過他答應過我要帶我去世界博覽會。

問：你的臉怎麼了？

答：我去搶銀行。我想學「黎明搏命」裡的詹姆斯卡格尼，那句台詞好經典，他對警察大喊：「臭條子，不要擋路。」

問：你真的去搶銀行？

答：沒有啦，用來嚇唬人很有效。一般人聽到搶銀行就嚇得屁滾尿流。

問：聊聊你媽媽好嗎？

答：我的內褲被她煮熟了。

問：什麼？

答：你沒聽到嗎？我說我的內褲被她丟進鍋子裡煮，有一次一隻襪子差點被凱莉阿姨吃掉。

問：你喜歡她嗎？

答：你是說凱莉阿姨嗎？

問：不，我是問你喜不喜歡你媽媽？

答：我愛她。非常愛她。

問：她說你在學校裡不太能適應。

答：那是因為希克斯老師精神崩潰，是我害的，不過我不是故意的。

問：怎麼回事？

答：我在「權利法案」裡面看到棒球高飛犧牲打的規則，她不相信，於是我就翻給她看。後來她就被送進醫院了。

問：我拿幾張圖片給你看看好不好？

答：好啊。

問：來，你覺得這張圖看起來像什麼？

答：羅夏克墨跡心理測驗。

問：喬弟——

答：好吧好吧。這是巨人隊主場馬球球場的中外野。這裡是露天看台。四月十號那天，查理班克斯就是一棒把球打到那裡。就連「洋基快艇」狄馬喬在一九三六年系列賽也沒打到那麼遠過。有史以來只有查理辦得到。

問：你好像很以他為榮。

答：沒錯。

問：你的臉怎麼了？

答：我的頭被捲進收割機。

問：來，再看看這張。你覺得看起來像什麼？

答：三壘。那就是查理的守備位置。那邊是右外野，這裡是本壘板。你知不知道四月十九號那天球場上發生什麼事？

問：查理班克斯轟出三支全壘打。

答：你怎麼知道？

問：誰不知道？

答：布魯克林就沒人知道。我恨死布魯克林。

問：我可以想像。

答：真的？

問：是誰把你打成這樣？是藍尼畢爾曼幹的嗎？

答：是他先叫我猶太鬼。我告訴他，查理班克斯是我最要好的朋友，可是他不相信。

問：為什麼不相信？

答：因為我騙他。

問：來，再看看另一張。

問：你看，你覺得看起來像什麼？
答：你自己覺得呢？
問：呃……應該還是馬球球場吧，對不對？
答：你是在諷刺我嗎？
問：沒有啊。你為什麼會這樣問？
答：因為這張看就知道是威斯康辛州的地圖，斜著看。這裡就是雷辛鎮，查理出生的地方。
問：查理班克斯？
答：不然還會是誰？
問：打你的人應該不只畢爾曼一個吧？對不對，喬弟？
答：對，還有德瓦奇。
問：那你打算怎麼辦？
答：不知道。

收件人：紐約巨人隊三壘手　查理班克斯先生

地　址：紐約市古根角馬球球場

親愛的班克斯先生

我今年十二歲，我得了絕症，恐怕活不久了。我的症狀很可怕，長期住在醫院裡，從早到晚躺在床上，發高燒，皮膚慘白。這是因為我血液中的血球量已經幾近於零。我想你應該也知道，人體必需有血球才能產生抗體。另外，我全身癱瘓，有時候，身體的劇痛會讓我半夜慘叫起來，忍不住向上帝哭喊：「主啊！主啊！」

我會寫這封信，是因為我在雜誌上看到過一篇文章，說貝比魯斯到醫院去探望一個垂死的男孩。雖然他給了男孩一張簽名照片，但那孩子真正希望的，是貝比魯斯為他打出一支全壘打。後來，他果然打了一支全壘打，而沒想到那孩子的白血病竟然就這樣好了。所以，我對你只有一個要求，那就是，當你心血來潮，你可以伸手指向左外野對大家說：「這一球獻給我的好朋友喬弟馬古力。」（如果有現場廣播那就更好了），然後揮棒。

但願你能夠儘快為我這麼做，因為，我的時間已經不多了。

你誠摯的好朋友　喬弟馬古力

收件人：喬弟馬古力先生　　　　　　　地　址：紐約市布魯克林區蒙哥馬利街 236 號

親愛的朋友

非常感謝您的來信，也謝謝您的讚美。隨信附上一張您索取的簽名照。
希望您繼續努力練習，有朝一日也能夠成為強打。

祝平安愉快

查理班克斯

收件人：紐約巨人隊三壘手　查理班克斯先生　　　地　址：紐約市古根角馬球球場

親愛的班克斯先生

我今年十二歲，我眼睛瞎了。這種不見天日的感覺真的很可怕，不過，我並不是天生的盲人。很久很久以前，我還能夠跟別人一樣，到溪邊去游泳，到森林裡蓋樹屋，每天都有新的冒險。從古到今，每個男孩都是這樣長大的。有一天，我眼睛開始分泌黏液，從此以後，我就再也沒有看到過陽光了。

我寫這封信，是因為我在雜誌上讀到一篇報導，說「鐵馬」賈里格有一次到醫院去探望一個盲眼的男孩，他答應要為那男孩打出一支全壘打，後來，當他真的打出全壘打的時候，那孩子在收音機裡聽到了，立刻大喊了一聲：「我看得見了！我看得見了！」

班克斯先生，要是你願意像當年的「鐵馬」賈里格一樣，為我打出一支全壘打，那對我的意義有多重大，你恐怕很難想像。你甚至不需要刻意挑某一場比賽擊出全壘打。反正你隨時有可能擊出全壘打，所以只要你一上場打擊（有電台現場轉播的時候），你就可以預先當眾宣告說：「這支全壘打獻給我的好朋友喬弟馬古力。」

不能再寫了。我眼前一片黑暗，什麼都看不見。

謝謝你。

你誠摯的好朋友　喬弟馬古力

收件人：喬弟馬古力先生　　地　址：紐約市布魯克林區蒙哥馬利街 236 號

親愛的朋友

非常感謝您的來信，也謝謝您的讚美。隨信附上一張您索取的簽名照。
希望您繼續努力練習，有朝一日也能夠成為強打。

祝平安愉快

查理班克斯

診療醫師：唐納魏斯頓醫師　診療對象：喬弟馬古力

問：你該不會認為你真的辦得到吧？

答：我才剛開始熱身。這件事不容易，不過，只要讓我查出他住哪裡，事情就好辦了。

問：你眼睛又受傷了，又被打了嗎？

答：想不起來了。舊傷新傷我自己也搞不清楚。

問：怎麼回事？

答：我不小心掉到地鐵月台下面，被列車撞到。這樣吧，我們再來看那些棒球圖片好不好？

問：好啊。

問：你覺得這張看起來像什麼？

答：一個侏儒躺在地上，那根翹起來。

問：誰教你這樣說話的？

答：「道上兄弟教的，懂嗎？我從小就在道上混，道上，現在他們想要我的命。」沒看過那部電影嗎？對了，告訴你一件事，我住在漫畫裡那個「青蜂俠」樓上，他認為我就是「影子俠」，我們寫密碼信傳遞消息，用一根線吊信，從窗口隔著防火梯放到樓下，或是拉到樓上，就像「掃黑俠」那樣。

（譯註：掃黑俠，Gangbuster，美國ＤＣ漫畫雜誌的超級英雄）

問：為什麼要這樣？

答：因為納粹不留活口。

問：聽起來好像很嚴重。

答：那還用說。你應該知道蘇利文街上那個開鐘錶店的老太太吧？

問：你是說奧堡太太？

答：要提防她。她是納粹派來的破壞份子。

問：開什麼玩笑，你不知道她跛腳裝義肢嗎？

答：她就是把手榴彈藏在義肢裡。我寫了一封密碼信警告青蜂俠，可是線斷了，信掉到馬路上，現在落在納粹間諜手裡。現在，我們的身分被他們發現了。

問：算了。來，你覺得這張看起來像什麼？

答：一根旗杆。

問：哪裡的旗杆？

答：在本壘板後面正中央的巨人隊休息區前面。每次他們播放「棒球之歌」的時候，我都是站在查理旁邊，摘下帽子平放在胸口。

問：你說的是巨人隊的隊歌嗎？

答：不是。是美國國歌。

問：那你爸爸在哪裡？

答：他在看台上。

問：他也是巨人隊的球迷嗎？

答：不。他挺布魯克林道奇隊。

問：那你會覺得很不是滋味嗎？

答：只有在他帶娜娜伯特一起去的時候。

問：他常常帶她一起去看棒球嗎？

答：上次我打了一記界外球，正好打在她頭上，從那次以後，她就沒有再去了。這是查理教我的。

問：你好像不太喜歡娜娜伯特，是不是？

答：她指甲好長，塗得好紅。凱莉阿姨說，那哪是指甲，根本就是爪子。長那種爪子，我打賭她空手就可以爬上克萊斯勒大樓。我爸爸帶我去世界博覽會的時候，竟然還帶她一起去。我真巴不得那座尖塔倒下來壓在她身上。

問：你離開過布魯克林嗎？

答：沒有。我會怕。

問：怕什麼？

答：怕看到煙。我怕自己回頭去看，看到布魯克林被燒成一團煙，然後我就會變成一根鹽柱。你忘了聖經創世紀是怎麼說的嗎？羅德的太太就是這樣變成一根鹽柱。

問：我沒忘。

答：那你幹嘛一直笑？你覺得很好笑嗎？等下次查理班克斯帶我去巡迴比賽的時候——

問：喬弟，你聽我說。查理班克斯根本不認識你，所以他不可能會帶你去巡迴比賽。

收件人：人口統計局　　地　址：威斯康辛州雷辛鎮馬凱特街 964 號

人口統計局的先生你好

我叫喬弟馬古力班克斯，今年八歲，最近學校給我們一個作業，要我們排族譜。可是我爸爸去年過世了，沒辦法幫我，所以我的老師希克斯太太就叫我寫信給你們。關於我們這個家族，我知道得很少，只知道當年祖父一家人是從雷辛鎮搬過來的，另外，我有個表哥叫查理，他是一九一七年生的。唯一有辦法聯絡他的人只有我爸爸，可是他已經過世了。

拜託你們幫助我找到查理。

敬祝愉快

喬弟馬古力班克斯

收件人：喬弟馬古力班克斯　　地　址：紐約市布魯克林區蒙哥馬利街 236 號

親愛的喬弟

謝謝你的來信。你的老師很聰明，建議你寫信給我們。她做得很對。這樣一來，我們就能夠幫助你學會利用政府所提供的便利服務。我很驚訝的是，你竟然只有八歲，因為通常會寫信給我們的，都是年紀比較大的小朋友。

通常，你必須先提供更詳細的資料，我們才有辦法幫助你，比如說，你父親的名字。你上次來信忘了告知我們他的名字。雷辛鎮有很多姓班克斯的家族，不過，我發現其中只有某一家有一個叫查理的人出生於一九一七年。(另外，根據我們資料上的紀錄，你父親赫伯特還活著，不過，收到你的來信之後，我們立刻修正了紀錄。而且，我們還把你的名字也加進資料裡。你看，政府固然可以協助民眾，而回過頭來，民眾也同樣可以協助政府！)

查理住在紐約市河濱大道615號，事實上，就在你家附近！根據資料，他好像是一位運動員，所以，他應該足以讓你引以為榮。此外，你們還有另外一位表姐艾薇，最近搬到愛荷華州的德梅因，而且，查理還有一個哥哥叫哈蘭，七年前因腦震盪去世。很遺憾。

隨信附上你們家族的完整族譜，但願能夠幫助你得到好成績！

敬祝平安愉快

檔案管理員　艾西麥基維

族譜

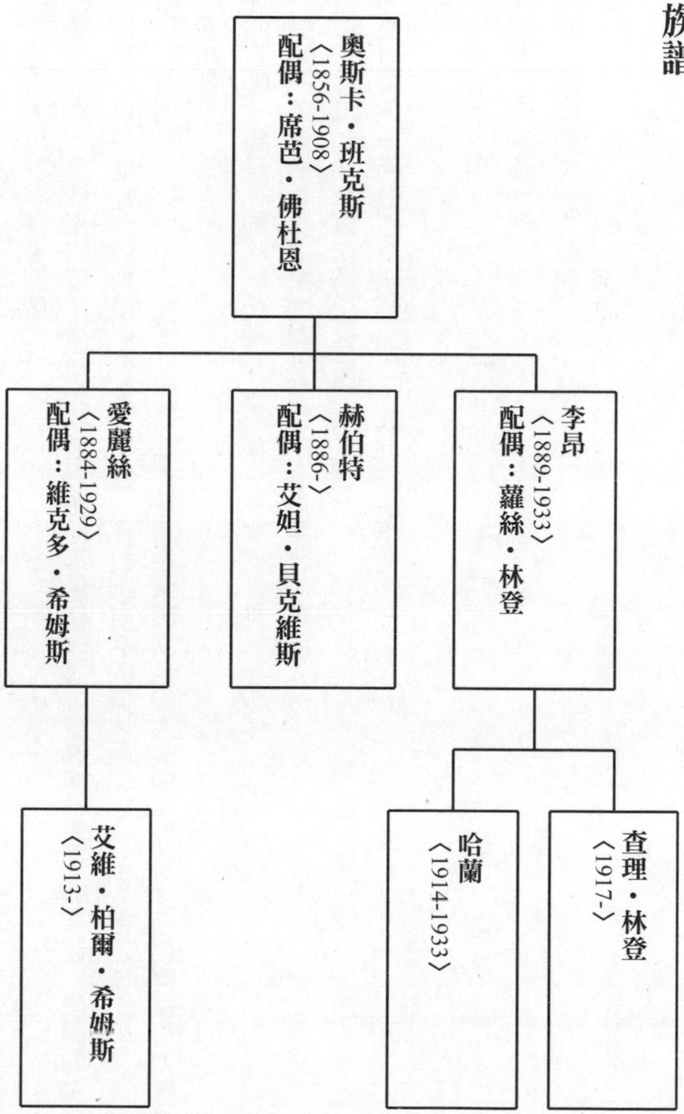
奧斯卡・班克斯〈1856-1908〉
配偶：席芭・佛杜恩
李昂〈1889-1933〉
配偶：蘿絲・林登
赫伯特〈1886-〉
配偶：艾妲・貝克維斯
愛麗絲〈1884-1929〉
配偶：維克多・希姆斯
查理・林登〈1917-〉
哈蘭〈1914-1933〉
艾維・柏爾・希姆斯〈1913-〉

診療醫師：唐納魏斯頓醫師　　診療對象：喬弟馬古力

問：噢！老天！這根本就是詐騙！

答：我還沒說完，更精采的還在後面。我還查出他都是在一家「寶寶理髮廳」剪頭髮，他開的車是一輛REO，他甚至還會用中音薩克斯風吹那首很有名的爵士樂「In The Mood」。他哥哥哈蘭都叫他咖哩。另外，我覺得艾西麥基維是國家機密安全的大漏洞。好了，我們再來看看圖片好不好？

問：你知道嗎，要是你的年紀比現在多七歲，你會被抓進去坐牢！

答：不過你一定會把我弄出來的對不對？因為你是我的代理人。

問：喬弟，你以為你可以永遠這樣逍遙法外嗎？

答：等查理帶我一起去巡迴比賽那天，我就洗手不幹。

問：哦。

答：你不相信對不對？

問：我們還是看看圖片吧。

答：算了，我乾脆去問青蜂俠。

最高機密
收訊人：青蜂俠（中村克雷）　　位　置：三樓

喂，青蜂俠，外面怎麼那麼吵？

最高機密
收訊人：影子俠（喬弟馬古力）　　位　置：四樓

自己把頭伸到窗戶外面去看看，查理班克斯剛剛盜壘成功，化解了雙殺的局面，而且還把「小可愛」麥德維克的下巴打爛了。你自己看啊，對面棒球場圍牆不高，你從四樓就看得到。

最高機密
收訊人：青蜂俠（中村克雷）　　位　置：三樓

下次寫信給他的時候，也許我應該告訴他我得了瘧疾。

最高機密
收訊人：影子俠（喬弟馬古力） 位　置：四樓
告訴他你得了淋病比較好。哇！杜若秋上場了，他帥呆了！

最高機密
收訊人：青蜂俠（中村克雷） 位　置：三樓
我看你是腦袋進水了，什麼是淋病？

最高機密
收訊人：影子俠（喬弟馬古力） 位　置：四樓

老天！奧堡太太跑到大西洋岸邊打訊號給納粹的U潛艇，她的義肢裡藏了一個摩斯電碼燈！怎麼樣，想不想跟我去逮她？

最高機密
收訊人：青蜂俠（中村克雷）　位置：三樓

線又斷了，用你的無線電對講機跟我聯絡。

最高機密
收訊人：影子俠（喬弟馬古力）　位置：四樓

噢！她要把納粹帶上岸來包圍我們了！

亞歷山大漢米爾頓初級中學　學期成績單

學生：喬弟馬古力　　教師：珍娜希克斯

英語A　　服裝儀容A
數學A　　勤缺狀況A
社會A　　團體活動A
自然A　　品德操行D

教師評語：

喬弟一直是令我很為難的學生。雖然我很欣賞他的創造力，不過，我相信妳一定會同意，教室這樣的地方不太適合發揮無法無天的想像力。他宣稱美國第四任總統的第一夫人陶莉麥迪遜是同性戀，這根本就是捕風捉影，毫無根據，更何況，他這個年紀怎麼可能知道什麼叫同性戀？同樣的，我上課分析「美國制憲會議」的時候，他竟然有辦法借題發揮，在班上引發一場長達兩小時的激烈爭辯。爭辯什麼？要是我們的幾位開國元勳活到現在，他們會開什麼車？後來有一次考試，我出的題目是：「班傑明法蘭克林透過什麼工具發現電力？」班上有十一位同學的答案是：「一輛帕卡德豪華轎車。」

最後一個問題是，喬弟迷上了班上的女同學瑞雪兒潘尼茲，而且情況愈來愈嚴重。雖然我並不反對兩小無猜式的愛情，但基本上，喬弟這個年齡的男生都有一種用暴力來隱藏感情的傾向，也就是說，對女生的愛意越強，表現出來的態度就越粗暴。他拚命朝她丟東西，比如橡皮擦、迴紋針、鋼筆、甚至小本的教科書。我根本阻止不了他。老實說，自從當年德軍砲轟土耳其加里波利以來，我沒聽說過有人被轟炸得那麼慘。也許妳可以找他好好談談這個問題。

珍娜希克斯

家長意見：

一如往常，喬弟的成績依然令我感到很光榮，另外，我也不知道陶莉麥迪遜是同性戀。我一直以為他們夫婦倆都是清教徒。

感謝您的建議。

艾妲馬古力

收件人：紐約巨人隊 查理班克斯先生。
地 址：紐約市河濱大道615號

親愛的班克斯先生

我今年十二歲，不久前我加入海軍陸戰隊擔任鼓手。我之所以會這樣做，是因為我經常看報紙。就算是初中程度也看得出來，希特勒可不是在鬧著玩的。絕對不是。所以，儘管加入海軍陸戰隊意味著我可能年紀輕輕就會送命，但我還是下定決心要為上帝而戰，保護我們民主自由的世界，就算戰死也在所不惜。

我寫這封信，是因為我和另外一些年輕士兵就要出發到戰鬥最慘烈的地方了，像是蒙特祖瑪島、的黎波里岸之類的地方，而我們心裡明白，大概沒有機會活著回來。反正就是這樣。昨天晚上我們躺在床鋪上想著，不知道自己還能看到多少次日出日落，就在那時候，士官長忽然說：「對了，在我們出發去為國家犧牲之前，要是查理班克斯能夠為我們打出一支全壘打，那該有多好？」大家立刻點頭叫好，就連將軍也大聲叫好。我是營區裡年紀最小的，所以就由我負責寫信，這就跟我因為身高只有一百二十公分，所以被派到伙房去幫忙，道理是一樣的。

班克斯先生，我在雜誌上讀到過一篇報導，有一次崔斯史畢克到軍營去訪問，答應全體戰士，在他們出發效命沙場之前，他會為他們擊出一支全壘打。所以，禮拜六晚上和聖路易市隊比賽的時候，只要你一上場打擊，你是不是可以伸手指向外野，然後說：「這一球獻給我的好朋友喬弟馬古力。」？（記得一定要在電台現場廣播的時候）。接下來，你就只要拿起球棒用力一揮，讓球飛到棒球場外。

衷心謝謝你。

天佑美國。

你的好朋友 喬弟馬古力

收件人：喬弟馬古力先生　　地　址：紐約市布魯克林區蒙哥馬利街 236 號

第一封信你得了霍亂加痢疾，第二封信你得了天花加淋病，上上禮拜你得了絕症，上禮拜你眼睛瞎了，哇，你太強了，到現在還沒死，還可以去打仗？我看你連聽到鞭炮都會嚇得屁滾尿流。怎麼，當我是白癡嗎？

臭小子，你要是敢再寫這種信給我，我一定會讓你巴不得自己真的得了絕症死掉。你以為球棒一定要用來打球嗎？提到戰爭，美國最好不要開戰。只要我們那個搞什麼「新政」的蹩腳總統少管別人閒事，我們就不必淌渾水打仗。不過，萬一真的開戰，一堆男人鐵定會嚇死，因為他們都知道，要是回來的時候沒有缺手缺腳，那已經算是非常走運，更別提回不回得來還是個大問題。所以，臭小子。如果你還是打算再要寫信來，我勸你最好先搞清楚狀況，打仗？鬼扯也有個限度。

如果我是你老子，我肯定會拿鋼刷在你屁股上多搓幾下，讓你想撇條都沒屁股可以坐馬桶。

三壘手　查理班克斯

PS　你是怎麼搞到我家地址的？

收件人：查理班克斯　　地　址：紐約市河濱大道615號

親愛的班克斯先生

你去死吧。我爸爸是潛艇指揮官，你會被他扁成肉醬。

我寫信給巨人隊的球員，這件事要是讓布魯克林的警察或是隨便任何人發現，我會有什麼下場你知道嗎？我可能會被抓去坐牢，知道了吧。少年感化院已經夠恐怖了，所以跟我講話最起碼要客氣點，不要太嘴賤。

還有，誰希罕你的什麼鬼簽名照？先前我根本沒聽過你是什麼阿貓阿狗棒球明星，就算聽過，我又何必浪費生命寫信給你這種惡霸？你以為我人生沒有別的更重要的事可以做嗎？就因為盜壘想衝回本壘被刺殺，竟然把投手下巴都打爛，你這種人不是惡霸是什麼？聽說還有人說你是什麼羅傑布瑞斯納漢第二，真是活見鬼。由此可見，報紙上寫的東西是不能隨便相信的，就算是關於羅斯福總統的報導也不可盡信。

你大概是我見過最三流的球員，真希望你下次盜壘滑向二壘的時候，兩條腿一起摔斷。

你的頭號敵人　喬弟馬古力

PS　什麼叫搞「新政」的蹩腳總統？你知不知道他解除了經濟大蕭條？

小子

哇！

第一，沒人拿槍指著你腦袋叫你寫信鬼扯什麼眼睛瞎掉有的沒的，換句話說，要是你真被逮到，那你就要像個男子漢，敢做敢當，坐牢又怎麼樣？

第二，我揍狄林傑，並不是因為被他牽制成功。球場上被刺殺根本就是家常便飯。我揍他，純粹是因為他嘴巴太賤，罵我是娘炮。這還得了。小子，下次要罵人，最好先把事情搞清楚。

三壘手　查理班克斯

PS　你是怎麼搞到會被抓進少年感化院？我去過那裡，幫那些小鬼在棒球上簽名。有個傢伙摸走我的皮夾，拿走一個保險套，可是皮夾裡的鈔票和性感女星露西鮑兒的照片他居然沒興趣。小子，是不是你？

親愛的班克斯先生

底下是四月二十四日布魯克林鷹報上的一篇報導：

班克斯又打人

昨天下午在馬球球場，紐約巨人隊和辛辛那提紅人隊進行兩場連賽，過程中，巨人隊三壘手查理班克斯又掀起了一場暴亂，導火線是裁判的判決。到了第六局，兩隊平手，面臨對決的關鍵時刻，紅人隊投手保羅狄林傑忽然把球投向三壘進行牽制，查理從三壘奔回本壘途中被刺殺出局。就在主審路崔西作出判決那一瞬間，火爆脾氣出了名的查理突然衝向投手板，一拳打向狄林傑的下巴，導致狄林傑嘴唇破裂出血，後來縫了四針。當時現場看不出投手有任何挑釁的行為，但這個火爆脾氣的菜鳥卻還是在球場上動粗……

可別說我沒有事實根據。

喬弟查理馬古力

（我本來還有一個中間名叫查理，跟你一樣，不過名字跟你一樣實在太丟臉，所以我現在就不用了。）

PS 他們把我關進少年感化院，是因為我持致命武器攻擊別人，不過，最後他們還是不得不把我放走，因為我的子彈是泡泡糖做的。我是幫派份子，目前在逃亡，所以，放聰明點，別惹我。

親愛的逃犯

這是標準的斷章取義。最後那個句子還沒結束咧，接在後面的是：「不過，紅人隊有一個不肯透露身份的外野手表示，狄林傑可能說了一些不太好聽的話，被班克斯誤解了。」誤解個屁。他罵我「娘炮」。「娘炮」還有別的什麼意思可以誤解嗎？

我最後一次附上照片。不准再寫信來。

查理喬弟班克斯

（很不幸我的中間名偏偏跟你名字一樣。看樣子，丟臉的不是只有你。）

親愛的班克斯先生

你的中間名根本不是喬弟，是林登，Lindon。那是為了紀念你外公，因為他就叫林登。你出生在威斯康辛州雷辛鎮，生日是一九一七年八月七日，身高一百八十一公分，爸爸是雷辛農業公司的副總裁，媽媽是報社的特約作家。你是右投右打，不過當年還在春田市藍夾克隊的時候，有三場比賽你曾經採用左打。我早就把你調查得一清二楚，所以，少跟我抬槓。還有，你不必再寄什麼鬼照片來了，你老哥哈蘭沒教過你規矩嗎？

喬弟馬古力

親愛的頭號敵人

第一，在藍夾克隊的時候，我採用左打共有**四次**。大家都以為只有三次，是因為第四次那場比賽，我打出去的球正好命中滑鐵盧隊投手的鳥蛋，不過媒體不喜歡報導這種事，所以都假裝這件事沒發生過。可惜當時你沒在現場，要不然你就會聽到他一直叫「哇操幹啊啊啊啊……」，那種淒厲的慘叫聲全伊利諾州都聽得到。

第二，「林登」的英文拼字是Linden，不是Lindon。中間的字母是E，不是O。懂嗎，文盲？

第三，我現在的身高是一百八十二公分，不過，因為剪了頭髮，精確的說應該是一百八十一點五公分。

第四，哈蘭是誰啊？

要找偶像，拜託你去找別人，別再寫信給我了。

三壘手　查理班克斯

時代雜誌

洛普民意調查結果：

一九四〇年最受景仰的五個人

一，法蘭克林羅斯福，總統。

二，耶穌基督，救世主。

三，琴吉羅傑斯，女明星。（譯註：Ginger Rogers，美國巨星，一九四〇年獲奧斯卡最佳女主角。）

四，艾琳娜羅斯福，第一夫人。
五，查理班克斯，三壘手。

親愛的班克斯先生

誰說你是我的偶像？琴吉羅傑斯根本沒什麼了不起，只不過是胸部大，沒想到時代雜誌的排行，你連她都比不上。

知道我最受不了的是什麼嗎？學校要我們寫一篇英文作文，題目是「美國英雄」。我本來打算寫我爸爸，可是沒想到我打電話去公司找他，他的祕書茱莉說：「很抱歉，小朋友，他的行程都滿了。」打去他家，娜娜伯特說：「小朋友，他在睡覺，等十月再打電話給他吧，因為我們要去蒙地卡羅。」所以我只好換個對象。我決定寫你。我甚至還跑到廉價商店偷了一張你的棒球卡，為什麼呢？因為我必須把球卡貼在作業上。雖然我已經有好幾張，但我不想看到自己的球卡沾上漿糊。難怪我的操行成績是F。

先前我要求你幫我打一支全壘打，現在你可以不必費工夫了。我會提出這個要求，純粹只是因為我個子很矮，又是猶太人，而我們學校裡的惡霸藍尼畢爾曼，塊頭是我的好幾倍，更要命的是，他痛恨猶太人。基於某種原因，他以為你是我最要好的朋友。要怎麼樣才能夠不再每天被他打？我已經想不出別的辦法了，所以才會笨到去想到你。

喬弟馬古力

PS 哈蘭是你哥哥，生於一九一四年。你真當我是笨蛋，以為我什麼都不知道？

「雷辛鎮火箭」轟出陽春全壘打，刷新自己的紀錄

今天，古根角的馬球球場又出現了新的歷史紀錄。三壘手查理班克斯擊出該球場有史以來最遠的全壘打，距離一百五十六公尺，比他自己上個月創造的紀錄還多出三公尺。那一局巨人隊已經以九比〇的差距遙遙領先小熊隊，記者問他為什麼還要這麼賣力。這位出身威斯康辛州的右打者回答：「因為我太無聊了。」

小子

琴吉羅傑斯真的有那麼萬人迷嗎？

也許你應該看看我的球迷瘋狂到什麼程度。目前，全世界不知道有多少人願意砍掉自己的右手，只要我願意回他們一封信。而且那些人並不全都是小孩子，其中有很多是大人，他們都把我當成神。舉個例子，不久前有人寫信告訴我：「親愛的班克斯先生，我們熱切盼望您能夠蒞臨我們城市，出席我們的『查理班克斯日』，並接受我們的市鑰。」（那是愛荷華州某個我從來沒聽過的城市，另外，那把市鑰到底有什麼用？）另外還有一封信是這樣寫的：「親愛的班克斯先生，自從你開始打棒球之後，我才變成一個棒球迷。我必須謝謝你，因為你幫我找回了青春年少的感覺。」（這封信是從田納西州寄來的，那裡是全美國最貧窮落後的地方，僅次於西維吉尼亞州。）然後再看看你。你寫來的信可以歸納成一句話：「親愛的查理，去你的！」

我懶得理你了。喜歡騷擾人，去找狄馬喬。

三壘手　查理班克斯

PS1　你把那張三壘手查理班克斯的棒球卡拿回去還給廉價商店，跟他們說對不起。

PS2　「基於某種原因」，他認為你是我最要好的朋友？是誰告訴他的？納粹間諜？調查局長胡佛？還是洛杉磯時報那個八卦女王海達？我看你瞎編鬼扯的本事已經是登峰造極。還有，我不是已經告訴過你別再寫信來煩我嗎？

PS3　誰說我有一個叫哈蘭的哥哥？

白宮 函

親愛的喬弟

謝謝你不久前的來信。關於你信中的論點，我的看法歸納如下：

一，你說英國的納維爾張伯倫首相並沒有全力抗拒納粹入侵，關於這一點，到目前為止我還沒有發現任何證據顯示他和納粹勾結。

二，總統很清楚德軍在玻利維亞設立了空軍基地。不過，你是怎麼知道的？

三，你特別提醒我們，十二月的總統大選，我們面臨的競爭對手是共和黨的溫德爾威爾基，關於這一點，我們倒還不至於感到憂心。不過，還是很謝謝你的鼓勵。

四，喬弟，對德國人來說，荷蘭幾乎沒什麼利用價值，所以，德國幾乎不可能會攻擊荷蘭。除非希特勒打算和整個西半球的國家為敵，否則的話，攻擊荷蘭對他根本沒有好處。就算他真的打算對抗整個西半球，他比較可能攻擊的國家，應該是比利時，不過，這種可能性也是微乎其微。

但願我這次回信之後，你可以讓自己的腦子輕鬆一下，不要想太多。至少這個禮拜接下來的幾天，你應該好好休息一下。

祝 平安愉快

新聞祕書 史蒂芬爾利

德國對尼德蘭三國發動「閃電戰」

荷蘭和比利時遭到封鎖

（星期五，比利時安特衛普市報導）今天，德意志國防軍派出五百架轟炸機對比利時和荷蘭進行持續的猛烈轟炸，歐洲僅剩的和平國度也難逃戰火蹂躪。

羅斯福總統形容這次攻擊是「可恥的」，並譴責希特勒的行為是「毫無理由的惡意侵略」，不過，截至目前為止，他依然否認美國政府發布徵兵令，意圖介入戰爭。

納粹已經逐漸形成一種威脅，但布魯克林的民眾卻毫不驚慌。他們用一種理智的方法來制裁納粹。有些當地餐廳的老闆修改菜單，把漢堡和德國泡菜兩個項目剔除掉，換成碎牛肉和甘藍泡菜。有民眾向市長菲奧瑞洛拉加迪亞請願，要求紐約市全區的餐館都比照辦理，但市長尚未回應。

診療醫師：唐納魏斯頓醫師　　診療對象：喬弟馬古力

問：你怎麼了？
答：很不爽。
問：對你爸爸不爽？
答：對史蒂芬爾利很不爽。
問：你說的是羅斯福總統的新聞祕書史蒂芬爾利？
答：沒錯。
問：他是守幾壘的？
答：你又在諷刺我了。
問：不好意思。他怎麼會惹你不高興？
答：關於捷克和奧地利的問題，他不肯聽我的建議，現在他又說荷蘭的問題沒什麼好擔心的。
問：你怎麼會知道他說了什麼？是報上說的嗎？
答：不是。是他親口告訴我的。
問：哦，我想也是。
答：你又以為我在胡說八道了對不對？
問：沒有——
答：你想看看那封信嗎？
問：我是有點好奇。

答：來，拿去看。

（診療對象把一個信封和一張紙拿給診療醫師。）

問：噢，老天。

答：看到了吧。

問：你和白宮通信多久了？

答：一九三七年就開始了。菲律賓班奈島淪陷的時候，他就跟我道過歉，因為我老早就告訴過他班奈島會淪陷。你懂嗎，就在南京淪陷之後……

問：他竟然稱呼你喬弟……

答：就在南京淪陷之後……

問：他在信裡連續兩次稱呼你喬弟……

答：查理班克斯都叫我「臭小子」。我很討厭他這樣叫我。

問：那你為什麼不告訴他？

答：因為……

問：因為什麼？

答：不為什麼。

問：你覺得這張看起來像什麼？

答：那……那是辛辛那提紅人隊的克洛斯利球場。查理就是在那裡擊出兩支大滿貫全壘打。他擊出第二支的時候，我……我們都在本壘板等他。他一踏上本壘板，我們全都撲到他身上，不過……不過他只抱住我一個人。我……我爸爸說他是三流貨色，可是我……我不相信。

問：好了，喬弟，今天就到此為止吧。你有帶手帕嗎？

答：沒……沒有。

問：來，我的手帕借你。

答：謝謝。

問：你知道我覺得這張圖看起來像什麼嗎？

答：像什麼？

問：羅夏克墨跡心理測驗。

答：你是說我一開始就說對了？

問：我自己也開始搞不清楚這是什麼了……

最高機密

收訊人：影子俠（喬弟馬古力）　位　置：四樓

小心，影子俠，奧堡太太今天提早打烊。我們認為她打算去海軍造船廠縱火。她只要把腿抬起來，義肢就會變成噴火槍。

班克斯有寫信給你嗎？

最高機密

收訊人：青蜂俠（中村克雷）　位　置：三樓

沒有。也許我根本不應該跟他扯什麼琴吉羅傑斯胸部很大。

最高機密

收訊人：影子俠（喬弟馬古力）　位　置：四樓

喬弟，你知道自己有什麼毛病嗎？你的毛病就是永遠不知道閉嘴。你有沒有告訴你媽你的眼睛為什麼會腫起來？

最高機密
收訊人：青蜂俠（中村克雷）　位　置：三樓

我說我被車撞到。你呢，你是怎麼跟你媽說的？

最高機密
收訊人：影子俠（喬弟馬古力）　位　置：四樓

我說我從樓梯上摔下來。我們還算是走運，因為畢爾曼更痛恨愛爾蘭小孩。你大概沒看過他怎麼修理奇普雷利。對了，要是我教你一個辦法對付班克斯，你要怎麼報答我？

最高機密

收訊人：青蜂俠（中村克雷）　位　置：三樓

我給你一百塊。

最高機密

收訊人：影子俠（喬弟馬古力）　位　置：四樓

告訴你吧，答案就在今天的「明鏡日報」。你去看最後一版，這次要使出必殺絕招，保證一刀斃命。

時尚人物專欄　文澤爾

莫曼痛宰麥凱

艾賽兒莫曼和海柔麥凱，兩人是長期的死對頭。百老匯天王作曲家柯爾波特又有新作，他最新的歌舞劇「巴拿馬的海蒂」即將於十月份在第四十六街劇院推出，而昨天，艾賽兒搶先一步奪下了女主角的位子，再度點燃她和海柔之間的戰火。根據傳聞，這個角色本來是為海柔量身打造的，因為艾賽兒擔綱演出的「杜貝莉的風情」十分賣座，百老匯圈內消息靈通人士預料，該劇可能會持續演出到下一季，所以照理說，她應該沒有空檔接演新劇。

兩人針鋒相對的局面，是從四年前開始的。當時，艾賽兒有一齣劇叫「憂鬱的熱火」，剛出道的海柔在劇中演出一個小角色，沒想到她一鳴驚人，飆出高八度的嗓音，而且高音一口氣持續了十六個音節，震驚全場。第二天早上，曾經在現場聆聽她演唱的男士們給了她一個封號，叫「艾賽兒莫曼第二」，但問題是，我們那位「正牌」的艾賽兒顯然並不同意。

後來，「紅嘴鶴夜總會」忽然拒絕再讓海柔登台。事後，艾賽兒現身夜總會的時候表示：「她是一個非常有才華的女孩，我個人對她絕對沒有任何敵意。」

還好，海柔並不是那種火爆脾氣的鬥雞，她還是一樣平平靜靜過她的日子，繼續和班尼古德曼樂團合作，在曼哈頓最頂級的酒館「白領會館」獻唱。至於她的感情世界，就不能不提到紐約巨人隊的菜鳥風雲人物查理班克斯。兩人的戀情歷經多次分分合合，而最近似乎又舊情復燃了。至少目前是這樣。也難怪海柔始終無法忘情於查理，因為，他實在太有魅力了！

收件人：海柔麥凱小姐　　地　址：紐約市西四十九街五號　白領會館

親愛的麥凱小姐

我是一個十二歲的小男孩，我兩條腿都得了壞疽病，已經沒辦法走路了。想起不久前，我還在球隊裡擔任三壘手，就跟我的英雄查理班克斯一樣。我恐怕難逃截肢的命運，到時候，我的身高會只剩下七十六公分，從此以後，我再也沒有機會在球場上奔跑了。

我之所以會寫信給妳，有兩個原因。

第一，我曾經寫信給查理班克斯，寄到他河濱大道的家裡（拉加迪亞市長到醫院來探視我的時候，幫我查到了查理的地址）。我寫信給查理，請他為我擊出一支全壘打，因為從前貝比魯斯也曾經為醫院裡的病童擊出全壘打。結果，他大概認為我在撒謊，因為他回信的時候稱呼我是「臭小子」，而且叫我以後不准再寫信給他。

第二，另一個原因是，我曾經高燒到攝氏四十度，後來，當我退燒醒過來的時候，我聽到的第一個聲音，就是妳在收音機裡唱「對你鍾情」。妳是我的幸運之神。

麥凱小姐，我很怕失去我的雙腿。如果查理班克斯討厭我，那麼，下次妳上廣播節目唱歌的時候，願不願意代替他為我唱一首歌？妳一定很難想像那會令我多麼快樂。

妳的好朋友　喬弟馬古力

西聯通訊電報

親愛的・怎麼回事・早上九點半在波士頓一家熱狗店・我嘴裡的甜甜圈差點掉進咖啡杯・因為報上的文澤爾專欄說我們又分手了・我該怎麼辦・查理

西聯通訊電報

你該去面壁思過・太可恥了・如果貝比魯斯抽得出時間去醫院探望病童・你為什麼辦不到・雖然拿你跟貝比魯斯比實在太抬舉你・我不想再接你電話・海柔

你這小毛賊

去翻翻字典，查一下「詐騙」這兩個字，底下的定義就是你的照片。還有「鬼扯」「誣賴」「恐嚇」「勒索」，這些字你也都去查查看，底下一定都會看到你自己的嘴臉。

有一件事你越快搞清楚越好：想要什麼東西，不是張開嘴跟別人要就有，天底下沒有白吃的午餐。

想要什麼東西，你就必須付出代價，不是靠滿嘴狗屁，扯什麼自己快死了或是眼睛瞎了之類的鬼話，就能達到目的。白宮那個牛皮王跟你差不多，也是老想不勞而獲。他大概認為自己得了小兒痲痺，而且他的遠房堂哥是老羅斯福總統，所以大家就應該可憐他，選他當總統。你認為這種人幹得了什麼大事嗎？告訴你，什麼屁也幹不出來。更要命的是，他不但幹不了什麼大事，過程中恐怕還會捅出不少婁子。還好有他老婆在。要不是因為有他老婆，他早就出事了。他老婆為了他，差點連命都送掉，大家看在她的份上，所以才投票給他。有一次礦坑出事，她擔心底下那些礦工的安危，奮不顧身親自爬進坑裡。還有，親身到貧民窟去視察的人也是她。她跟那些黑人面對面溝通，希望能夠幫助他們過更好的日子。至於那個羅斯福呢，雖然他和林肯一樣都是美國總統，但我懷疑他是否知道林肯有過什麼貢獻？牛皮王羅斯福根本不值一提，浪費時間，不過，他老婆艾琳娜倒還不錯。

小子，沒事要多看報紙，不過，我說的不是「布魯克林鷹報」之類的鬼東西。那種爛報紙全是八卦，只能當笑話看。波蘭已經完了，丹麥已經淪陷，法國恐怕也差不多了。而英國人上禮拜居然還有辦法從敦克爾克海灘安全撤退，真他媽的狗屎運。所以，我跟你打賭，要是那個蹩腳牛皮王不小心一點，到了十一月我們恐怕就沒好日子過了。到時候，感恩節吃的恐怕不是火雞大餐，而是跟狗搶垃圾桶裡的骨頭。另外，也許你聽過，紐約州的古柏鎮有一座棒球名人堂。如果你去那裡，一定會看到克里斯提馬修森的肖像和紀念品。這小伙子出身賓州費克瑞威爾鎮，會投變速下墜球，不過，那並沒什麼了不起。他之所以被擺進名人堂，純粹是因為他打過第一次世界大戰。他本來不必去，但他還是志願入伍。在戰場上，他不小心吸到毒氣，結果幾年後併發肺結核，最後死掉了。當時他還非常年輕。所以，什麼樣的人才叫了不起，懂了嗎？就算我為你打出一支全壘打，你以為這樣別人就會認為你很了不起嗎？你最好認真想一想，要是想通之後會覺得不好意思，那就還有救。

你聽著，你是個滿嘴狗屁的臭小子，這一點我早就看穿了，你自己心裡有數，問題是我女朋友不知道你那張狗嘴可以鬼扯到什麼程度。她很討厭那個電影明星泰倫鮑爾，可是最近卻故意找他一起吃晚飯，而且還把消息放給「先驅論壇報」，擺明就是要給我難看。現在，你最好趕快想辦法，看看要怎麼跟她解釋，洗刷我的清白。講清楚了，你的腦袋就不會開花。萬一講不清楚，那你最好有本事一秒鐘跑一百公尺，這樣大概還有機會多活幾秒鐘。你欠我一條命，臭小子。

三壘手　查理班克斯

PS　你知道羅傑布瑞斯納漢是什麼人？知道才有鬼，當年你還沒出生咧。

親愛的班克斯先生

你又知道了？當年你不也還沒出生？當年紐約巨人隊花了好幾千塊美金，從巴爾的摩金鶯隊手上把他買下來，大家都叫他「特拉利公爵」。跟他同隊的投手就是克里斯提馬修森，當時，只有公爵才知道要怎麼接馬修森的球。你要是有他三分之一的本事，那你現在已經不得了了，不過，你有沒有那三分之一，我都還很懷疑。

另外，要是你敢再說羅斯福是「牛皮王」或「蹩腳」，我會讓你巴不得你媽當年沒把你生出來。不要以為我只是在虛張聲勢，查理，你真的這麼有把握我只是個小孩子嗎？說不定我的身高是兩公尺半，說不定我的拳頭比鐵鎚還硬，你怎麼知道呢？你以為這樣我就會怕你嗎？你當過總統嗎？你曾經當著調查局長胡佛的面罵他是混蛋嗎？你的辦公室是在白宮嗎？我看你也不是那塊料。你只不過是個打棒球的笨蛋，而且還不肯幫我打一支全壘打。

有時候我忍不住會想，假如我們兩個人交換位子，我是紐約巨人隊的三壘手，而你是一個叫馬古力的小男生，住在佛萊特布希區，還有幾個像希特勒少年團一樣兇狠的惡霸就住在你家隔壁。在這種情況下，我倒想看看你能憋多久才會想寫信給我？不過，就算你寫信來大喊救命，我頂多叫祕書寄一張慰問卡給你，上面會寫幾個字：「很高興收到你的來信。」也許你會認為我可能是某種白癡小孩，閒著沒事幹寫信騷擾你。其實，我只是希望有人能夠幫助我，因為我不想再浪費生命整天擔心受怕，怕畢爾曼和德瓦奇這種惡霸小孩，擔心納粹會侵略美國。我相信你也一樣。我承認，當初寫信扯到海軍陸戰隊和伙房，大概有點蠢。可是查理，我能怎麼辦，我總不能每次都告訴我媽說我騎腳踏車摔倒吧？

喬弟馬古力

PS　我們什麼時候要去白領會館看海柔？

小硬漢

大概永遠不會有這一天。

我看你好像還是沒搞懂，「我們」並沒有要去什麼地方。我要你現在馬上坐下來，拿鉛筆開始寫信，告訴她所有的事都是你瞎編的，然後把信放進信封裡拿去寄。聽清楚了嗎？

別搞錯了，我們不是什麼好朋友。還差得遠。我之所以回信給你，唯一的原因是，現在是半夜兩點，我在費城，而我的室友葛瑞德利塔貝爾已經不見了。他被球隊賣掉了，賣給芝加哥白襪隊（這支球隊就是一九一九年總冠軍賽打假球爆出醜聞的球隊，涉案的球員包括愛德華錫卡特，查爾斯瑞斯伯，查爾斯甘迪爾，還有幕後的黑道老大艾爾卡邦）。我問經理泰瑞先生能不能讓我和裘迪史塔克睡同一個房間，因為他打梭哈的技術比葛瑞德利還爛，可以當肥羊來宰。泰瑞先生嘴巴說好，可是沒想到他竟然把卡爾赫貝爾塞到我房間來，甚至還告訴我：「查理，跟他在一起，你比較不會被帶壞。」他果然是個乖寶寶，從來不說髒話，而且只玩橋牌，吃熱狗要用叉子，現在，他正在我飯店房間裡，躺在我旁邊那張床上睡得像條死豬，不過睡歸睡，他嘴裡還是念念有詞。我仔細聽了一下，聽起來好像他夢見自己在面試，嘴裡直說：「犧牲小我完成大我，沒有個人只有團隊。」真受不了，我好想拿條毛巾塞進他嘴裡。為什麼不讓我跟史塔克睡同一個房間？那小子很厲害，他可以用放屁演奏美國國歌第一段，維妙維肖，簡直可以拿來當伴奏，大家跟著一起唱。另外，基於某種原因，他認定那個電視明星露西鮑兒以後會變成他老婆，問題是，他寫信給她，她從來都沒回過，甚至有一次他在信封裡放了幾顆麥芽糖球，她還是一樣不理他。

小子，你真以為自己什麼都懂嗎？告訴你，棒球沒什麼了不起，打擊率也沒什麼了不起，在這世上，那都只是微不足道的小事，就像冰山的一角。這世上還有更重要的事，比如英國首相邱吉爾，比如德奧聯盟，比如一九三八年的水晶之夜，納粹全面捕殺境內的猶太人，另外，那些永遠在你身邊支持你守護你的人，不是更重要嗎？你的問題就在於你有一種很奇怪的觀念：因為自己是猶太人，所以不管你遭到什麼悲慘命運，全世界都應該關心你。可是在我看來，你真的很可笑，因為你自己根本不反抗，任人宰割。只要你有膽子站出來反抗，那麼，管你是猶太人還是天主教還是回教徒或是山頂洞人，都不會有人敢惹你。所以，不管你把自己講得有多悲慘，在我看來都是屁，那也就是為什麼我說你是滿嘴狗屁。另外，你聽清楚，三壘是我的地盤，誰都不准碰，要是有任何人敢來碰，那他最好有把握拳頭比我硬。包括你在內。交換位子？假設你是巨人隊的三壘手？你還差得遠。另外，很明顯看得出來，你爸爸根本不管你們死活。

三壘手　查理班克斯

PS1　混帳和王八蛋加起來可以簡化成「混蛋」，小鬼，你當之無愧。

PS2　你怎麼會知道我哥哥哈蘭的事？

PS3　不必再浪費時間回信了。我已經搬家了，全世界只有三個人知道我的新地址。不包括你在內。

收件人：艾西麥基維小姐　　　　　　　　地　址：人口統計局　威斯康辛州雷辛鎮馬凱特 964 號

親愛的麥基維小姐

不知道您還記不記得我，四月的時候我曾經寫信給您，請您幫助我尋找我的親戚。有一個不幸的消息要告訴您。我的表姐艾薇不幸遭火車輾斃。她和我的表哥查理非常親近，我們發電報到河濱大道他家裡，可是電訊公司說他已經不住在那裡了。請問您知道他搬到什麼地方去了嗎？

感謝您

祝平安愉快

喬弟馬古力班克斯

收件人：喬弟馬古力班克斯先生　　　　地　址：紐約市布魯克林區蒙哥馬利街 236 號

親愛的喬弟

當然記得！你表姐過世的事，我很遺憾，當然，我們已經將檔案裡關於你表姐的資料做了修正。

另外，很高興能夠提供你所需要的資料。我向郵局查詢過，查理現在住在紐約市西九十四街 227 號 14—A。

謹向你和你的親友致上我最深的哀悼之意。如果還有什麼地方我們可以幫得上忙，請不要客氣。

祝平安愉快

檔案管理員　艾西麥基維

收件人：查理班克斯　地　址：紐約市西九十四街 227 號 14—A

親愛的查理

誰說我爸爸不管我們死活？他是美國參議員，而且禮拜天他就要帶我去參觀世界博覽會。圓球館裡有未來世界的展覽，希望那天你不要去，我不想看到你。

喬弟馬古力

最高機密
收訊人：影子俠（喬弟馬古力）　　位　置：四樓

太棒了，喬弟桑。你又將了他一軍。目前，無論如何都不要再寫信給他，讓他想到死都猜不透。

最高機密
收訊人：青蜂俠（中村克雷）　　位　置：三樓

問題是，這樣我怎麼跟他一起去巡迴比賽？你怎麼會這麼笨，克雷？

最高機密
收訊人：影子俠（喬弟馬古力）　　位　置：四樓

你沒看到布魯克林鷹報嗎？上面寫說，海柔麥凱出現在超豪華的魯喬餐廳，和那個很帥的明星埃洛弗林一起吃義大利麵。我們成功了，查理隨時會投降。隨時。好了，不能再說了，有一架俯衝轟炸機在班奈特空軍基地墜毀，我認為那是被奧堡太太用義肢打下來的。

小子

你派人在跟蹤我嗎？是閃電俠還是蝙蝠俠？你怎麼會知道我現在住西九十四街？你怎麼會知道我有一個叫哈蘭的哥哥？小心我去跟聯邦調查局檢舉你。不過再仔細想想，說不定你根本就是聯邦調查局的人。說不定你根本不是十二歲的小孩，而是三十八歲長得像猩猩的怪物。我今天滿腦子都在想這些有的沒的，結果連續漏接了兩個內野高飛球。

你聽著小子，她又改了電話號碼。今天我打電話給她，一開口就對著電話說我愛妳，結果電話裡傳來的不是女人的聲音，而是一個黑人，有小雞雞的。他一聽到我說我愛他，氣得大吼大叫。後來我跑到她家樓下，站在窗口吹薩克斯風演奏「憂鬱的心」，結果她並沒有像從前一樣打開窗戶含情脈脈聽我吹，而是丟出一隻鞋子砸在我臉上。

好吧，也許先前回信給你的時候口氣比較衝，說話不太好聽，可是你要搞清楚，現在事態更嚴重了。今天我看到「明鏡日報」說昨天晚上天王巨星克拉克蓋博親自跑去看她表演，接連看了兩場。看樣子，我快出局了。你聽著小子，我再給你最後一次機會，趕快告訴她真相，說那些都是你瞎編的，否則就等著我去扭斷你脖子。

查理班克斯

PS1　你爸爸一下飛到潛艇當艦長，一下又飛到華盛頓變成參議員，他一定是超人，對吧？臭小子，被我逮到了吧。

PS2　好歹他還是帶你去世界博覽會了，不是嗎？

PS3　你一直沒有告訴我為什麼會被抓進少年感化院。我搭火車去費城的路上一直在想這個問題，想了半天覺得有三種可能：（A）你在消遣我（最好不是，如果是的話，操你的）；（B）他們打算把你送去坐電椅（不過你還太小，所以應該不可能）；（C）不知道你做了什麼，不過，你大概認為那是天底下最丟臉的事（感化院裡所有的小鬼大概都有同樣的感覺）。既然不可能是（B），而且最好不要是（A），那麼，可能性最高的應該就是（C）了。信封裡附了一張照片，是從我的剪貼簿裡撕下來的，你可以看看。不過，鄭重警告你，要是你敢告訴別人你看過這張照片，我鐵定把你五馬分屍。

那是我十五歲時候的照片，在天主教「青少年之家」的餐廳裡拍的。當年我拿了一把玩具槍闖進雜貨店，搶了兩包薄荷口香糖和幾條巧克力棒，結果就被送進那個地方。闖禍的小鬼不是只有你一個，懂嗎？沒什麼大不了的。

親愛的查理

你這輩子哪有搶過什麼東西？那張照片根本就是「少年之城」的劇照，裡面那個人是電影明星米奇魯尼。照片裡的場景，是史賓塞屈賽第一次對米奇魯尼大吼大叫，然後米奇魯尼打算跑掉，不過當時正在吃午飯，所以他沒有馬上跑。要是你以為這樣我就會上當，那你鐵定是天底下最笨的棒球明星，蠢到爆。那部電影我看過九次，還沒算第十次。第十次，我和克雷「不小心」從防火巷的逃生門溜進戲院。那天「少年之城」和「憤怒的二〇年代」兩片同映，結果還來不及看到亨佛利鮑嘉死掉那一幕，我和克雷就被轟出來了。布魯克林真是個鬼地方。

去世界博覽會那天，娜娜伯特不肯排隊等著進圓球館，因為她穿高跟鞋腳會痛，而另一方面，他們和席弗曼夫婦約好要到「二十一餐廳」吃晚飯，時間快來不及了。於是，他們叫我去坐摩天輪，然後就跑掉了。沒想到當我升到最頂上的時候，摩天輪卡住了。那時候，他們正好坐進豪華轎車，那一剎那，我看得最清楚的，就是娜娜伯特那金光閃閃的指甲。我爸爸拿了二十塊美金給摩天輪的管理員，交代他等我下來之後，讓我坐計程車回家。結果我沒有坐計程車。我決定搭地鐵，然後拿那些錢買了一大堆色情卡片。

我媽說我可以和你一起去「白領會館」看海柔唱歌，不過前提是，你必須真的是查理班克斯。她怕你是那種專門綁票小孩子的壞蛋，因為我爸爸很有錢。凱莉阿姨有點擔心，因為她不知道你會不會有什麼病，更何況，你不是猶太人。

那麼，你為什麼不肯讓我去？

喬弟馬古力

PS1 我爸的工廠幫軍隊製造降落傘，同時也生產女人的絲襪。這件事要是你敢告訴別人，我會一概否認。

PS2 我會被抓進少年感化院，是因為我在公共蓄水池撒尿。

親愛的喬弟

仔細想想，這真是我這輩子聽過最噁心的事。你太可恥了，難道你們家蒙哥馬利街那邊都沒廁所嗎？

我不讓你跟我去，有兩個理由。第一，你滿嘴狗屁，謊話連篇，如果這樣我還讓你去，那豈不是太便宜你？第二，我還沒有開始喜歡你。不過，既然你把我當偶像，那麼我似乎有義務給你一點建議。目前我對你只有一個建議：

希特勒軍隊佔領法國的時候，我們正在波士頓，而且那天正好在下雨。我住在飯店裡，無聊到不知道要幹嘛。抓同房間的隊友玩撲克牌痛宰他？還是聽雨聲算算看下了幾滴雨？（很不幸，跟我同房間的是卡爾赫貝爾，跟他在一起，我連撲克牌都沒得玩，只能看他站在鏡子前面擺出一種很奇怪的姿勢，看起來活像一座雕像。仔細想想，搞不好他真的是雕像。）還好，飯店隔壁有一間圖書館，所以我決定到那裡去找百科全書來看。看百科全書幹嘛？因為裡面會介紹阿根廷之類的南美洲叢林，有很多裸女照。問題是，波士頓的圖書館好像把百科全書當成什麼他媽的寶貝，竟然放在櫃子裡鎖起來，真受不了。沒辦法，我只好去找另外一本書。那大概是我這輩子看過唯一一本可以稱之為書的書，作者叫查爾斯狄更斯，書名叫《塊肉餘生錄》。我沒有借書證，所以只好用別的辦法「借」出來（意思就是，塞進衣服裡）。櫃台的管理員是一個瘦到皮包骨、滿頭白髮的老太太。那天我穿著雨衣，而那些老太太通常都認定，像這種穿雨衣的傢伙一定是怪叔叔，隨時會掀開大衣亮出「寶貝」，要不然就是蹲下來擺出拉屎的姿勢，所以她們通常會撇開頭不看你。所以，用這種方式「借書」絕對不會被逮到。

　　這個狄更斯還真有兩把刷子。為什麼呢？第一，他說話一針見血。這世上滿坑滿谷所謂的書，絕大部份都是冒牌貨，都是狗屁（沒錯，我說的就是《簡愛》和《劫後英雄傳》之類的）。如果你看過這些東西，你就會明白現在這個世界為什麼會搞得亂七八糟，為什麼奧地利這些國家一個接一個不見了——因為真正的問題在於，大家都不知道該怎麼說出心裡的話，彷彿把話說出來比便秘還要命。這也就是為什麼我在你這個年紀的時候，我心目中的偶像就是《塊肉餘生錄》那個大衛考伯菲爾。那本書第一章開頭就是：「我出生了」。直截了當，多有氣魄，男人嘛，就是要像這樣。

　　我會迷上大衛考伯菲爾，第二個原因是，在他出人頭地之前，不知道經歷了多少非人的折磨，彷彿每翻一頁，就會看到他又倒霉了，不是被人趕出來，就是被整個半死，或是被那些爛貨羞辱。比如說那個莫史東小姐，他實在應該塞住她的屁眼，讓她什麼屁都放不出來。但他並沒有這樣做。他打不還手罵不還口，不動聲色，因為他很清楚自己必須忍氣吞聲，讓自己慢慢壯大，等有一天時機來臨，他就可以逆轉局勢，把他們全部打趴。他騙過了所有的人。舉個例子，書裡面有一段：

莫史東小姐看著我說：「你好嗎，小子？不過老實告訴你，我實在不太喜歡男生。」她那種姿態實在令人難以忍受，但我還是耐著性子回答她：「謝謝妳，我很好。」

看到這種描述，你會不會覺得奇怪，他怎麼有辦法忍得住不衝上去打爛她的嘴？換成是我，我鐵定按耐不住。小時候，某些夜裡，我會不由得胡思亂想，覺得自己這輩子恐怕別想進得了棒球隊，恐怕永遠沒機會到春田市去打球，或甚至一輩子永遠窩在威斯康辛州。每當心情沮喪的時候，我就會想像自己是大衛考伯菲爾，想像自己面對和他一樣的處境，我會怎麼做？舉個例子：

莫史東小姐看著我說：「你好嗎，小子？不過老實告訴你，我實在不太喜歡男生。」她那種姿態實在令人難以忍受，但我還是耐著性子回答她：「去妳的，去吃屎吧！」

想想看吧。下次你見到娜娜伯特的時候，要是她敢對你不客氣，或許你就知道自己該怎麼做了。

查理

PS 你怎麼會把自己搞得這麼慘？

親愛的查理

娜娜伯特今年四十三歲。我爸爸在一次宴會上認識她，當時她穿著一件薄得嚇死人的黑禮服，上面有美洲豹的圖案。要是她穿那件衣服到海灘上去，鐵定會立刻被警察抓起來，罪名是妨害風化。後來，有一天晚上十一點的時候，法院派人到我們家來，要我媽媽在一些文件上簽名。沒多久，爸爸就和娜娜伯特結婚了，而且叫我們搬出去。我媽一把火燒光了我爸的襯衫，只留下一尊他的小頭像。那是有一年結婚紀念日我爸送給我媽的。留下那尊頭像，是因為它還有點用處：凱莉阿姨把它拿到外面頂住垃圾桶，免得垃圾桶被風吹倒。

不過，搬家倒也不是完全沒有好處。唯一好處就是，把頭伸到窗戶外面就看得到「艾比特球場」，看得到道奇隊那些痞子，比如古奇拉瓦加多，「鐵頭」瑞斯。從前，光是看他們一眼我都會吐滿地，不過後來，我拿打擊王奇克哈飛的九張棒球卡換了一把彈弓，從此以後我就不需要再吐了。我隨時可以讓他們「吐血」。有一次，球賽才打了兩局，我已經用彈弓撂倒了三個人，包括狄克西華克、塔克史丹巴克、吉米雷普利。後來他們不得不喊暫停，因為他們根本搞不清楚石頭是從哪邊飛過來的。所以囉，你最好小心點，要是下次你到艾比特球場打球，我的彈弓說不定打得到三壘。

現在，你要不要帶我去白領會館？

喬弟

診療醫師：唐納魏斯頓醫師　診療對象：喬弟馬古力

問：你的鼻子怎麼了？什麼時候的事？

答：我又被畢爾曼打了，然後德瓦奇用腳踢我肚子。

問：怎麼？這次你怎麼沒告訴我你是從摩天大樓頂樓摔下來的？

答：已經不需要了。以後他們不敢再打我了。

問：為什麼不敢？

答：因為他們被查理班克斯警告。我不是告訴過你了嗎？

問：喬弟——

答：我和克雷被他們兩個壓在地上打——

問：克雷？

答：中村克雷。就是青蜂俠。他爸爸在我們那棟公寓樓下開水果行。他跟我一樣也是十二歲。

問：查理班克斯跑到布魯克林來幹什麼？

答：星期二晚上，海柔和那個大明星喬爾麥克利跑去跳舞，我猜查理已經受不了了。克雷真是料事如神。

問：所以，畢爾曼打你的時候，被查理拉開了？

答：更精采。他用一隻手把畢爾曼提起來舉到半空中，然後把他放下來叫他滾蛋。接著，他當著大家的面告訴我：「改天我去你家吃晚飯的時候，你要告訴我，剛剛那位兄弟需不需要我再去提醒一次。」

問：這招應該有效。

答：那還用說。他們兩個被我嚇到尿褲子。太好玩了。

問：哈囉，話要講清楚，他們是被查理嚇到，不是被你。嗯，然後你們就去看海柔表演嗎？

答：還沒。我們先去肉店買一塊牛排，用來敷我眼睛上的瘀青，可是那家店沒有牛排，所以我們只好買豬排回家。凱莉阿姨一看到豬排，嚇得立刻衝進去把自己鎖在房間裡（譯註：猶太人不吃豬肉）。儘管我媽告訴她，豬排並沒有吃下肚，眼睛看到並不算破戒，但凱莉阿姨還是打死都不肯出來。

問：如果這些都是你瞎編的，那我不得不承認，你真的太強了。

答：我不是瞎編。後來我們就去白領會館看海柔表演。我特別穿上西裝外套，還戴了墨鏡。她穿著一套亮晶晶的藍禮服，唱了一首很好玩的情人節的歌。老天，她真的是曲線玲瓏，胸部比琴吉羅傑斯還大，難怪他會迷上她。

問：你有沒有對她坦白承認所有的事情都是你瞎編的？

答：我想點一杯威士忌加冰塊，查理不准我喝酒，結果他學亨佛利鮑嘉的電影台詞，叫服務生「把整瓶留在桌上」，他自己喝。不過，他還是幫我點了一杯可口可樂，然後讓我替他說：「記我的帳。」然後——

問：喬弟，你到底有沒有跟她說實話？

答：呃，嗯，我準備要說了，這樣算不算？

親愛的麥凱小姐

謝謝妳邀請我和查理去看妳表演，而且要特別感謝妳為我唱那首「對你鍾情」。因為妳的緣故，我感覺病情日有起色。

妳的朋友　喬弟馬古力

PS　很不好意思，那天我不得不戴墨鏡，因為我眼睛還是會怕強光。

親愛的喬弟

你還沒完嗎？

天花的症狀你偽裝得還不夠像。你的肢體動作演得還不錯，可惜的是，你身上的斑點未免消失得太快了。鬼扯也是需要劇本的，知道嗎？下次如果你還需要再表演給別人看，一定要記清楚癱瘓的是哪一隻腳，懂嗎？

這樣吧，我們來談個條件。我會告訴查理，你已經跟我坦白招認。只要你好好幫我盯著查理，不要讓他發飆闖禍，我就會幫你演完這齣戲，懂嗎？

海柔

最高機密
收訊人：影子俠（喬弟馬古力）　　位　置：四樓

我不是早就告訴過你，只有豬頭才會寫信去謝謝她？怎麼，你是覺得你的狗屎運是每天都有嗎？

最高機密
收訊人：青蜂俠（中村克雷）　　位　置：三樓

不然還能怎麼辦，我總得要想辦法拉攏她。話說回來，你覺得我可以信任她嗎？

最高機密

收訊人：影子俠（喬弟馬古力）　　　　　　位　置：四樓

你還有別的選擇嗎？拉攏她可以，不過千萬記住，你可不能什麼都坦白。至少奧堡太太和她那神祕的義肢，這件事絕對不能告訴她。到時候拿到檢舉獎金，我可不想多一個人來分。

時尚人物專欄　　文澤爾

麥凱和班克斯進入延長賽

如果說通往男人心裡的路必須經過胃，那麼，海柔麥凱顯然是找到路了。這個禮拜，魔鬼身材的金嗓歌后麥凱，當紅炸子雞三壘手查理班克斯，兩個人吃遍了高譚大飯店的山珍海味：德摩廳的義大利麵，彩虹廳的義式冰淇淋，琳蒂廳的起士蛋糕。消息來源指出，這對金童玉女雖然分分合合，但兩個人在彼此心目中都有不可取代的地位，有如羅密歐與茱麗葉生死相許。那天晚上，雖然我們的羅密歐不小心把一瓶名貴紅酒砸在茱麗葉腳上，茱麗葉卻依然對他含情脈脈。不過，各位小朋友，小心地上的碎玻璃！

親愛的文澤爾

你好像漏掉了，那天晚上我們還去了紅嘴鶴夜總會。那天你不是也在嗎？我親眼看到，你太太去上廁所的時候，你趁機會猛捏櫃檯小姐的奶頭。

管好你自己的褲襠，少管別人閒事。

三壘手 查理班克斯

亞歷山大漢米爾頓初級中學　學期成績單

學生：喬弟馬古力　教師：珍娜希克斯

英語A　服裝儀容A
數學A　勤缺狀況A
社會A　團體活動A
自然A　品德操行F

教師評語：

我本來以為過了一個暑假之後，喬弟會變得比較守規矩，但沒想到，開學才一個禮拜又出狀況了。先前我在一堂歷史課上分析羅斯福總統的「國家經濟振興法案」，說那個法案徹底失敗。結果過了一個禮拜，我收到白宮新聞祕書史蒂芬爾利來信，建議我要審慎衡量自己身為老師的角色，謹言慎行。究竟是班上哪個學生向白宮「檢舉」我？很明顯，絕不會有第二個人。

馬古力太太，我不太習慣遭到白宮當局的批評，特別是，十一月的總統大選，我已經打算投給共和黨的威爾基先生。另外，我身為老師的尊嚴已經開始受到侵犯。我建議我們盡快安排一次家長教師會談。

喬弟對瑞雪兒潘尼茲的興趣，似乎已經過了「肢體攻擊」的階段，現在，他開始把情書塞進她書包裡。情書的內容多半是「妳聞起來沒有從前那麼臭」之類的句子，熱情洋溢，真摯動人。雖然瑞雪兒始終不予理會，但喬弟卻似乎越挫越勇，毫不退縮。

珍娜希克斯

家長意見：

這孩子所有的科目都是A，妳還想怎麼樣？要他當聖人嗎？

凱莉嘉汀格　喬弟的阿姨

讀書報告

學生：喬弟馬古力
書名：綁架
作者：胡洛伊德
簡介：十歲的小偵探史奇普和一位富翁的兒子同時遭到綁架，兩人落入一群惡棍手中。後來，他們幾乎已經快絕望了。這是一個驚心動魄的故事，從頭到尾懸疑緊湊。

我不喜歡胡洛伊德的《綁架》。有三個理由。

一，這本書就像《魔鬼沼澤的囚犯》或《河中大盜》一樣，只不過又是「史奇普戴爾探案」系列的老套，差別只在於壞蛋的名字不一樣。另外還有一點不同的是，在這本書裡，史奇普被壞蛋丟出飛機。別的書裡沒有這個情節。

二，只有那種很爛的大人才會讓小孩子落到壞蛋手裡。就算他們一開始只是希望幫助那些孩子，但結果卻害他們被綁架，在我看來還是一樣爛。而故事裡那個康尼警探更是爛中之爛，因為他一天到晚害史奇普被間諜抓走。看到一個十歲小男生手上拿著無線電出現在面前，有哪個間諜會不覺得古怪？他真以為間諜會笨到這種程度？

三，史奇普怎麼會不認識半個猶太人？法蘭克林狄克森寫了一系列的「哈迪男孩」，其中有一本叫《窗外的足跡》，故事裡的人物包括哈迪男孩（基督徒），菲爾柯亨（猶太人），湯姆華特（中國人），東尼普利多（義大利人），查特莫頓（肥仔）。不是有一句名言說「不分種族，人皆生而平等」嗎？為什麼史奇普的故事裡沒半個猶太人？看樣子，史奇普有種族歧視喔。

這本書和希特勒的《我的奮鬥》沒什麼兩樣，都是標榜種族歧視，差別只在於《我的奮鬥》更堂而皇之，嚷得特別大聲。希特勒說，世界上只有三種人，第一種是擁有一切的人，第二種是幫第一種人掃地洗衣服的人，第三種是該抓去槍斃的人。在希特勒眼裡，除了德國人，全世界都是第三種人。你不信嗎？你可以去問倫敦市民。要是你半夜兩點醒過來上廁所，才剛沖完馬桶，你家就炸成碎片，那種感覺你有辦法想像嗎？這就是所謂的「倫敦大轟炸」，每天晚上都在上演。你沒聽艾德華莫洛每天都在收音機裡大聲疾呼：「親愛的美國同胞，你們聽到了嗎？晚安，祝你好運。」（譯註：艾德華莫洛，Edward Murrow，喬治克隆尼自編自導的電影「晚安，祝你好運」中的主角，美國廣播新聞的一代宗師，在二次大戰期間派駐英國，報導倫敦大轟炸，聞名全球，並於五〇年代率先反抗麥卡錫主義，贏得崇高的聲望。）

這些法西斯份子竟然寫這種書給孩子們看，我覺得班上應該針對這一點好好討論。而且，胡洛伊德並不是唯一的法西斯份子，馬克吐溫也是同一掛的。他的書裡罵黑人是「黑鬼」，而且醜化印地安人，大家都沒注意到嗎？

我很討厭胡洛伊德寫的《綁架》。

亞歷山大漢米爾頓初級中學　公告

致全體同學

主旨：希克斯老師

我知道全體同學都和我一樣，希望這次希克斯老師到加勒比海能夠度過一個愉快的假期。雖然這次她臨時決定要離開學校，有點倉促，但萬聖節左右她就會回到學校，我們很快就可以再次看到她親切的笑容。

這段時間，艾德琳戴爾老師會代理她指導各位同學。我們大家要一起用最大的熱誠歡迎戴爾老師。

親愛的查理

代課老師戴爾要我寫一篇一百字的作文，題目是「休伊朗格」。我一定要好好寫，因為這老師很愛哭。問題是，休伊朗格被暗殺那一年，我才八歲，不知道他是什麼樣的人物，只知道他有一個綽號叫「劍魚」。我該怎麼寫？

喬弟

PS1 你還在生我的氣嗎？

PS2 你什麼時候要到我家來吃晚飯？你親口答應過。

喬弟

去你家吃晚飯？你覺得那機率有多高？告訴你，機率應該和太陽打西邊出來差不多。先前你說有兩個小王八蛋一天到晚欺負你和你朋友，所以當初我說要去你家吃晚飯，目的只是為了要嚇嚇那兩個小王八蛋。這一招顯然有效，不是嗎？打個比方，我已經一棒把你從三壘送回本壘得分，你已經夠走運了，警告你，不要得了便宜還賣乖。你答應過我要跟海柔坦白承認那些都是你瞎編的，結果呢，她差一點就去找紐約時報，要他們幫你發動募款。所以，你猜對了，我還是一肚子火，而且我保證這一肚子火還會再燒三十年。

還有，別他媽的再寄羅斯福的鬼競選傳單給我，我只會拿來擦屁股。他已經幹了兩任總統，你還巴望他再幹第三任？別作夢了。看樣子，他是打算把我們扯進去淌英國人的渾水，你不覺得嗎？我看是八九不離十，因為他已經開始徵兵了。難怪你會喜歡他，因為他比你還狗屁。

這個球季只剩最後幾場巡迴賽，我們明天就要出發。我們要在辛辛那提待五天，到聖路易市待五天，然後到芝加哥再待五天。寫信給我，你可以寄到克洛斯利球場、運動公園球場、還有瑞格利球場。

查理

PS1　他的綽號不叫「劍魚」，是「國王魚」。這篇作文開頭可以寫：「休伊朗格是狗屁。」然後你再算算看後面還要補幾個字。

PS2　你到底是哪一種猶太人？猶太人不是都披頭散髮像鬼一樣，連臉都看不見嗎？

PS3　我猜你應該已經看過報紙，海柔又肯跟我談戀愛了。這次她竟然說她是看在你份上。真不知道你到底跟她說了什麼，不過，我們算是扯平了。

親愛的咖哩

我叫她乾脆點，要嘛就大聲告訴你她愛你，要嘛就快點把你一腳踢開，給你個痛快。怎麼樣，這招厲害吧？

我在論壇報上看到一張照片，是你們和操他媽的紅人隊比賽。你應該知道我說的是哪一場。照片裡，你的拳頭塞在厄尼隆巴迪嘴裡，他兩顆門牙飛出來。查理，不是我在幫隆巴迪說話，不過我真的覺得他不是故意的。我想，他只是屁股太大，不是故意要擋你的球。我的意思是，裁判並沒有操他媽的判你防守失誤什麼的，所以我搞不懂你幹嘛扁他。

喬弟

PS 猶太人有三種。第一種是正統教派猶太人，他們臉頰兩邊留著髮辮，一年到頭穿黑外套，整天唱那種陰森森的歌，而且教會規定他們不准坐雲霄飛車。第二種是保守教派猶太人，凱莉阿姨就是。第三種是新教派猶太人，就像我和我媽。另外好像還有一種路德教派，不過不太確定有沒有。

小硬漢

我搞不懂學校到底是怎麼教你的，還是因為你整天忙著到公共蓄水池小便，根本沒時間去上課。警告你，再這樣下去，總有一天老摩西鐵定會在你面前顯靈，拿十誡的板子敲你腦袋，然後你就會看到板子上清清楚楚寫著：我把球投向一壘的時候，紅人隊那王八蛋故意用屁股去擋球，目的是為了要報仇，因為我封殺了他們好幾次。也許你該去問問那個狗屁隆巴迪，看他到底是屁股抽筋還是腳抽筋。

辛辛那提真是全世界最狗屁的地方。要是哪天你參加什麼旅行團，他們把辛辛那提排在行程裡，那麼，如果我是你，我一定會叫他們換地方。去辛辛那提玩，還不如去逛地獄。辛辛那提所謂的市中心在一條河邊，好像就叫辛辛那提河。如果你想知道什麼叫「臭」，那麼，你可以趁夏天氣溫攝氏三十六度的時候，或是半夜兩點想睡覺的時候，住到他們的飯店。我跟你打賭，那裡的天氣很可能是狗屁羅斯福在操縱的，時間一到，他就會「送風」到你飯店房間裡。跟我睡同房間的本來是卡爾赫貝爾，後來，我開始朝他跪拜，喊他教宗，他終於受不了了。現在，我的新室友叫裘迪史塔克，他也是菜鳥，不過他是在堪薩斯和克里夫蘭長大的，來過辛辛那提，所以他早就準備好橡皮塞。問題是，要是把鼻子塞住，你就只能用嘴巴呼吸，那我可受不了。你大概不稀罕什麼風景明信片，不過我一定要寄一張給你。拿來聞聞看，哇，那個味道，辛辛那提。我在明信片上畫了一個箭頭，那裡就是我們住的飯店，不過可能看不清楚，因為被法院建築擋住了。明天我們還要在這鬼地方打一場，然後就可以溜了，逃到聖路易市。不過再仔細想想，聖路易市好像也沒有好到哪裡去。

另外再告訴你一件事。我們經理泰瑞先生有一句經典名言，整天掛在嘴上，尤其是春訓的時候。每年春訓，所有的投手都出現了，有的是加州來的，有的是奧瑞岡州來的。他們回家過了一個冬天回來，在三月頭兩個禮拜，你看他們每個人投球的樣子，我的媽，軟趴趴的投什麼鳥。每年都一樣，他們每個都卯足了勁拚命投，不知道在投給誰看，那球數是平常的十倍。他們嘴裡都說，他們是為了找出球感。呃，球感個屁，他們根本就是拚命想消掉肚子那一圈肉。他們的體重比九月的時候不知道多了幾斤。所以，泰瑞先生每次一出現，那句經典名言就出籠了：「你們這些臭小子，搞清楚，球不是投多就有鳥用。」

小子，「操他媽的」這幾個字一封信用一次就好，除非那封信寫得又臭又長，那你就可以用兩次。

查理

PS1　信封裡附上一顆徽章，上面有「三連任，別作夢」的標語，戴在身上有益身心健康。辛辛那提到處都有人在發這種徽章。另外還有一種徽章，上面是你那個好兄弟的嘴臉，臉上畫了一個大叉叉。看起來，辛辛那提雖然臭死人，畢竟還是沒我想的那麼爛。

PS2 小子，另外還有一件事。大家都以為克里斯提馬修森的綽號是「光速六號」，其實根本不是，那麼，你有辦法告訴我他真的綽號是什麼嗎？省點力氣，不要想作弊，不用去翻報紙找書查資料，因為你根本查不到。

PS3 你知道自己最快能跑多快嗎？下次敢再叫我「咖哩」，你很快就會知道自己能跑多快了。

親愛的查理

馬修森又稱「子彈鞋」，那是當年他還在巴克納爾大學踢足球的時候人家給他的綽號。你說要到我家來吃晚飯，說了就是說了，我才不管是什麼理由。大丈夫一言既出駟馬難追。你哥哥哈蘭沒教過你說話要算話嗎？

喬弟

班克斯最黑暗的一日

〈星期三聖路易市報導〉比爾泰瑞率領的「所向無敵」的巨人隊，今天慘遭滑鐵盧，被紅雀隊以13:2的懸殊比數痛宰。巨人隊的救世主三壘手查理班克斯，今天出現史無前例的三次失誤。第二局，兩出局後，紅雀隊強尼麥茲擊出一支強勁滾地球，從查理兩腿之間穿過去。第四局，伊諾斯史洛德擊出一支慢速平飛球，擊中查理腳背，反彈到左外野形成安打。第七局，捕手米奇歐文擊出一支內野高飛球，本來應該被接殺，沒想到球竟然砸到查理頭上。

泰瑞經理，你們的救世主三壘手是不是昨天晚上沒睡飽？

美國郵政明信片

紐約市布魯克林區蒙哥馬利街 236 號

喬弟馬古力　收

你怎會知道哈蘭的事？

查理

美國郵政明信片

密蘇里州聖路易市運動公園球場

紐約巨人隊三壘手查理班克斯　收

你什麼時候要到我們家來吃晚飯？

喬弟

親愛的超美

史塔克從前和一個猶太女孩子約會過，我跟他打聽猶太人的事，可惜他懂的也很有限，只知道猶太人吃「克雷普拉克」、「庫格爾」、「奇斯卡」、「卡努西斯」。他是在跟我鬼扯，還是猶太人真的吃那些東西？那些字眼聽起來很像我十四歲的時候蓋穀倉用的材料。

小美人，妳真的覺得到他家去吃晚飯妥當嗎？我根本搞不清楚摩西是什麼人，只知道那個人從山上走下來，手上抱著兩塊石版，上面就是十誡。他說：「我要告訴大家一個好消息，上帝頒布戒律，我討價還價半天，終於減到剩下十條。不過壞消息是，十誡裡面還是有姦淫這一條。」另外，那天我拿著豬排帶那孩子回家，他那個阿姨一直死盯著我，彷彿巴不得我從窗口摔出去。還有，「殺祭司」到底是什麼鬼東西？

我好想妳

查理

ＰＳ　浮在湯上面那種圓圓黃黃的東西到底是什麼？史塔克說他想不起來了。

親愛的超帥

三點注意事項：（1）那個圓圓黃黃的東西叫肉丸。（2）如果桌上有肉，千萬別跟他們要牛奶喝。（3）千萬不要在他們面前提到摩西。回到家我再告訴你他是什麼人。

回到飯店，馬上打電話給我，就算是半夜三點也沒關係。現在我只能看著報上你的照片，想像你就在我身邊。我快受不了了。「巴拿馬的海蒂」那齣戲，他們要我在聖誕節那段期間代替艾賽兒莫曼演出兩個禮拜（那賤貨竟然跑去度假）。我們要一直排練到禮拜五。過了禮拜五，我就整個人都屬於你了。

我愛你。

海

PS　我問過巴斯艾爾猶太教會堂的魏斯拉比〈譯註：拉比，Rabbi，猶太教法師。〉，他說「殺祭司」的原文是Shagitz，意思是「非猶太男子」，不過還有另外一個意思是「討厭鬼」。感謝魏斯拉比。

最高機密

收訊人：影子俠（喬弟馬古力）　　位　置：四樓

我們都準備好了。記住，你們家餐廳的窗簾要拉開一點，這樣我們躲在防火梯這邊才看得到裡面。已經有二十九個小鬼在排隊等，每個人手上都拿著錢。另外還有八個還沒算，他們要從班森赫區趕過來。這樣加起來門票收入總共兩塊美金。畢爾曼說，只要我們分他一成，他願意當我們的保鏢。我說好，成交。

最高機密

收訊人：青蜂俠（中村克雷）　　位　置：三樓

還有一件事。查理晚上七點會到我家，你七點半打電話給我，假裝你是狄馬喬。我要讓查理知道我不是只靠他。我還有備胎。

最高機密

收訊人：影子俠（喬弟馬古力）　　位　置：四樓

喬弟桑，很難得這次你比我更老謀深算。

診療醫師：唐納魏斯頓醫師　　診療對象：喬弟馬古力

問：後來怎麼樣？

答：他喝上癮了，要我媽再給他一碗湯，還有肉丸子。我媽樂歪了，心花怒放，甚至還教他要怎麼圍著蠟燭唸禱告詞。他頭上蓋著猶太頭巾，那樣子看起來亂詭異。

問：你的好兄弟是偉大的棒球選手。

答：可是凱莉阿姨並不這麼認為。她老是叫錯名字，把查理當成是道奇隊的古奇拉瓦加多。其實她是故意的。所以後來，她夾了一塊牛胸肉要給查理，可是查理卻故意說他想吃豬肉培根起司漢堡，她臉都綠了。不過，她是自找的。

問：你有沒有告訴他你是怎麼會知道他有一個哥哥叫哈蘭？

答：呃，應該還沒有，不過他也忘了問。我們一直忙著用吸管吹小紙團當子彈，打我阿姨的屁股。

問：喬弟？

答：呃，好吧。假如我告訴你，我跟人口統計局的人說你表姐艾薇死掉了，用這種手法騙到你家的地址，你會有什麼反應？

問：我可能會一腳踹爛你屁股。

答：所以囉，我怎麼敢告訴他呢。

問：不過話說回來，說不定我不會踹你。

答：你說真的？

問：假如我還特地買了兩個冰淇淋甜筒給你吃，那表示我很在乎你，應該捨不得踹你。對了，是誰先打到你阿姨的屁股？

答：是我。我可以走了嗎？

親愛的喬弟

謝謝你打電話來，小老弟，也謝謝你終於肯說出來，要不然我永遠猜不透你怎麼會知道哈蘭的事。很可惜那位管理檔案的小姐不是希特勒的手下，要不然，就靠她那張大嘴巴，我們根本用不著蒐集德軍的情報，躺著就有人送上門。德軍有什麼陰謀，我們瞭如指掌。

如果我是你，我並不會覺得家裡少了個爸爸有什麼大不了。你媽媽很棒，更何況再加上一個阿姨，你等於有兩個媽媽，賺到了。人生嘛，有時候魚跟熊掌沒辦法兩樣都要。而且，你媽媽真的很厲害，我第一次看到有人不用麵包屑就能夠做出巧克力蛋糕。另外，老實告訴我，你阿姨是不是懷疑我有什麼淋病皰疹之類的?還有，她為什麼一直對我大叫「喔咿」?那是什麼意思?

哈蘭是我大哥，他是我這輩子最好的朋友。在認識海柔之前，他是這世上我唯一愛的人。小時候，有一次他打棒球被球打到頭，在醫院裡撐了四天，最後還是死了。你看，他是不是從小就像個男子漢?

喬弟，以後不要拿這種事開玩笑，尤其是，如果那是別人內心的傷痛，那就更不能開玩笑。好了，

我答應你的事，都已經做到了，我們之間也該到此為止了。從今以後，你要自己學著長大，學著怎麼當個男人。

三壘手　查理班克斯

親愛的查理

聽起來好像你們班克斯家的人都很了不起。那你為什麼要揍狄林傑和麥德維克?你有什麼解釋?還有，聖路易市那個隆巴迪，屁股太大也惹到你?保羅狄林傑只不過是罵你娘炮，你知不知道畢爾曼叫德瓦奇把我壓在地上，然後拿碎玻璃瓶割我的臉?傷口三個禮拜才痊癒，而且我還必須騙我媽說我是玩滑板摔下來，而事實上我根本沒有滑板。在這種情況下，你竟然連幫我打一支全壘打都不肯。你覺得我還能找誰救命?我爸爸嗎?「娜娜伯特，我是喬弟，能不能拜託妳請我爸爸來修理藍尼畢爾曼?」「喬弟?哪個喬弟?」要是我跟你一樣，有個像哈蘭那樣的哥哥，也許事情就解決了，可惜我命沒你那麼好。你

以為我沒事寫信給你幹嘛，閒著無聊嗎？

知道我對你有什麼看法嗎？我覺得你應該去愛荷華接受他們贈送的市鑰，然後不要回家，直接把自己鎖起來，丟掉鑰匙，一輩子不要再出來見人。為什麼呢？因為你根本不是什麼棒球選手，你只不過是穿著紐約巨人隊的制服，在馬修森從前打球的地方鬼混。從前還有很多人也在那裡打過球，包括「火雞」麥克唐林，道爾，布里德威爾，麥金提，還有麥克格羅。你真覺得自己夠資格在那裡打球嗎？告訴你一個秘密，查理，你比上面提到的任何一個人都強，只不過，他們都像個男人，而你只不過是個「混蛋」。你每天都在打全壘打，而我只不過是求你幫我打一支，會死啊？

也許我有很多地方需要反省，不過你知道嗎，你需要反省的地方更多。所以，去你媽的。

喬弟馬古力

PS 別說什麼你是我的偶像，少往自己臉上貼金。只有白癡才會把你當偶像。

親愛的喬弟

隔了兩個多禮拜才回信給你，你知道為什麼嗎？因為這封信我總共寫了六次，每次開頭寫沒多久就被我揉成一團丟進垃圾桶。寫不下去，是因為我一直有一股衝動想直接開車去布魯克林扯掉你的腦袋丟到路上去餵狗。你會收到這封信，唯一的理由是我和隊友準備要去痛宰對手，現在正搭火車要去芝加哥。火車時速一百二十公里，就算我越想越火，巴不得立刻扭斷你脖子，可是在這種速度下，你應該暫時還沒有生命危險。另一方面，裘迪史塔克又在抽煙車廂裡放屁了，另外幾個傢伙也跟著放，好像在比賽，而且還當著一群修女的面。看樣子，顯然眼前還有很多人在排隊等著要我修理，所以你還可以多活幾天。

我的人生已經開始被你搞得雞飛狗跳。真不知道你只是碰巧找上我，或是說你根本就是道奇隊經理派來修理我的。不管是什麼，你最好到此為止。你大概在收音機裡聽過我們這個球季最後一場比賽。我被四次三振，對不對？四次三振。這輩子我從來沒有被人一場三振四次，更何況是被海克貝這種三流貨色三振，簡直無法想像。不管別人怎麼替他吹噓，在我看來，那傢伙連壘球棒球都分不清楚，還投手咧，投個屁。換作平常，他投的球早就被我轟到場外的河裡去餵魚了，可是那天我竟然連續四次栽在他手裡。歸根究柢，都是因為馬修森。也許你還不知道，但現在我可以告訴你，他是我的偶像。要不是因為你上次寫信提到他，我倒還沒想到我們是在同一個球場打球的。此刻，他會不會就在天上看著我？如果是的話，他會說什麼？「嗯，那個叫班克斯的小子還真是號人物。」或是「誰讓那個蠢蛋在我的球場上丟人現眼？」你這小鬼真的很煩，竟然會害我想到他，害我開始想這些有的沒的。我還特別在房間的鏡子上貼了一張字條，上面寫著：「查理，別再寫信給那小鬼。」偏偏每次看到那紙條，我想到的卻是出去買郵票。

喬弟，我們該做個了斷了。要嘛我們就到此為止，不然的話，我們最好把話講清楚。說要到此為止，大概已經來不及了，而且至少在我看來，顯然我們兩個都不想到此為止。我們兩個大概會繼續糾纏不清藕斷絲連，既然如此，有些話我們就有必要講清楚，約法三章。而且別忘了，是你找上我的。

一，我們彼此之間必須絕對坦白，要是讓我發現你又跟我滿嘴狗屁，那你就另找高明，去糾纏狄馬喬之類的，別來找我。我不認識你。所以，自己看著辦，別搞砸了。

二，下次跟你講道理，你最好乖乖聽，少跟我耍嘴皮子。記住一件事，不管我說什麼，都是為你好。跟你講道理，並不是因為查理班克斯是什麼大人物，也不是因為紐約巨人隊的三疊手有什麼了不起，而是因為我比你多活了幾年，吃過的鹽比你吃過的麵粉多。

三，不要再叫我班克斯，或是班克斯先生。叫我查理就可以。或是等以後我們兩個再混熟一點，你還可以幫我起個綽號，不過，先聲明，不准叫我「咖哩」。還有，下次你要是敢再叫我「去你媽的」，那我就把你腦袋和手腳都壓進你肚子裡，讓你變成人棍。

四，我會儘量提醒自己，你今年才十二歲，所以有很多東西你可能不懂，所以我不可以因為你不懂就修理你。這樣的錯誤，我已經犯過很多次，我會儘量不要再犯。不過，只是儘量。

五，有時候，我可能會做出一些不該做的事，像是冤枉別人打錯人，或是罵別人蠢材豬頭，而那個人正好是你的偶像，比如白宮那個大肉丸。要是你發現我做了這些事，你可以糾正我。意思就是，如果你發現我又開始要發作了，那你就可以直接說出來，教我該怎麼做，不過，提醒你，你可不要食髓知味玩過頭了，別忘了我除了年紀比你大之外，塊頭也比你大。

六，以後不准再罵我混蛋，小心，那會把我搞得非常火大。

七，如果我們對彼此有什麼良心的建議，那就坦白說出來，難聽也沒關係。這樣做，目的並不是要讓我們變成聖人，而是因為有問題可以事先預防，免得到外面丟人現眼。我先說：小子，你那張嘴真的該休息就要休息，讓別人偶而有機會可以喊救命。

八，要是你真的被人修理得很慘，這時候你就可以告訴我，我會幫你擺平。不過，在正常狀況下，你還是必須靠自己的力量保護自己。當然，除了不正常的狀況。

九，永遠記得一件事：你很可能不是簡單人物。現在我還無法確定你是不是號人物，不過，有件事實擺在眼前：這輩子從來沒人有辦法把我搞到連續四次三振，尤其是栽在海克貝那種貨色手裡。

十，底下請你簽名畫押，等我從芝加哥回來，我要看到這份合約在我桌上。

我＿＿＿＿＿＿＿＿你＿＿＿＿＿＿＿＿

現在可以讓我安心比賽了嗎？

查理

PS 我會一直想著你，然後禮拜二我會投票給共和黨的威爾基。

布魯克林鷹報

羅斯福再度當選
美國史上第一位三連任的總統
目前已開出 429 張選舉人票

一九四〇年十一月六日

白宮　函

日期：一九四〇年十一月二十三日

親愛的喬弟

史蒂芬爾利把你十月三十日的來信交給我，請我親自回覆。

首先，我要向你表達最深的謝意，謝謝你的鼎力支持。你在布魯克林為我拉到四十七票，對我意義非凡。在這種規模的選舉中，每一票都攸關重大。

其次，最令我驚訝的是你對全國各州的選情分析。選舉結果顯示，你估算的選舉人票數比選前蓋洛普民意調查更精準，更接近十六票。我想，我真是非常幸運，能夠得到你的支持。假設今天你支持的是我的對手，那我恐怕就麻煩大了。

復活節快到了，羅斯福夫人要和我一起向你獻上最誠摯的祝福，祝你未來一切順利。

敬祝平安愉快

法蘭克林羅斯福

一九四〇年十二月十六日

親愛的查理

頌讚你，我的孩子，你將引領人類走向未來

願主耶穌的話語照亮你的聖誕

喬弟

PS1 羅斯福新政要開始了，意思就是，希特勒囂張不了多久了。

PS2 合約給你吧。簽名就簽名，什麼希罕。不過還是要提醒你，不是只有你認識律師喔，別搞鬼。

一九四〇年十二月二十一日

親愛的喬弟

願曼諾拉上的每一根蠟燭照亮你的心
猶太光明節快樂

查理

PS1 「威爾遜總統先點火，
柯立芝總統再敲鑼，
羅斯福總統喊衝鋒，
哀哉美利堅合眾國。」
什麼狗屁軍援。

PS2 曼諾拉是什麼鬼東西？

PS3 你只差一點就被我三振出局。算你走運。

PS4 一九四一新年快樂。你的兄弟。

一九四一

亞歷山大漢米爾頓初級中學 函

受文者：查理班克斯
發文者：赫伯特戴馬瑞校長
主　旨：喬弟馬古力

我有一個學生叫喬弟馬古力，我注意到你似乎特別照顧他。這孩子的爸爸不在他身邊，所以我很感謝你對他的關照。問題是，像你這樣的大人物偶爾光臨敝校，已經驚動到校內其他孩子。我想，有一兩個疑點我必須找你釐清。今天下午一點二十分，喬弟在班上唸了一篇《塊肉餘生錄》的讀書報告，結果，五分鐘後，他被老師帶到我的辦公室。

班克斯先生，恕我無禮，你怎麼會教小孩子說那種髒話？

收件人：赫伯特戴馬瑞先生
地　址：紐約市布魯克林區貝德福大道 2236 號　亞歷山大漢米爾頓初級中學

戴馬瑞先生你好

你到底有沒有看過那本書？「是的，夫人。」「沒有，夫人。」「夫人，請打我屁股。」難道你希望看到他長大變成這種娘娘腔？

三壘手　查理班克斯

亞歷山大漢米爾頓初級中學　函

受文者：查理班克斯
發文者：赫伯特戴馬瑞校長
主　旨：喬弟馬古力

謝謝你對那孩子的關心。不過，既然我不會教你怎麼打棒球，那是不是可以麻煩你把教育的問題交給我？

收件人：赫伯特戴馬瑞先生

地　址：紐約市布魯克林區貝德福大道 2236 號　亞歷山大漢米爾頓初級中學

戴馬瑞先生你好

你為什麼不選《咆哮山莊》讓學生讀？西斯考特最起碼還像個男人。

三壘手　查理班克斯

親愛的喬弟

如果你是存心要讓我難看，那你算是很成功。你們校長之所以沒把書砸在我臉上，純粹只是因為我虛張聲勢，把他唬住了。就像有一次我跟一個叫懷特的投手對壘，一好球三壞球，我不想被他保送，所以故意擺出短打的姿勢，結果他上當了，投了一個曲球被我轟得滿天飛。太好笑了，從以前到現在有誰看過我短打嗎？好了，言歸正傳。從現在開始，我教你的東西，有一些絕對不准讓別人知道，比如《塊肉餘生錄》。至於還有哪些東西，時候到了我自然會告訴你。

我們大概凌晨會抵達佛羅里達州，然後十一點就要開始春訓。我搞不懂球隊高層這樣做到底是什麼用意，因為我們的制服都還沒送到。不過，卡爾赫貝爾倒是一馬當先，表現搶眼，他已經在車廂走道上做了好幾個伏地挺身，不過，當然他都挑泰瑞經理在場的時候才做。所以，火車開到巴爾的摩附近的時候，我們故意把他的衣服行李丟下火車。愛秀是不是？那你就光著屁股上場投球，讓你秀個過癮。

現在火車大概到了南北卡羅來納州中間的地方，史塔克說我們還在北卡，可是梅爾奧特卻一口咬定火車已經到了南卡，於是兩個人就開賭了。（今天吃晚飯的時候，史塔克在裝肉湯的碗底看到一個圓圓的東西，說那可能是菜豆，可是奧特卻說那是一毛錢的硬幣，於是兩個人就打賭。連這個也能賭，這兩個大概連老婆都可以拿來賭。）我巴不得快點脫離南方這幾個州的範圍，因為我看過「亂世佳人」之類的電影。南方人很討厭我們這種北方佬。你大概以為過了八十年，他們應該不會再把我們當成眼中釘。你錯了，我知道一直到現在，在他們眼中我們還是屁。

今年十一月，露西鮑兒嫁給一個古巴佬，史塔克如喪考妣。不過現在他已經走出傷痛，開始轉移目標。現在，他的目標是維若妮卡雷克。他買通了賭場的人，弄到了維若妮卡的地址。火車在瑞奇蒙站停靠的時候，他趁機去發了一封電報，上面註明了自己搭乘的班車號碼，可是到現在維若妮卡都還沒回電。他說他會等她兩天，要是沒有下文，他就要轉移目標，鎖定麗泰海華絲。不過，他得先再去找那個賭場的人弄到她的地址。

我已經交代過海柔，請她在我回來之前先幫我盯著你。所以，你別想混。

查理

PS1 替我向你媽說聲謝謝，她送我的那種尖尖的椰子點心很好吃，雖然隊上沒人搞得清楚那到底是什麼東西。

PS2 我們在收音機裡聽到，華盛頓那邊又出現一個新組織，叫什麼「美國優先」。他們喊的口號是「各人自掃門前雪，莫管別家戰火燒。」他們公開在廣播裡宣揚這類的口號。也許我應該去參加他們的活動，你覺得呢？想也知道，他們當然不會寄邀請函給白宮那個大肉丸。史塔克最近發明了一個綽號：「兩隻小豬」，其中一隻是納粹空軍元帥戈林，另一隻是義大利的墨索里尼。我最近在跟隊上的人討論，第三隻小豬應該投票給誰？到目前為止，日本的東條英機八票，蘇聯的史達林六票，羅斯福兩票（由於我是投票發起人，所以我有權投兩票）。

PS3 你搞錯了。在「狂徒末路（High Sierra）」那部電影裡，要是亨佛利鮑嘉選擇和艾姮魯皮諾在一起，那麼最後他就不會把命送在山上。這樣說有什麼證據嗎？要證據，你回戲院去重看一次就明白了。還有，別又太入戲，到處跟別人說你是「瘋狗厄爾」。到時候，你們校長又會怪到我頭上來。

布魯克林黑道火併

〈星期一布魯克林報導〉星期天晚上在羊頭灣，有一名身分不明的男子從一家知名妓院走出來的時候遭到射殺。警方有理由相信，凶手駕駛的是一輛一九三八年份的銀色杜森柏旅行車。據說，那輛車靠近死者的時候忽然減速，目擊證人宣稱，他聽到兩聲槍響之後，那輛車就加速逃逸。警方相信這起凶殺案和黑道幫派火拼尋仇有關……

親愛的查理

這是今天鷹報上的消息，而且現場就在我家附近。我們這裡常常有無辜的孩子被亂槍打成蜂窩，或是被燒死在屋子裡，然後就這樣埋在廢墟裡（說不定是縱火）。也有很多孩子一大早去上學，卻在半路上就失蹤，再也沒有人看到他們。

我們這一帶的孩子，差不多只有我和克雷不能去夏令營。他不能去，是因為他天生斜眼，而我是因為我是猶太人。另外極少數不能去的，都是那種前科累累的不良少年，他們有的是砸壞了點唱機，要不然就是搶老太太的錢，或甚至殺警察。所以，今年暑假我們只好跟那些傢伙一起混，跟他們學點東西，比如說打開消防栓。表面上看起來，開消防栓是為了降溫，因為氣溫高達攝氏四十四度，但其實那只是為了掩人耳目，因為我們正在搶珠寶店，噴出來的水會把櫥窗弄得一片模糊，我們可以搶個痛快。仔細想想，今年暑假與其跟那些傢伙混，還不如跟你一起去巡迴比賽，比較沒有生命危險。

你們巨人隊有一個小姐寄了幾張開場賽的票給我。克雷和我媽都會去，不過凱莉阿姨說什麼都不肯去，因為她說要是這次被你騙去看比賽，下次贖罪日那天她很可能會被你騙去吃火腿。上次你實在不應該當著她的面說道奇隊的彼得萊瑟是大嘴巴。你越是這樣說，她會越喜歡他，特別是她知道開場賽那天他正好就是你的對手。她竟然看得懂比賽紀錄，有這種阿姨真是要命。

我已經摸出一種辦法，可以釀私酒。只要我沒被人「做掉」，我會把那些酒賣給地下酒吧。

瘋狗厄爾

PS1　要是你真的加入「美國優先」，那就祝你好運囉。等美國一參戰，我就會到德國去，躲在散兵坑裡等著暗殺隆美爾。到時候，我會寫信給你，不過，很可能你還沒收到信，我就已經死了。這樣一來，好歹你就可以不用自己上戰場。叛國賊。

PS2　我捐了很多東西給「搶救不列顛」機構，包括一部舊收音機、幾條口香糖、還有幾件沒破洞的內衣。我猜你大概只捐了幾雙臭襪子。雙料叛國賊。

PS3　萬一你們隊上的球僮生病或是出了什麼事，沒辦法跟你們一起去巡迴比賽，你們要怎麼辦？你們也該有個備胎吧？

親愛的瘋狗

「如果」是一個很有意思的字眼。有時候「如果」可以理直氣壯，比如「如果我全心全意努力工作」。也有時候「如果」根本就是狗屁，比如「如果能夠躺著等錢從天上掉下來」。當然，最狗屁的是底下這句話：「如果能夠和你一起去巡迴比賽。」嗯，如果你也跟女人一樣長出奶子，那你就可以生小孩，不過那並不代表你長得出奶子，那要等下輩子。

第一，羊頭灣可不是在你家隔壁，想來就能來，那已經快到新澤西州了。第二，你還只是個小鬼，誰要帶你來？第三，布魯克林之所以恐怖，是因為你住在那裡。最後，鄭重警告你，少動歪腦筋，你要是敢動我們的球僮你試試看。他是個乖孩子。要是哪天他忽然倒在地上口吐白沫，結果查出來是因為他吃到什麼砒霜之類的，那你就麻煩大了。

我們要在薩拉索達集訓五天，可是很要命的，我們住的飯店房間只有三面牆。本來有四面，可是有一面被一九三八年那次颶風吹垮了，而且後來他們一直「忘了」把牆修好。我和史塔克睡同一間房，而且常常會有蛇和老鼠鑽進來陪我們一起睡。不知道麗泰海華絲會不會來找他，如果來了，那就更熱鬧了。

查理

ＰＳ１　我們已經幫英國佬夠多了。一九一八年，我們幫他們從法國撤退出來，而且還幫他們打仗。這次實在不需要再幫他們了。他們偶爾也該學著自己擦屁股吧。

ＰＳ２　你也太容易發火了。注意一下。

最高機密
收訊人：影子俠（喬弟馬古力） 位 置：四樓
你這個豬頭，什麼小孩被打成蜂窩？你當他是白癡嗎，影子俠？

最高機密
收訊人：青蜂俠（中村克雷） 位 置：三樓
好啦，你聰明。那你要怎麼讓他相信我現在處境很危險？

最高機密
收訊人：影子俠（喬弟馬古力） 位 置：四樓
我們可以把奧堡太太的事告訴他。不過，萬一奧堡太太抬起義肢對準他，他也會沒命。對了，我們的座位在哪裡？

最高機密

收訊人：青蜂俠（中村克雷）　　　　　　　　　　位　置：三樓

在本壘板後面。凱莉阿姨最近一直在練習呼口號，像是「三振那個王八蛋」之類的。萬一他被惹毛了怎麼辦，說不定他會衝過去打她？

最高機密

收訊人：影子俠（喬弟馬古力）　　　　　　　　位　置：四樓

那又怎麼樣？你阿姨有本事兩回合撂倒世界拳王，誰怕誰？能不能拜託他幫我要到一張梅爾奧特的簽名照？我可以用來換四張查理班克斯的棒球卡。

最高機密

收訊人：青蜂俠（中村克雷） 位　置：三樓

克雷，我好想跟巨人隊一起去參加巡迴比賽。

最高機密

收訊人：影子俠（喬弟馬古力） 位　置：四樓

喬弟桑，最後你一定能去的。不過，你必須讓他覺得是他自願要帶你去。

收件人：希克斯老師

地　址：紐約市布魯克林區貝德福大道 2236 號　亞歷山大漢米爾頓初級中學

希克斯老師您好

喬弟馬古力和中村克雷明天要來看比賽，看我怎麼痛宰布魯克林，麻煩老師准許他們請假。

敬祝　教安

三壘手　查理班克斯

亞歷山大漢米爾頓初級中學　函

收件人：查理班克斯

發文者：赫伯特戴馬瑞校長

主　旨：喬弟馬古力，中村克雷

您提供本校兩位同學的請假證明，我們已經收到，並准許他們請假。不過，以後如果再有同樣的情形，請您直接打電話給我。您所提供的這類證明文件，無法列入學生資料檔案，因為那已經超出本校絕大多數教師的理解能力，包括希克斯老師在內。

奇祖克阿穆諾會堂　函

紐約市布魯克林區園邊大道 1243 號

收件人：大衛馬古力先生

地　址：紐約市第五大道 900 號

馬古力先生您好

您的兒子就快十三歲了，在此向您道賀。根據我們信仰的傳統，同時參考我們會堂的行事曆，我們安排在十月二十五日星期六早上十點為他進行成年禮儀式。

喬弟成年禮的事前講解課程將於五月初開始進行，以後每個禮拜進行一次。父親參與孩子的成年禮，對孩子來說意義十分重大，所以，為了配合您的工作時間，我們從禮拜一到禮拜四晚上都可以為您講解，您可以選擇任何一天來參加。

請您通知我們適合的時間，我們才能開始進行準備，幫助喬弟完成這個邁向成年的儀式。

此致敬禮

莫里斯李伯曼拉比〈譯註：拉比，Rabbi，猶太教法師。〉

收件人：莫里斯李伯曼拉比　地　址：紐約市布魯克林區園邊大道1243號　奇祖克阿穆諾會堂

李伯曼拉比你好

我和我太太即將出國，從五月一日勞動節一直到十一月初都不在國內。不過，我們的心與你們同在。

敬祝平安

大衛馬古力

紐約巨人隊大勝布魯克林道奇隊 7：1

馬球球場主場開場賽

布魯克林

	打數	得分	安打	刺殺	助殺	失誤
萊瑟，中外野手	4	0	1	4	0	1
華克，右外野手	4	0	1	0	0	0
卡密里，一壘手	4	0	0	11	1	0
麥德維克，左外野手	3	0	2	0	0	0
拉瓦加多，三壘手	3	0	0	0	1	0
赫爾曼，二壘手	3	0	1	2	3	0
瑞斯，游擊手	3	0	0	3	4	0
費爾普，捕手	3	1	1	3	2	0
凱西，投手	2	0	0	1	2	0
總數	29	1	6	24	13	1

紐約

	打數	得分	安打	刺殺	助殺	失誤
布倫斯維克，左外野手	3	1	2	1	0	0
戴馬瑞，中外野手	4	1	1	1	0	0
奧特，右外野手	4	1	2	2	0	0
史塔克，一壘手	3	1	0	12	0	0
懷特海，二壘手	3	1	2	3	3	0
班克斯，三壘手	4	0	2	4	2	0
維特克，游擊手	3	1	1	1	4	0
丹寧，捕手	4	1	2	3	0	0
赫貝爾，投手	4	0	0	0	0	0
總數	32	7	12	27	9	0

布魯克林	0	0	0	0	0	0	0	1	0——1
紐約	3	1	0	1	1	0	1	0	x——7

打點——奧特1，班克斯3，丹寧2，費爾普1。　二壘安打——麥德維克。
三壘安打——維特克，戴馬瑞。　全壘打——丹寧，費爾普。
雙殺——拉瓦加多，赫爾曼，卡密里；懷特海，維特克，史塔克。
殘壘——布魯克林5，紐約5。　保送——凱西4，赫貝爾1。
三振——凱西2，赫貝爾1。　被安打數——凱西8局12次。
暴投——凱西1。　勝投——赫貝爾。　敗投——凱西。
裁判——高茲，瑞爾登，康南。
比賽歷時——2小時11分。觀眾人數——42653。

診療醫師：唐納魏斯頓醫師

診療對象：喬弟馬古力

問：哇！

答：那還不算什麼。每次他回到休息區的時候，都會轉頭過來問我們接下來該怎麼做。全場觀眾都看到了，就連廣播也提到了這件事。他們大概以為我們是全世界最矮的教練。

問：我有聽到。你們甚至還上了新聞。

答：真的？

問：「紐約日報」上有報導，我特別幫你們留了那天的報紙。那麼，你們到底跟他說了什麼？

答：我告訴他要特別注意內角球，因為胡凱西喜歡投內角球對付他。而克雷竟然叫他乾脆不要上場打擊，把球棒交給梅爾奧特替他打，這樣我們才看得到什麼叫真正的打擊。

問：他是不是活得不耐煩了？

答：確實是，不過，他本來就應該每天過得驚險刺激，因為他是青蜂俠。

問：那凱莉阿姨說了什麼？

答：她拿著小望遠鏡從頭到尾看完整場比賽。每次彼得萊瑟一上場，她就開始大叫上帝保佑他，說他是大英雄。

問：查理一定氣炸了。

答：才沒有。他第一次上場打擊就打到左外野。每次他一上場，凱莉阿姨就會跑去上廁所。

問：那你媽呢？

答：我媽幫他做了雞蛋麵條餡餅，不過我猜他應該不敢馬上吃，因為如果比賽前吃下去，一上場他可能會趴到地上站不起來。我爸爸為什麼不喜歡我？

問：嘿，誰說的？

答：他不肯來參加我的成年禮。哼，天底下還有比這更殘忍的嗎？凱莉阿姨說他比聖經「約伯記」裡的蝗蟲還狠。約伯如果認識我爸爸，「約伯記」裡寫的大概就不會是蝗蟲了。

問：喬弟——

答：嗯，我不能自己一個人參加成年禮儀式，一定要有爸爸出席。這好像是使徒彼得規定的。

問：你都沒有叔叔伯伯嗎？

答：我有一個表叔住在聖地牙哥，可惜他今年才九歲。

問：不會啦，影子俠，我相信你一定想得出辦法。你從前應付過更大的陣仗，不是嗎？

答：呃，我是有個辦法。

問：我就知道你一定有辦法，而且我知道那是什麼辦法。

答：知道就好，不要告訴人家。

美國郵政明信片

收件人：喬弟馬古力　　　　　　　　　地　址：紐約市布魯克林區蒙哥馬利街236號

親愛的喬弟

你爸爸好像根本沒把你當人看，還真有點替你難過。不過我有一個問題：成年禮是什麼鬼東西？

查理

PS 今天四次打擊四支安打，查理陸特的球也被我轟出去。

親愛的查理

基於某種原因，猶太人認為男孩子到了十三歲就已經算是大人了，不過還是不准喝威士忌，不准抽雪茄，不准打撞球，不准拿槍，不准親女生，比如瑞雪兒（連親臉頰都不准）。那麼，成年禮有什麼意義嗎？問題是，那些大人還是認為那是天大的事。安息日那一天，猶太男孩必須到會堂去，和爸爸一起走上講壇，翻開《摩西五經》（其實就是聖經前五章，寫在一張長長的紙上，兩邊有木軸可以捲起來），然後大聲唸出來，假裝自己暫時代替拉比講經，自己完成成年禮儀式。有一次泰瑞經理吃了鯷魚罐頭結果吐得天翻地覆，於是卡爾赫貝爾只好暫時代理經理的職務，那件事你還記得嗎？上台學拉比講經也是一樣的道理。

不過，沒辦法進行成年禮倒也沒什麼關係，最起碼我不需要耗掉整個暑假學希伯來文，唯一的遺憾是可能拿不到好禮物。那些猶太親戚有時候會送很棒的禮物來祝賀你的成年禮。雖然大多數人送的都是手帕、鳥類圖鑑之類的，或是訂「大自然奇觀」雜誌給你看，不過偶爾還是會有好東西冒出來，比如打字機、收音機、新的玻璃彈珠，或是一本《影子俠密碼書》。

克雷要我問你一下，下次你和李奧杜洛奇吃飯的時候，他可不可以跟你們一起吃？他說他不是故意要找你麻煩，希望你不要生他的氣。克雷這傢伙一天到晚唱「大奇大奇我愛你」之類的狗屁，那種東西在布魯克林這邊很流行。你知道為什麼嗎？「大奇」跟哪一支球隊的名字很像，應該不難猜吧？我恨死他們了，可是克雷卻迷他們迷得要死，像是杜洛奇、貝比赫曼、達奇麥德維克那些人。要是哪天他們當中有哪個從人行道走過去，克雷搞不好會跪下來當眾親吻人行道。至於我呢，我寧願跪下來一頭撞死也不想說出那個球隊的名字。

喬弟

親愛的喬弟

你又來了。你不覺得自己已經很幸福了嗎？有幾個小孩子會收到白宮那個大肉丸回信？（不過話說回來，等有一天你老了，回想這件事，你一定會覺得自己蠢得像豬。）有幾個小孩有機會被三壘手查理班克斯罵狗屁？你爸爸有個很棒的兒子，可是卻不識貨，不知道要珍惜。不過，就算如此，難道沒有他你就不能進行成年禮嗎？哪有這種事。

你不相信？我證明給你看。

查理

PS1 你告訴克雷，就算李奧杜洛奇被供奉在棒球名人堂，我也不可能跟他吃飯。話說回來，我也不會想跟克雷吃飯。我覺得他應該去找梅爾奧特。

PS2 那天我們和那支「你寧願跪下來一頭撞死也不想說出他們名字」的球隊比了兩場，你們凱莉阿姨竟然特地跑到艾比特球場來看比賽，連看兩場。她一直大喊，叫彼得萊瑟轟他媽的全壘打，甚至叫他親愛的寶貝，祝他好運。其實我根本不在乎，因為我知道她是故意衝著我來的。可是很奇怪，每次她一來，他的打擊率就會暴升百分之二十，然後我的隊友就會用一種奇怪的眼神看著我，好像這都是我的錯。奇怪，怎麼她都不用去上廁所了？為什麼只有我上場的時候她才需要跑廁所？

PS3 呃，瑞雪兒是誰？

收件人：莫里斯李伯曼拉皮　地　址：紐約市布魯克林區園邊大道 1243 號　奇祖克阿穆諾會堂

李伯曼拉皮你好

我寫這封信，是因為我認為你對喬弟馬古力很不公平。我是新教徒，根本搞不清楚《摩西五經》是啥玩意兒，不過，人不管信什麼東西，都是要講道理。那孩子的爸爸根本就是狗屁不如，你怎麼可以把帳算在小孩子身上，不讓他進行成年禮，害他收不到禮物？你信摩西，我信耶穌，好吧，那又怎麼樣？反正他們兩個都死了，另外，還有一個共同點是，他們留給我們的都是「十誡」。同一個東西。

這孩子很不簡單，幾乎無所不能，甚至不需要任何人幫忙，什麼都靠自己。如果你們教會認為一定要有一個爸爸之類的角色出席他的成年禮，那麼，誰規定這個人一定要是親戚？告訴你，搶著要代替他爸爸出席的人多的是。

拉皮，我勸你最好不要跟這孩子過不去。他認識總統。

查理班克斯

奇祖克阿穆諾會堂 函

紐約市布魯克林區園邊大道 1243 號

收件人：艾妲馬古力太太

地　址：紐約市布魯克林區蒙哥馬利街 236 號

馬古力太太您好

今天早上我們收到了您的來信。信中附帶的另一封信，令人相當費解。看到這位父親對孩子那種不聞不問的態度，我比任何人都感到氣憤，但我相信您一定了解，我不可能允許一位非猶太人參與安息日的儀式，不管他的用意是多麼令人感動。

請代我轉告您的孩子，我一定會盡力想辦法解決這個令人遺憾的局面。

此致敬禮

莫里斯李伯曼拉比

親愛的李伯曼拉比

有件事一定要讓您知道。查理班克斯想皈依到猶太教，這件事我們已經談過很久了，不過，我們不敢讓任何人知道，因為像希特勒那樣的人會威脅到他的生命安全。這年頭，猶太人的生命安全很沒保障。我覺得他真的很勇敢。有一次我說了法老和紅海的故事給他聽，他臉上忽然出現一種異樣的表情，好半天說不出話來。最後他終於說了一句：「這就是我想要的。」後來，他買了一顆「大衛之星」掛在他家，就像他的偶像漢克葛林堡一樣。（您可能不知道漢克葛林堡是什麼人，所以我補充說明一下。他是底特律老虎隊的球員，大家都叫他「鐵鎚漢克」，去年擊出四十一支全壘打，而他的拉比曾經出現在時代雜誌的封面上。）

總之，查理認為我的成年禮是一個很好的機會，可以讓他好好練習，打下基礎，準備明年跟隨您學習。更何況，.367 這種這天文數字的打擊率，我們教會裡有誰辦得到？

喬弟馬古力

時尚人物專欄　文澤爾
麥凱的唱片銷售量一飛沖天

炙手可熱的歌神海柔麥凱依然是無人可及的天后，她為藍鳥唱片公司所灌錄的「迷戀」專輯，連續三週蟬聯排行榜冠軍。那張專輯收錄的幾首情歌，都是當年女歌后艾賽兒莫曼曾經唱紅的。

麥凱唱片熱賣的消息終於傳到艾賽兒耳朵裡。當時她正在曼哈頓的摩洛哥夜總會，手上端著一杯「新加坡司令」調酒。她邊啜著酒邊說：「她還在唱嗎？我不是聽說她已經唱膩了我當年那些老掉牙的東西？難道她不覺得那像是吃我不要的剩菜剩飯？」

麥凱聽到別人轉述那些酸溜溜的話之後，只是淡淡說了一句：「那些歌都是永垂不朽的經典，只要找對人唱。」

星期五深夜（我好想你）

親愛的超帥

我搭計程車正要趕去夜總會的時候，半路上忽然看到艾賽兒那隻臭母牛從車子前面橫過馬路。我告訴司機，如果這時候剎車突然壞掉，我願意付他雙倍車資。

喬弟今天晚上連續看了我兩場表演，結果，到了晚上十一點半，他已經把「虛情假意」那首歌摸得熟透，唱得有模有樣，所以我就帶他上台跟我一起情歌對唱。這小子大概天生註定要吃這行飯，觀眾居然大叫了五次安可。我忍不住想，我是不是該殺了他，免得他以後搶飯碗，還是以後就帶著他一起唱，提拔明日之星。

你寫給李伯曼拉比那封信我看過了，寫得很妙，不過，我還是要給你一點建議：要是他真的回信，那你再寫信給他的時候，儘量不要用「啥玩意兒」或是「狗屁」之類的字眼。有時候，那有可能會惹毛他。還有，你不用擔心，他們不會隨便取消成年禮。他們做事沒那麼戲劇化。

知道誰很愛你嗎？

海

PS 我在「紐約日報」上讀到一篇報導，說費城那邊有一個查理班克斯粉絲俱樂部，成員清一色是年輕漂亮的女生。提醒你，要是她們出現在你住的飯店，立刻打電話給我，接下來由我負責處理。

親愛的超美

那篇報導有問題。其實我已經跟費城俱樂部的四個小妞見過面，她們沒那麼漂亮啦。（開玩笑的！）

不過，如果妳能夠在我身邊，費城一定會感覺更美好。

妳竟敢讓那個小鬼和妳同台一起唱歌，完了，妳知道接下來妳會有什麼下場嗎？接下來，他會纏著妳到他家去吃晚飯，被他那個阿姨疲勞轟炸，然後還要帶他去康尼島之類的地方玩。然後，妳會花很多時間寫信給他，而那些時間妳明明應該用來排練，可是偏偏又不由自主的想寫信給他，而且搞不懂自己怎麼會這樣。告訴妳，那小鬼就像地震。地震來的時候，妳只能等死。

我會注意下次不要再對拉皮嘴巴不乾淨，不過，我猜他應該已經想通了，就算那個什麼狗屁爸爸不出席，他還是會讓喬弟進行成年禮。那個拉皮只是需要人家點醒一下。

知道誰也很愛妳嗎？

查理

PS 史塔克又有新目標了。現在他說他想娶珍哈露當老婆。能不能麻煩妳替我轉告他，珍哈露早就死了。他根本不相信我，以為我在忌妒他。

奇祖克阿穆諾會堂 函
紐約市布魯克林區園邊大道 1243 號

收件人：查理班克斯　　地　址：紐約市西九十四街 227 號十四樓A棟

班克斯先生你好

我和柯恩拉比以及唱詩班領班羅森費爾深入討論過你的來信。雖然你提出的折衷方案不合常規，但我們認為情況特殊，你的提議是可以接受的。

在喬弟的成年禮儀式上，你是負責陪同的成人，所以今年夏天，只要時間允許，你就必須和他私下一起研習《摩西五經》和《先知預言書》。隨信附上一段經文（我相信你一定很熟悉「創世紀」第六章第九節——諾亞的故事）。是在儀式上，你和喬弟必須平均分配朗誦的經文。

אֵלֶּה תּוֹלְדֹת נֹחַ נֹחַ אִישׁ צַדִּיק תָּמִים הָיָה בְּדֹרֹתָיו
אֶת־הָאֱלֹהִים הִתְהַלֶּךְ־נֹחַ׃ וַיּוֹלֶד נֹחַ שְׁלֹשָׁה בָנִים אֶת
שֵׁם אֶת־חָם וְאֶת־יָפֶת׃ וַתִּשָּׁחֵת הָאָרֶץ לִפְנֵי הָאֱלֹהִים
וַתִּמָּלֵא הָאָרֶץ חָמָס׃ וַיַּרְא אֱלֹהִים אֶת־הָאָרֶץ וְהִנֵּה
נִשְׁחָתָה כִּי־הִשְׁחִית כָּל־בָּשָׂר אֶת־דַּרְכּוֹ עַל־הָאָרֶץ׃ ס
וַיֹּאמֶר אֱלֹהִים לְנֹחַ קֵץ כָּל־בָּשָׂר בָּא לְפָנַי כִּי־מָלְאָה
הָאָרֶץ חָמָס מִפְּנֵיהֶם וְהִנְנִי מַשְׁחִיתָם אֶת־הָאָרֶץ׃ עֲשֵׂה
לְךָ תֵּבַת עֲצֵי־גֹפֶר קִנִּים תַּעֲשֶׂה אֶת־הַתֵּבָה וְכָפַרְתָּ אֹתָהּ
מִבַּיִת וּמִחוּץ בַּכֹּפֶר׃ וְזֶה אֲשֶׁר תַּעֲשֶׂה אֹתָהּ שְׁלֹשׁ מֵאוֹת
אַמָּה אֹרֶךְ הַתֵּבָה חֲמִשִּׁים אַמָּה רָחְבָּהּ וּשְׁלֹשִׁים אַמָּה

雖然儀式的事前講解通常都有規定的作法，但考慮到你是職業棒球選手，所以我們設法配合你的時間。你可以告訴我們你什麼時間比較方便。

還有一件事。為了避免日後的不愉快，我希望你能夠稱呼我「拉比」。「拉皮」這種稱呼會讓人心裡不太舒服。

此致敬禮

莫里斯李伯曼拉比

小子

你又在惡搞我了對不對？先前我還在你們拉皮面前稱讚你是很了不起的孩子，叫他一定要想辦法讓你進行成年禮。結果呢，他寄了一些東西要給我們讀，上面的字看起來好像斷了腳的貓從紙上踩過去的腳印。他說：「我相信你一定很熟悉「創世紀」第六章第九節——諾亞的故事）。當然熟，天上下大雨，所有的人全部死光。

這件事有點古怪。你到底跟他說了什麼？

查理

親愛的查理

瑞雪兒潘尼茲有一頭深棕色的頭髮，坐在我右邊隔三排前面第三個座位，距離不遠，口水吐得到。克雷覺得她很臭屁，眼睛長在頭頂上，但我並不這麼認為。她從來不曾正眼看我，唯一的一次例外，是她在課堂上朗讀《湯姆歷險記》讀書報告的時候，提到「混蛋」這個字眼，眼睛一直看著我。這可能是因為我拿漿糊罐丟她脖子後面。當然只是一小罐。但儘管如此，我還是不覺得她很臭屁。克雷說我不敢跟她講話，因為每次我想找她的時候，結果不但沒跟她說話，反而做了一些莫名其妙的事，比如用膠水把她腳踏車的輪胎黏在地上。不過奇怪的是，她居然沒有去跟希克斯老師告狀。有一次，她在午餐盒裡發現一隻蜈蚣，而且香蕉上還黏了一張字條，但就算是這樣，她還是沒去告狀。她假裝沒這回事，然後和凱西范恩交換手鐲，真沈得住氣。我真搞不懂。有時候我還真希望她對我破口大罵，或是撲到我身上又抓又咬，最起碼這代表她知道我是誰。

喬弟

喬弟　你到底跟拉皮說了什麼？我不想再問第二次了。

查理

最高機密
收訊人：影子俠（喬弟馬古力）　位　置：四樓
我的媽，影子俠，這次你真的玩過頭了。

最高機密
收訊人：青蜂俠（中村克雷）　位　置：三樓
少來了，我又沒殺人放火。上次被抓進少年感化院，他們還不是奈何不了我。這次也一樣。

最高機密
收訊人：影子俠（喬弟馬古力）　位　置：四樓
你不是答應過他以後不會再跟他胡說八道？

最高機密

收訊人：青蜂俠（中村克雷）　　位　置：三樓

被我騙的又不是他。我只不過是跟拉比加油添醋了一下。這是兩碼子事。

最高機密

收訊人：影子俠（喬弟馬古力）　　位　置：四樓

喬弟桑，我服了你，你連上帝都敢騙。對了，會堂有幾個座位？

最高機密

收訊人：青蜂俠（中村克雷）　　位　置：三樓

大概八百個。不過我每次去，有一半的座位都是空的。幹嘛？

最高機密

收訊人：影子俠（喬弟馬古力）　　位　置：四樓

嗯，這次查理要客串你爸爸，我們又有生意要上門了。一個人頭算五分錢就好，哇靠，我們會賺翻。

啊！我的媽！剛剛那是什麼聲音？嚇死人，好大聲，是德軍在丟炸彈嗎？

最高機密

收訊人：青蜂俠（中村克雷）　　位　置：三樓

拜託，那是打雷啦，青蜂俠。

最高機密

收訊人：影子俠（喬弟馬古力） 位　置：四樓

一定是奧堡太太在搞爆破。趕快去看看。

親愛的查理

好啦，我承認我是動了一點手腳。不過追根究柢這還是要怪你自己。要是你一開始不要寫那封信給他，他就不會寫信給我媽，那我當然就不會知道這件事，所以囉，當然要怪你自己。

總之，基於某種原因，他好像認為你想皈依猶太教。那麼，最好的辦法就是，等整個成年禮儀式結束後，你再告訴他你後悔了，你不想皈依了。反正他從頭到尾都被蒙在鼓裡，隨便你怎麼說都行。另外，我願意在摩西面前發誓，以後絕對不會再對你提出任何要求。不過，除了一件事：你要帶我去巡迴比賽。

喬弟

PS 我媽說，在整件事結束之前，絕對不能讓凱莉阿姨知道。她心臟不太好，那會要了她老命。

親愛的喬弟

你這個小賊。接下來要怎麼樣，你仔細聽清楚：

一，這些希伯來經文，你要一個字一個字仔細讀，不管讀幾遍，反正就是要徹底搞懂，從頭到尾都要會背，倒過來也會背。然後——

二，搞懂之後，你要負責教我。而且，你動作最好快點，免得我後悔。我隨時會後悔。

三，《摩西五經》的內容，和英文《聖經》的部份內容相同，我會自己讀，只要不是太咬文嚼字。

四，搞清楚，我做這件事，純粹是因為這次你真的碰上大麻煩。我答應過你，你真的碰上大麻煩的時候，我不會丟下你一個人。

五，那個拉皮跟我講話很喜歡咬文嚼字，什麼「深入討論」、什麼「不合常規」，天曉得，我連自己的名字都常常寫錯，很怕別人跟我文謅謅。他似乎很有學問，不過要是他真以為我想皈依猶太教，那他一定是學問好到腦子進水。

好了，接下來我們只剩下五個月的時間來收拾這個爛攤子，而其中有一半以上的時間我會在外地比賽，所以五個月剩不到一半，那麼，小子，有一件事我要先警告你。你覺得你的老師已經很難伺候了是嗎？我看你是還沒碰過真正的狠角色，還沒見識過我的風格。你可以去找史塔克打聽一下。我和他搭配表演雙殺，手下很少有活口，沒有人猜得透我們是怎麼辦到的。當然猜不透，因為，我們都是半夜苦練，誰想像得到？他常常被我逼著練到半夜三點半，直到兩個人速度默契達到天衣無縫的境界為止。更可怕的是，我們練習的時候根本沒燈光，只靠天上一絲絲的月光，還有一隻常常不會亮的手電筒。你有沒有發現他有時候看起來有點痴呆？那是因為他整個晚上不斷被我的球砸到腦袋。

知道海柔有一句名言是什麼嗎？「小心，不要亂許願，因為你的願望可能真的會實現，可是結果跟你想像的完全不一樣。」小子，恭喜，你的願望實現了。

查理

PS1　這次爛攤子收拾乾淨之後，別指望我會給你獎品，送你什麼打字機或收音機之類的狗屁。沒宰了你，你就已經夠走運。得了便宜還賣乖，滿嘴狗屁，下場就是這樣。

PS2　有種再罵我「混蛋」啊。再罵一次，我們就到此為止。

航空傳奇人物林白為「美國優先」領航　孤立主義團體如虎添翼

〈星期六愛荷華州德梅因報導〉一九二七年，林白單人飛越大西洋，從美國紐約飛抵法國巴黎，中途完全沒有著陸。這項壯舉成為舉世矚目的焦點。如今，林白再度引發全美國人民的關注，因為他宣布支持「美國優先」，迅速成為這個團體背後最引人注目的力量。「美國優先」是一個成長速度驚人的孤立主義團體，極力呼籲美國在歐戰期間保持中立。不久前，林白在愛荷華州的某次集會上公開警告美國的猶太人，叫他們閉嘴。他警告說：「猶太人控制了美國的電影事業、報業、廣播，甚至控制了美國政府，在各領域發揮他們的影響力。如果美國被捲入戰爭，猶太人必須負責任。」林白的激烈言論引發白宮的強烈抨擊。羅斯福總統說，林白從前是美國的英雄，「現在變成一個不負責任的笨蛋。」

後來有人忽然想到，全球有很多國家的領袖都曾經贈勳給林白，而有一次他去拜訪歐洲各國首都的時候，希特勒也頒發勳章給他……

白宮 函

親愛的喬弟

謝謝你不久前的來信。請放心，「美國優先」並沒有接受共產黨或新法西斯主義者的資助，而且也沒有接受奧堡太太的資助，不過，我們還是會密切注意她，以防萬一。

我們當然一直都很關注滿州國的狀況，而且，我們相信到目前為止，日本並沒有意圖介入世界大戰。儘管美日兩國之間的和平相當薄弱，但無論如何我們還是儘量在維護這樣的和平局面。你說日本大使來棲三郎和野村吉三郎圖謀不軌，在我看來，無端指涉他們兩人這樣的罪名，只會導致兩國的情勢變得更複雜。

總統心愛的小狗只是受了點小風寒，並無大礙。（不過還是謝謝你的關心。）

請代我問候你的母親和阿姨。

敬祝平安愉快

新聞祕書　史蒂芬爾利

親愛的查理

還好你沒有加入「美國優先」，要不然，查理班克斯的棒球卡恐怕也會被我丟進垃圾桶。我原先收集了很多報導林白的剪報、雜誌，還有相關的紀念品，現在都已經被我丟進垃圾桶，等明天垃圾車來收走，一把火燒掉。

希伯來經文的第一行，英文拼字是「Ay-leh toldos Noach」。ch 這兩個字母，注意要從上顎的部位發聲，那聲音聽起來會有點像喉嚨發炎。

還有，現在不是你在中國打沉砲艇的時代，我也不是你手下的小兵，不要擺出那種教育班長的口吻教訓我。我跟你說對不起，這樣可以了吧？什麼得了便宜還賣乖。

喬弟

臭喬弟

今天我被罰了五十塊，都是你害的。我們和聖路易市的紅雀隊比賽，投手是巴比卡本特。到了第四局，他放了個屁，閃了神，一不小心就投出一記快速直球，被曼庫索打個正著，轟出一支三壘安打。接著麥茲上場了，結果他一直打出界外球，整整搞了二十分鐘，害我跟曼庫索站在三壘無聊到死。我跟他根本沒話講，兩個人站在那裡你看我我看你，大眼瞪小眼。印象中，這輩子跟他只講過一次話，我罵他「操你的」，他也回我一句「操你的」。於是，我只好利用那二十分鐘練習「ch」的發音，結果，不知道怎麼練的，我鼻孔裡忽然噴出一大坨鼻涕，噴得曼庫索滿身都是。他以為我是故意的，立刻就撲過來，結果，兩邊的球員一湧而上打成一團。後來，一堆人被拉開之後，他們認定是我帶頭闖的禍，所以罰了我五十塊。真有意思，這筆帳就算在你頭上。另外，我嘴唇被曼庫索打裂了。到現在他還是不相信我不是故意的。不過，明天比賽，我並不打算衝上去打爛他的鼻子，因為我的嘴唇雖然被他打腫，可是我用薩克斯風吹「憂鬱的心」的時候，竟然吹得超順，沒吹錯半個音（老天保佑，希望不是因為嘴唇腫起來才吹得順，否則以後吹這首曲子，我豈不是每次都要把嘴唇打腫？）。另外，我口袋裡的五十塊終於跟我說再見了。這都是因為紐約巨人隊實在太爛，原來他們賺錢不是靠收門票，而是靠罰球員的錢。每次有人違反規定，隊上就死盯著我們要罰款。什麼規定？舉個例子，不准玩撲克牌，不准跟女人上床，過了晚上十點全部床上躺平睡著，諸如此類。遵守這種規定，大概只有死人才辦得到。梅爾奧特說，有辦法百分之百遵守這種規定的，全宇宙只有兩個：一個是上帝，一個是卡爾赫貝爾。而上帝是不是真能辦得到，還是個問號。至於卡爾赫貝爾，他並不是死人。他根本不是人。

我已經開始讀諾亞的故事。見鬼了，這是什麼故事？「你要用歌斐木造一隻方舟，分一間一間地造，裡外抹上松香。」廢話，造方舟當然要用木頭，難不成要用磚頭嗎？談到這個，我還有一個問題。為什麼故事裡都沒有提到那些動物要怎麼大便？難道作者的意思是牠們憋了四十天？還有方舟的造法，「要長三百肘，寬五十肘，高三十肘。」肘是什麼鬼東西？臭小子，我警告你，要是這玩意兒必須扯上算術，那我就不玩了。

禮拜一我們去和拉皮見面的時候，你最好閉嘴，話由我來說。

查理

PS1 林白那些鬼東西你早就該燒掉了。他哪有什麼了不起？要是有錢可以弄到聖路易精神號那種等級的飛機，我也辦得到。如果他開的是「迷航柯利根」那架爛飛機，那麼，他從紐約機場起飛之後，恐怕飛不到紐約港口的勝利女神像，飛機就掉下去了。你知道羅斯福罵他笨蛋嗎？笑死人了。烏龜笑王八。這就好像你嫌別人話太多一樣，超級好笑。

PS2 二壘手伯格懷特海玩骰子賭錢，結果不小心弄斷了手指頭。上面很不爽，於是今天的比賽他們就叫史塔克去守二壘，因為骰子是他的，他是罪魁禍首。這本來是要修理他，沒想到他竟然大顯神威，在無人支援的狀況下演出了一次三殺。這是美國職棒史上的第二次，上一次是一九二〇年冠軍賽出現的，那傢伙叫溫貝。史塔克這小子本來就有點臭屁，這下子還得了。每天晚上如果不修理他一下，他恐怕連尾巴都要翹起來了。

PS3 什麼中國？什麼砲艇？他們是聽誰說的？

球員資歷檔案422號

查理林登班克斯〈雷辛鎮火箭〉　　紐約巨人隊三壘手

生日：一九一七年八月七日　　身高：一百八十一公分
體重：八十二公斤　　習性：右投右打

		出賽次數	得分	打數	安打	二壘安打	三壘安打	全壘打	打擊率
春田市	1937	95	408	106	134	28	14	27	.328
	1938	90	393	111	155	26	11	29	.394
	1939	98	416	127	160	31	11	32	.386
	總計	283	1217	344	449	85	36	88	.369

		出賽次數	得分	打數	安打	二壘安打	三壘安打	全壘打	打擊率
紐約市	1940	120	511	143	173	40	17	38	.339
	總計	120	511	143	173	40	17	38	.339

查理班克斯辦到的，有哪些是連超人都辦不到的？答案是，三十一支三壘打，六十八次二壘打，還有天文數字的安打。這可不是開玩笑的，超人都沒這麼神勇不是嗎？

查理班克斯出生於威斯康辛州，是家中的獨子，父親是雷辛農業公司的副總裁，母親是密爾瓦基衛報的社會專欄作家。經濟大蕭條時期，他生活艱困，而且營養失調，但他還是不屈不撓，努力突破困境，加入美國商業船隊，在揚子江上擊沈了三艘日本砲艇（要不然，他那身肌肉是怎麼練出來的！）。後來，他流浪到香港。海邊那條街上有一間酒吧，隔著馬路對面是一座荒廢的棒球場，他就是在那裡賺到了生平第一雙釘鞋。至於接下來的故事，現在已經是家喻戶曉的傳奇。查理是虔誠的新教徒，經常上教堂。對於球場上的豐功偉業，他根本不以為意。他堅稱「事奉上帝才是我的榮耀！」

他喜歡自己做義大利麵，喜歡獵鹿，而且在工作之餘全心投入慈善公益。他討厭某些棒球隊，包括道奇隊，紅人隊，紅雀隊。所以，狄馬喬先生，你要小心了！

親愛的喬弟

一，砲艇，商業船隊，揚子江，練肌肉，這些事發生的年代是一九二六年。那年我剛好九歲。

二，我這輩子從來沒有營養不良的紀錄。

三，跟中國有關的東西，我唯一跟媒體提到過的只有一件事：我吃中國麵條會想吐。另外那些事都是他們自己瞎編的。

四，一直到了我進入春田市藍夾克隊之後，我才知道釘鞋長什麼樣子。在那之前，我們打球都是光著腳丫子。

五，檔案裡沒提到我有一個哥哥，也沒提到哈蘭被球打到頭之類的事。所以說，不要隨便相信報上看到的東西。我說的才算數。

查理

PS 這一段經文你看妙不妙。「神觀看世界，見是敗壞了。」這用得著他說嗎？

奇祖克阿穆諾會堂 函

紐約市布魯克林區園邊大道 1243 號

地 址：紐約市布魯克林區蒙哥馬利街 236 號

收件人：艾妲馬古力

馬古力太太您好

真希望有人能夠告訴班克斯先生，「摩西五經」和「紐約日報」是不一樣的。「紐約日報」的內容隨便你怎麼解釋揣測都可以，「摩西五經」可不行。另外，大洪水的故事是全人類賴以生存的道德基礎，而班克斯先生卻形容諾亞方舟是「火星塞故障的拋錨車」，這種比喻非但不倫不類，而且毫無意義（同時這也已經涉及褻瀆，不過這樣的褻瀆還在我可以忍受的範圍內）。另外，我們非常懷疑班克斯先生的舌頭是否嚴重畸形，因為他的希伯來文發音完全無法辨識。他唸出「Noach」這個字的時候，全會堂裡的人耳膜差點破掉。看他這樣子，我有點擔心十月進行儀式的時候會出現什麼場面。同樣的，我對喬弟也很不放心，因為他說他希望成年禮的開場致詞能夠講個笑話，讓大家放輕鬆。問題是，那個笑話徹底毀滅了摩西從山上走下來的神聖莊嚴。什麼抱著石板告訴大家，好消息是跟上帝討價還價減到剩下十誡，壞消息是十誡裡還是有姦淫這一條。看他們兩個在現場一搭一唱，默契十足，我覺得您的孩子和班克斯先生真是天生一對，只不過，他們是「勞萊與哈台」那種天生一對寶。

另一方面，印象中我從沒見過有哪個孩子像喬弟這樣，迫不及待想迎接成年禮的挑戰。絕大多數的孩子，我們都必須連哄帶騙他們才肯來。就衝著這一點，我建議我們照原定計畫繼續進行。我會盡我所能讓儀式順利完成，不過——這也需要上帝賜給我們一點小小的奇蹟。

此致敬禮

莫里斯李伯曼拉比

收件人：裘迪史塔克 紐約巨人隊一壘手　　地　址：紐約市馬球球場

親愛的史塔克

貝蒂葛萊寶住在加州洛杉磯，地址是班特利大道 12217 號。她甩掉傑基庫根之後，和蓋瑞葛蘭特約會吃過幾次飯，另外也和維多麥丘約會過一次。最近，她常常跑去聽哈利詹姆斯樂團的表演，可能是看上哪個團員吧，不過嚴格說來，她目前沒有男朋友。另外，要是你不喜歡姐弟戀，那我就必須先提醒你，她比你大四歲。

查理竟然跟拉比開玩笑，說他長得很像開藥廠的史密斯兄弟，拜託拉比給他幾個喉片。我實在應該早點提醒他，拉比這個人絕對沒有半點幽默感。他是不准笑的，因為他如果在別人面前笑，鐵定會被教會炒魷魚。

對了，你和查理談過那件事沒有？

喬弟

親愛的小鬼

整整三個禮拜，我一直在對他施加壓力，可惜目前效果還是有限。你也知道他那個人，死硬派的頑固，不過我會繼續下功夫。七月大熱天那段時間，我們會到波士頓、辛辛那提和芝加哥巡迴比賽，我有把握在那之前他就會投降。

非常感謝你提供貝蒂的情報，我花了二十三塊買玫瑰花寄給她（口袋裡剛好只有那麼多），而且還用她的名字發了一封電報給維多麥丘（收訊人付費），說她這輩子再也不想跟他見面。她看起來好像還不到二十五歲，怎麼，她已經這麼老了？

我已經逮到機會和你兄弟好好談過一次，告訴他要該怎麼應付拉比。平常他根本不鳥我的，不過上次他四次打擊只有一支安打，而我演出了大聯盟有史以來第二次無人支援的三殺，上一次是在二十一年前（這件事我告訴過你了嗎？），所以，你放心，他應該肯乖乖聽我說兩句。我保證他一定會寫信去跟拉比解釋。

史塔克

收件人：莫里斯李伯曼拉皮　地　址：紐約市布魯克林區園邊大道1243號　奇祖克阿穆諾會堂

親愛的拉皮

仔細聽啊，我要跟你對不起了。不好意思囉，上次害你不高興。

這樣高興一點了嗎？

三壘手　查理班克斯

PS 我剛剛又讀到這一段，「上帝告訴諾亞，每種畜牲你都要帶七隻，連同牠的配偶，總共七公七母，以便留種在大地上。」留種？這是我想的那個意思嗎？老天，這孩子還未成年啊，怎麼可以讓他看這種東西？這件事我們有必要好好討論一下。

亞歷山大漢米爾頓初級中學　公告

致全體初一同學

發文者：戴馬瑞校長，希克斯老師

主　旨：暑假作業

我們很榮幸能夠向大家宣布，羅斯福總統夫人發起的作文競賽，全國有兩百所學校獲選參加，亞歷山大漢米爾頓中學也名列其中。今年競賽的題目是：「假如我的父親是美國總統」。我們要鼓勵全體初一同學，盡你所能發揮最大的創意，不過，不能毫無節制。上次本校參與類似的競賽時，題目是「假如我的父親是……」，有六位同學寫他的父親是間諜，九位同學寫他的父親是黑道，而其中有一位同學竟然說他的黑道父親就是萊特兄弟。羅斯福總統夫人恐怕沒有耐性、也沒有時間看這種荒腔走板的作文。作文字數不能超過五百個字，而且必須寫在橫線稿紙上，字體要端正。九月開學第一天就要繳交。

祝各位同學有一個愉快暑假。

最高機密

收訊人：影子俠（喬弟馬古力）　　位　置：四樓

這種暑假作業，比上次聖誕節叫我們讀《頑童流浪記》還要命。

最高機密

收訊人：青蜂俠（中村克雷）　　位　置：三樓

比叫我們讀《孤雛淚》更悲慘。對了，告訴你一件事，瑞雪兒終於甩了我一巴掌。

最高機密

收訊人：影子俠（喬弟馬古力）　　位　置：四樓

哇塞！怎麼回事？

最高機密
收訊人：青蜂俠（中村克雷）　　位　置：三樓

因為我把青花菜塞進她頭髮裡。不過很妙的是，以前她從來不會發火，這次不太一樣。

最高機密
收訊人：影子俠（喬弟馬古力）　　位　置：四樓

然後呢，你跟她說話了嗎？

最高機密
收訊人：青蜂俠（中村克雷）　　位　置：三樓

還沒。不過我對天發誓，等九月開學我一定會跟她說話。我可以發誓兩次，沒跟她說話我會死翹翹。

對了，你打算把你爸爸寫成什麼樣的總統？

最高機密

收訊人：影子俠（喬弟馬古力）　位　置：四樓

天曉得。我本來打算把我爸爸寫成政府的殺手，他殺了奧堡太太，受到全民擁戴，選上總統。不過，這次校長已經嚴令禁止我們這樣寫，所以我也沒輒了。你呢？

最高機密

收訊人：青蜂俠（中村克雷）　位　置：三樓

我也不知道。你覺得瑞雪兒打我，是因為青花菜，還是因為她喜歡我？

假如我的父親是美國總統

喬弟馬古力

假如我的父親是美國總統，我相信他一定會是一個很好的總統。
我相信我父親會是一個非常偉大的總統，因為……
假如我父親一槍打死娜娜伯特，那麼他很可能會是一個非常偉大的總統，不過，這只是假如。
天曉得，我怎知道我爸爸會是什麼樣的總統？他一年到頭不見人影，我根本不知道他在哪裡。
我爸爸的辦公室並不是在白宮，所以他怎麼可能會是總統……

奇祖克阿穆諾會堂　函　紐約市布魯克林區園邊大道 1243 號

收件人：查理班克斯　地　址：紐約市西九十四街 227 號十四樓A棟

親愛的查理，

謝謝你熱誠邀請我去參加喬弟的生日宴會。可惜，內人和我必須嚴格遵守猶太潔食認證，不方便到夜總會那樣的場所，因為那違反我們的教規。不過，我相信喬弟到了夜總會一定會如魚得水。

我當然知道你不可能皈依猶太教。自從一九一九年以來，我已經碰到過太多喬弟這種十三歲的小男生，他們可以瞎編鬼扯到什麼程度，我大概都已經見識過，他們會玩什麼花樣，應該沒有我不知道的了。然而我必須承認，喬弟的手法真是創意一流，舉世罕見，我給他很高分。他大概真以為神不知鬼不覺，把我們兩個都蒙在鼓裡，不過，小孩子嘛，不要太為難他，我們就假裝不知道吧。

星期二的課，你不需要太緊張，我相信喬弟絕對沒問題。其實，我懷疑他根本就只是在試探你，嚇唬你。顯然你被他唬住了。當然啦，我相信你應該有辦法扭轉局勢，鎮住這個小魔頭，不過，我很樂意用安息日的聖杯跟你打賭，你大概鬥不過他。這孩子是超級天才，而且打死不退，死賴到底，比你強悍一百倍。

祝你好運。難得有機會看兩個高手過招，真是好戲連台。加油。

此致敬禮

莫里斯李伯曼拉比

診療醫師：唐納魏斯頓醫師　　診療對象：喬弟馬古力

答：這是我這輩子過得最精采的一次生日。查理和海柔帶我去「德莫尼克餐廳」吃晚飯，老天，所有的大明星幾乎都到齊了，凱莉阿姨甚至還被羅伯蒙哥馬利親了一下臉頰。

問：這樣一來，她對查理的印象應該變得比較好了吧？

答：沒那麼快。她已經不再叫他「非猶太人」，不過，每次她想開口叫他「查理」的時候，舌頭好像都會打結。她還需要多一點時間。

問：你看過文澤爾那篇專欄了嗎？

答：看過了。不過，他把我的名字拼錯了，而且他還說我住在皇后區，不是布魯克林。這個人專門製造麻煩。

問：怎麼說？

答：艾賽兒莫曼坐在我們隔壁桌，結果他拚命挑撥離間，巴不得海柔和艾賽兒兩個人打起來。後來查理過去，伸出腳絆倒他，讓他摔了個狗吃屎，後來他就摸摸鼻子走了。

問：查理幹得好。海柔太有氣質了，不太適合打架。

答：她根本不需要打架。她把服務生找來，跟他嘀嘀咕咕說了好半天，然後塞了一些錢給他。沒多久，服務生就上菜給艾賽兒，沒想到蓋子一掀開，裡面並不是她點的牛排和烤馬鈴薯，而是一份減肥餐。老天，你沒聽到艾賽兒慘叫，嚇死人，隔好幾條街都聽得到。

問：有人說她在唱歌，不過我一直搞不懂那是什麼意思。

答：後來我們去白領會館，海柔為我唱了一首「美妙情人節」，然後我就上台和她一起唱「六月的紐約」。那是音樂片「百老匯女郎」的主題曲，當年是米奇魯尼和茱蒂嘉蘭合唱的。我和海柔已經排練了一整個禮拜，所以一出場就很轟動。老天，我和媽在照片上簽名，簽到手都軟了，比起來，找查理簽名的人反而沒那麼多。

問：你收到很多禮物嗎？

答：那還用說。我媽送我一支航空錶，凱莉阿姨送我一件黑色拉鏈的外套，背後有巨人隊的字樣，克雷送我一本《影子俠密碼書》，海柔送我一台小電唱機，還有全套的葛倫米勒唱片，包括「珍珠項鍊」和「憂鬱的心」。

問：那查理送你什麼？

答：他問我想要什麼，我說我要他帶我去「無線電城音樂廳」看「大國民」，可是他卻說他要給我一個更大的驚喜。偷偷告訴你，我覺得他可能會買一把薩克斯風送我，因為他很討厭他的薩克斯風上全是我的口水。

問：喬弟，如果我是你，我一定會提高警覺。他所謂的「更大的驚喜」，很可能不是你想像的那種。但願是我想太多。

親愛的喬弟

史塔克、梅爾奧特、伯格懷特海、米奇維特克，還有我，我們五個整夜沒睡，聽廣播的戰爭新聞聽到天亮。我想，你先前的預測好像是對的。希特勒和他的爪牙已經封鎖了蘇聯邊境，英國人打下了二十六架納粹戰鬥機，「兩隻小豬」戈林和墨索里尼已經和美國人正式翻臉，艾森豪切斷了對日本的石油供應。同一時間，偉大的三冠王「鐵馬」蓋瑞格死了。仔細想想，希特勒殺了一百萬人，這種人還活得好好的，而「鐵馬」一輩子打了2130場比賽，這樣的好人反而死了。看這種局勢，心裡確實有點毛毛的，好像希特勒隨時會打到美國來。希望你白宮那位好兄弟現在認真在當總統，而不是在海德公園度假逍遙，也希望羅斯福夫人現在不要再去關懷礦工，或是出席什麼慈善公益活動，而是回華盛頓去就近監視，盯著她老公乖乖辦公，不要整天只知道遛狗。目前，我們已經註定要繼續跟他耗下去，而且這一耗就是四年，未來是好是壞，也只能聽天由命。不過話說回來，如果當初選上的是威爾基，似乎也好不到哪裡去。

聽那些廣播，不知道為什麼我一直想到諾亞。「神對他說，現在我必須毀滅所有活著的人，因為他們讓這個世界充滿暴力。」不知道他口中「活著的人」包括你或我嗎？包括你媽媽、凱莉阿姨、克雷或史塔克嗎？我們真的幹了什麼壞事嗎？另外，我還想到一件事。我們只剩下三個半月了，功課進度嚴重落後。你們拉比甚至還跟我打賭，說我們鐵定來不及準備好你的成年禮。要是我贏了，他那個安息日的聖杯就是我的，不過我還真不知道那到底是什麼玩意兒。要是我輸了，我可能會很淒慘，因為萬一史塔克他們知道我和拉比打賭，一定會來湊熱鬧跟著賭一把，到時候我的$$$$$$鐵定會損失慘重，搞不好連內褲都輸掉。所以囉小子，你要加油了。《摩西五經》那些玩意兒你應該比我懂，要是到時候你還沒

我懂，那你就完了。

查理

PS1 我們隊上的球僮把一個十六歲女孩的肚子搞大了。算算時間，這應該是我們還在聖路易市的時候出的事，地點應該是在球員休息室。這小子，還真是深藏不露，完全看不出來他這麼猛。問題是，上面決定炒他魷魚，因為他破壞了我們球隊的形象。由此也可以看出上面那些大頭都是什麼樣的貨色。哪個小孩不會犯錯？不會犯錯的小孩長大了怎麼可能會正常？當年十五歲的時候，我曾經和別人比賽一種東西：每個人先喝四罐啤酒，然後比賽看誰撒尿撒得最遠。結果，那一夥人當中只有我有本事把尿撒到馬路對面，直接撒中停在路邊的一輛豪華轎車。那是市長的車，而且好死不死市長正好把車窗搖下來。市長氣得開車衝過來想把我壓死，不過其他人都用一種充滿崇拜的眼神看著我。（算了，你一聽就知道這根本就是鬼扯——不過重點是，小孩子難免會犯錯。）

PS2 噢，對了，我們隊上有一個後備球僮住在紐約，不過他爸爸不肯讓他跟我們一起出來比賽，換句話說，我們必須趕快找到另外一個，否則我們就沒辦法去巡迴比賽了。你有哪個朋友適合的嗎，介紹一下吧。

親愛的查理

拜託拜
託拜託
拜託拜
託拜託
拜託拜
託拜託
拜託拜
託拜託
拜託。

喬弟

最高機密
收訊人：青蜂俠（中村克雷）　　位　置：三樓
原來他早有預謀。他送我的生日禮物是一套巨人隊的球衣。那天晚上我本來已經準備要睡覺了，一打開禮物看到那種東西，老天，你有沒有聽說過十三歲的小孩中風？

最高機密
收訊人：影子俠（喬弟馬古力）　　位　置：四樓
天底下沒那麼便宜的事。然後呢？條件是什麼？

最高機密
收訊人：青蜂俠（中村克雷）　　位　置：三樓
他說我必須在他們和芝加哥小熊隊比賽之前背熟《摩西五經》，否則我就得滾回紐約去，用走的，從芝加哥。

最高機密

收訊人：影子俠（喬弟馬古力）　　位　置：四樓

一手紅蘿蔔一手棒子，他們非得用這種手段對付小孩子嗎？哇塞！趕快開收音機，紅襪隊狄馬喬連續四十四場擊出安打，已經打平威利奇勒的紀錄！你什麼時候走？

最高機密

收訊人：青蜂俠（中村克雷）　　位　置：三樓

兩個禮拜後。

最高機密

收訊人：影子俠（喬弟馬古力）　　位　置：四樓

我會想辦法自己盯住奧堡太太，不過，要是你回來的時候發現我已經被她勒死，壯烈犧牲，你要記住，那都是你害的。

親愛的喬弟

下次看電影，我不會再讓你挑片了。就算是「無線電城音樂廳」這種高檔電影院，你也休想再挑片。那部「大國民」，我是不是因為打瞌睡，漏掉什麼段落沒看到？那個主角辦了一份報紙，然後留了鬍子，然後除了他老婆之外，所有的人都被他整得很慘。整整兩個鐘頭就演了這些，最後結局是，他說他的雪橇叫做「玫瑰花蕾」？這種東西，鬼才看得懂。搞不懂你怎麼會挑上這種電影，還真是有品味。

有幾件事要提醒你：

一，泰瑞經理只有一條規定，不過這條規定分成四句話：不准喝酒，不准賭博，不准熬夜不睡覺，不准跟女人上床。這條規定可以算是為你量身打造的，別人可以不必遵守，可是你絕對不准犯。

二，當球僮，你可以得到「場十」和「草料」，不過這是我們打棒球的行話，你一定聽不懂，所以我解釋一下。「場十」的意思是，每打一場球，我們就給你十塊錢。「草料」的意思是，我們會給你飯吃。不過，這十塊錢裡面，你只拿得到兩塊，剩下的要交給你媽。

三，你的工作只有兩項：一是拿球棒給我們，二是閉嘴。昨天晚上看電影的時候，我發現你有將近十分鐘都沒說話，所以我知道，叫你閉嘴，你一定辦得到。

四，每天我都會問你問題，一天問好幾次，比如「上帝對諾亞說了什麼？」，或是「方舟有幾層？」諸如此類的問題。如果你有辦法同時用英語和希伯來語回答，那麼，那天晚上你就可以和我們一起出去玩。要是你答不出來，那我就把你關在飯店裡面壁思過。

五，要是你會想家，那就告訴我，我會打電話給你媽和凱莉阿姨。不用不好意思，我不會笑你娘娘腔。

六，星期天，往波士頓的臥鋪夜快車晚上十一點發車，我可以讓克雷到賓州車站來送你，不過前提是，他不准溜上車。當所有的乘客都上車之後，我會檢查你的行李箱，因為克雷說不定會躲在裡面。

七，接下來的兩個禮拜，你就等於是紐約巨人隊的人，所以，警告你，別亂搞。

再次祝你生日快樂

查理

PS 現在那些記者都忙著報導狄馬喬的新聞，已經沒有人再提史塔克的完美三殺。所以，史塔克現在開始轉移目標，每一場都擊出安打，到目前為止已經連續兩場。

親愛的查理

風聲走漏了。今天，李伯曼拉比打電話到我家，想問你有沒有經書和猶太圓頂小帽，如果沒有的話，需不需要跟教會買？很不幸的是，我媽正好出去買枕頭套，結果接電話的是凱莉阿姨。雖然她有時候會幹蠢事，比如做魚丸送給道奇隊的球員，不過她並不是真的笨，所以，她很快就想通了這是怎麼回事。一開始，她跟我媽說她要割腕自殺，接著又說她要把腦袋塞進烤箱裡把自己烤死。不過，後來她打電話給朋友，約到外面去吃午飯。從前，每次跟朋友到外面吃完飯之後，她就會冷靜下來。而另一方面，上次被羅伯蒙哥馬利親了臉頰，她心情似乎變得比較好。所以，你得救了。後來，她終於對你的事下了結論。她告訴我媽說：「算了，艾妲，雖然那小子是非猶太人，不過，既然他有心學習《摩西五經》，應該不會是壞蛋。不過我話說在前面，要是喬弟那小子哪天娶了個非猶太的老婆，帳要算在妳頭上。」所以囉，你已經過關了。

這次出門我打算帶著我的電晶體收音機，因為克雷說波士頓那邊可以收得到柏林的廣播訊號。我覺得他是滿嘴狗屁，不過，說不定這次被他蒙上了，你覺得呢？

喬弟

狄馬喬連續五十六場安打畫下句點
巨人隊巡迴比賽開鑼

〈七月十七日紐約報導〉印地安人隊的投手陣營出現新血輪，艾爾史密斯和吉米貝格比加入戰局，今天晚上在克里夫蘭對抗「洋基快艇」喬狄馬喬，結果，喬狄馬喬勢如破竹的連續五十六場安打紀錄終於劃下句點。這是棒球史上最輝煌的紀錄。

比賽結束後，狄馬喬告訴隊友說：「最起碼我們贏了。接下來，我們要再接再厲，繼續贏。」面對洋基隊最難纏的左投戈麥斯，印地安人隊一籌莫展，只擊出四支安打，得到一分，到了第九局才開始發揮火力，不過，火力還沒有真的發揮，就被洋基救援投手強尼莫菲澆熄了。終場比數，洋基隊四分，印地安人隊三分。

狄馬喬宣稱他要退休，連續三次，不過後來還是又重出江湖。

另外，紐約巨人隊目前排名第四，經理比爾泰瑞目前正要率領球隊到波士頓、辛辛那提、和芝加哥，進行為時兩個禮拜的巡迴比賽。目前，道奇隊和紅雀隊似乎氣勢如虹，所向無敵，如果巨人隊想攻城掠地，必須依賴三項武器：卡爾赫貝爾的手臂，查理班克斯的棒子，還有裘迪史塔克的手套。泰瑞經理表示，但願傷兵累累的球隊能夠及時恢復元氣，準備迎向接下來的……

親愛的海柔

現在我被人鎖在火車的包廂裡。我們已經到了康乃狄克州，車窗外是一片幽暗的樹林。我之所以會在這裡，是因為查理不讓我出去。我好傷心。我本來以為查理帶我一起來，是為了慶祝我的生日，可是沒想到，才出來沒多久，他好像完全變了一個人，簡直比麥克阿瑟將軍還要蠻橫粗暴。我又沒有殺人放火，只不過是把克雷帶上車，讓他見識一下什麼叫豪華列車，另外，他走了以後，我和史塔克、梅爾、柏格他們玩了幾把撲克牌，而且還輸了很多錢。結果，就為了這樣，查理對我大吼大叫，就連我肚子餓了去吃個漢堡，他也不高興。

能不能拜託妳勸勸他，請他放過我？我只有一點點卑微的期望，希望他不要那麼嚴格就好了。唉，我還只是個小孩子啊。更何況，第一次離家這麼遠，我真的有點害怕。求求妳，謝謝妳。

妳最親愛的喬弟

親愛的超美

我想，妳最好趕快學會一種特殊的做蛋糕技術，可以把銼刀和鋸子藏在裡面，因為，那臭小子可能很快就要被我宰了，然後我就會被抓去坐很久的牢。目前他被我鎖在包廂裡，而車上唯一有鑰匙的人，只有服務員，而且除了我以外，任何人都不准叫他去開門。但即使如此，那小子還是不放棄，只要聽到有人從包廂門口走過去，就會想盡辦法賄賂他們。梅爾奧特就差點被他用二十塊收買。

我們才剛上路兩個鐘頭，我已經開始感覺自己彷彿接連三天每天比賽兩場一樣，累到爆。剛剛還在賓州車站的時候，我實在應該趁火車還沒開之前就把那小子踢下車。我為什麼沒有預料到那小子早晚一定會作怪？他和那個日本小鬼兩個人穿一樣的衣服，一樣的褲子，一樣的鞋子襪子。他們這樣做，目的是為了魚目混珠，因為如果你一眼晃過去，沒仔細看他們的臉或眼珠的顏色，你一定會誤以為他們兩個是同一個人，尤其，如果你是列車長。結果，火車還停在月台上的時候，克雷就已經被轟下火車三次，而第三次是因為那兩個小鬼在餐車上吃漢堡配奶昔，然後把帳單算在紐約巨人隊頭上。我一把抓住克雷的衣領，把他丟出車門，然後把喬弟拉進包廂裡，叫他不准出來，等我回來，因為他媽媽和阿姨都還在月台上，還有很多話要跟我說。他媽媽又塞給我一大堆那種尖尖的椰子點心。我真有點後悔當初為什麼要告訴她我喜歡那玩意兒，因為我家裡已經塞得滿坑滿谷，足以用來餵飽全麻薩諸塞州的人。另外，她還給了我一塊牛胸肉，附帶一張烹調指南，教我怎麼燒烤，怎麼製作肉汁。老天，難道她以為我會帶烤箱去巡迴比賽？接著是凱莉阿姨。就為了要我監督喬弟該怎麼刷牙，我被她上了一整堂課。我本來以為刷牙是很簡單的事，只不過是把牙膏擠在牙刷上，然後把牙刷塞進嘴裡搓幾下，這樣就結了。沒想到，被她上了一課之後，我才發覺原來刷牙是這麼浩大的工程，比造一架Ｂ—１７轟炸機還複雜。最後，她千交代萬交代，千萬不要讓喬弟接觸到不良份子。我快笑死了，天底下還有誰比那小子更「不良」？然後她們走了。我回到包廂之後，發現那小子不見了。我聽到他在車廂的另一頭，手上拿著史塔克的骰子，全隊的人圍在他旁邊。他一邊撒骰子，嘴裡還邊嘀咕著什麼「凱莉阿姨衣服破了，我要幫她買新的。」。後來我衝到他旁邊的時候，正好聽到他在講一個笑話。他說什麼超人從海灘上空飛過去，看到神力女超人全身赤裸躺在沙灘上，兩腿張開。後來，神力女超人忽然大叫了一聲：「那是什麼東西？」隱形人接著說：「我也不知道，不過，屁眼好痛！」那臭小子說到這裡，眼睛竟然還敢瞄我，所以，我就把他鎖進包廂。

再過不久，說不定妳會在文澤爾專欄上讀到我被警察逮捕的消息，到時候，別忘了一件事：帶那小子出來，有一半是妳的主意。

我愛妳。

查理

PS 提醒妳一件事：我們不在的時候，要是妳想帶那個媽媽或阿姨出去吃飯，後果妳要自行承擔。還有，千萬不要因為妳以為她們會想念他，所以才要帶她們出去吃飯。假如我是他媽媽或阿姨，我會趁他不在的時候趕快打包逃之夭夭。另外，不要以為妳對那個阿姨好一點，她就會改變對妳的看法。

西聯通訊電報

收訊人：裘迪史塔克　　　　地　址：麻薩諸塞州波士頓，波士頓史特達拉飯店，紐約巨人隊

親愛的史塔克．拜託你儘量想辦法讓他們兩個活著回來．連場安打目前狀況如何．海柔

親愛的海柔

妳放心，我和隊上的兄弟已經決定要輪流守衛，保護小鬼的生命安全。不這樣也不行，因為我們的錢都被他贏光了。

今天晚上的開場賽，我們5：4贏了波士頓。小鬼花了點時間，終於漸漸搞清楚狀況了。我想，假如你十三歲的時候，有一天忽然發現自己坐在勇士球場的球員休息區，身上穿著巨人隊的制服，你恐怕會緊張得連自己的名字都忘了。不過，當他搞清楚狀況之後，他很快就有動作了。我們3：0落後，輪到巴迪哈薩特上場的時候，小鬼忽然開始大叫：「不要揮棒，不要揮棒，等第三球轟他媽的。」泰瑞經理要我們過去把他嘴巴掩住，沒想到就在這時候，哈薩特忽然一棒轟出去，泰瑞經理就閉嘴了。接下來，我們開始勢如破竹。另外，球賽開始之前，我拍到好幾張精采照片——妳愛人在教小鬼怎麼握球棒。兩個人一個高一個矮，看起來活像漫畫專欄裡的莫特和傑夫。

我在電影雜誌裡讀到一篇報導，說英格麗褒曼喜歡穿卡其軍服的男人。目前看來，這場戰爭我們是躲不掉了，那麼，如果我現在就搶先入伍，會不會比較有機會追上她？妳覺得呢？報上說目前全國士兵的人數是五十萬人，這樣競爭起來還有點機會，萬一我的對手有一千萬人，那恐怕就沒指望了。如果妳認識她，拜託妳替我轉告她，不管她叫我做什麼，我都願意。

史塔克

PS1 為什麼卡蘿隆巴德一直不肯回我電話？

PS2 最初三場連續安打只是在練習，現在我開始玩真的了，目前第四場連續安打。

紐約巨人隊

球僮姓名：喬弟馬古力 **球場：波士頓勇士球場**

用具清單

所有用具必須在開賽一個小時前完成準備

	星期日	星期一	星期二	星期三	星期四	星期五	星期六
球棒22支				V			
牛棚區練習球2盒				V			
休息區備用球2盒				V			
牛棚區毛巾10條				V			
休息區毛巾30條				V			
繃帶				V			
消毒殺菌劑				V			
冷卻水箱加水				V			

註記：

一，諾亞有幾個孩子？
兩個。
三個。
我的意思是，他原本生了兩個，後來又多生了一個。

二，雨下了多久？
四十天。誰不知道？
算你走運，不過，應該說是四十天四十夜。
你太吹毛求疵了，就算是大智大慧的所羅門也說不出這種答案。

三，上帝交付任務那年，諾亞幾歲？
七十六歲。
六百歲。
誰說的？上帝怎麼會認為一個六百歲的老屁股有辦法造船？他要是還尿得出來就已經夠厲害了。

四，「諾亞與神同行。」這句話希伯來文怎麼說？
好像是Es-haw-elloheem什麼的。
Es-haw-elloheem hees halech Noach。奇怪了，怎麼你知道的還沒我多？

喬弟

我跟史塔克還有隊上幾個兄弟要去「巨蠔餐廳」吃飯，然後再去哥倫比亞戲院看凱格尼主演的新片，如果買得到票。我大概晚上十一點半就會回來。只要你肚子餓了，隨時可以到樓下去吃飯，不過，我已經交代過服務生，有些東西不能讓你吃，比如冰淇淋聖代。你只能吃豆子之類的。還有，今天晚上收音機裡有廣播劇，不過如果你沒興趣的話，也可以到大廳去聽鋼琴演奏。對了，我已經交代過門口的警衛，絕對不准讓你出去，所以，少動歪腦筋。

查理

最高機密

親愛的青蜂俠

我被納粹突擊隊逮住了，關在波士頓史特達拉飯店。現在整個飯店全是納粹，我已經被包圍了。

今天晚上全隊的人都去看凱格尼主演的電影，可是查理竟然把我關在飯店裡，就因為他的問題我沒有完全答對。太爛了。我本來打算從防火梯爬下去，因為隔壁是一棟歌舞雜耍戲院，那種地方要混進去太容易了，你只要想辦法擠出幾滴眼淚，然後告訴售票員，剛剛人太多太擠，我和爸媽走散了，你一定要讓我進去找他們。沒想到，飯店的警衛早就在巷子裡等我了，因為查理塞了很多小費給他，交代過他。太爛了。結果，我只能窩在房間裡，數天花板上有幾片方塊（128片），數對面那棟大樓有幾盞燈（211盞），要不然就是到樓下的大廳聽那種鳥到家的鋼琴演奏。我的天，他們彈的全是那種老掉牙的曲子。而收音機的廣播劇更是無聊透頂。

不過，今天球場上有人打架，我也衝上去打他媽的。事情是這樣的。波士頓蜜蜂隊的投手是吉姆托賓，捕手是菲爾馬西。第六局史塔克上場打擊的時候，拚命想擊出全壘打，問題是，他大概是想全壘打想瘋了，上半身一直往前傾，整個人幾乎橫在本壘板上方，結果托賓投了兩球差點打中他，害他往後摔倒在地上，摔得屁股好痛。於是史塔克站起來，舉起四根手指頭朝他比個手勢。我猜你大概不知道那是什麼意思，所以我先解釋一下，意思是：「你再搞一次飛機，我球棒就要飛過去了。」這時捕手馬西又火上加油對史塔克嘀咕了一句：「噢，再彎腰啊，你這死老頭。」史塔克立刻還以顏色對馬西說：「你老婆幫我生的兒子還好嗎？」然後馬西回了一句：「操你的大便臉！」然後史塔克忽然把馬西的面罩拉起來，然後放手讓面罩狠狠彈回他臉上。馬西大叫了一聲：「啊——！」然後兩邊休息區球員就一湧而上，開始血肉橫飛。哇，太壯觀了，你大概沒見過人堆起來的山。我爬到最上面，在保羅華納腿上狠狠踹了幾腳，可是突然間，有人從背後抓住我的腰帶，把我提起來。我立刻翻身想踹那個人的頭，沒想到原來是查理。我的媽，他那張臉臭的。他提著我的腰帶把我拖到休息區，然後丟進清潔用具櫃鎖起來，直到那場大混戰結束。我右邊的肋骨好像被貝比戴格倫的手肘撞了一下，痛死我了。不過，太過癮了。

現在才九點十五分，我根本還不想睡，找不到什麼事情做，無聊死了。老天，他說不讓我去芬威球場，不讓我去找泰德威廉斯要簽名照。太爛了。

影子俠

PS1 史塔克又連續安打了。單場比賽連續安打。

PS2 你真是狗屁，波士頓這裡哪收得到什麼德國柏林的電台？收得到康乃狄克州的就不錯了。

假如我的父親是美國總統

喬弟馬古力

假如我爸爸是美國總統，我覺得他會比較像是那種管理……

假如我爸爸是美國總統，他一定會忙得沒時間理我。其實，不管他是不是總統，他也從來不理我，哈哈。

假如我爸爸是美國總統，他一定是個共和黨的總統，而那就意味著，經濟大蕭條很快又要來了，一旦他……

假如我爸爸也跟羅斯福總統一樣發表爐邊談話，那麼他應該把娜娜伯特先丟進火爐裡……

假如我爸爸是美國總統……

親愛的超美

我和史塔克在一間小酒吧裡混時間，窩了兩個半鐘頭，到半夜十一點半才回去，目的是要讓那小鬼以為我們真的去吃龍蝦大餐，真的去看凱格尼主演的電影，而且偏偏不讓他跟。我是想，這樣一來他說不定就會乖乖做功課，把他的希伯來文搞懂，下次就可以不必再把他關在飯店裡了。酒吧裡正好有一台點唱機，整晚我聽到有人點了妳唱的四首歌，包括「小小旅店」。妳還記得那首歌嗎？那天晚上，妳穿著一件鑲著銀十字的黑禮服，特別為我唱那首歌，而且，當時賈利古柏也在場，而妳卻是唱給我聽的。那是我第一次感覺到，妳一定願意跟我在一起。所以，今天晚上，喬弟應該學到一點教訓了，不過，不光是他，我也很有感觸。

此刻，他已經睡熟了。看他閉著眼睛的模樣，實在很難想像，這麼小的個子，哪來這麼可怕的精力，這麼大的膽子？就算他睡翻了，你還是可以感覺得到他腦袋瓜子還在轉（想起來實在有點毛骨悚然）。看他的模樣，我腦子裡只想到一件事：我真想把他老子抓來打爛腦袋。

今天他風靡了全蜜蜂隊的人（今年好像改成什麼勇士隊，管他去）。主審裁判是喬克康南，那傢伙虎背熊腰，死硬脾氣，根本沒有人敢跟他頂嘴。第三局的時候，我上場打擊，兩好球兩壞球。從小哈蘭就一再告誡我，千萬不要把自己逼到死角，尤其是面對吉姆托賓這種狠角色，但結果我還是陷入這種局面。接著，他投出第五球，飛得很低，而我棒子揮太高，於是康南立刻大喊：「再見了查理，滾回去吧。」我正要把球棒往地上摔的時候，忽然聽到喬弟（他已經開始朝康南走過去）開始大罵：「喂，主審，你判什麼鬼？」「你沒戴眼鏡嗎？」「要不要送根拐杖給你？」諸如此類。康南立刻兩手叉腰。他擺出這個姿勢的時候，表示他真的火大了。他伸出一隻手指指著喬弟說：「臭小子，再不閉嘴，看我不把你踹爛。」這時候喬弟已經站在康南面前，頭正好頂著康南的肚子。全場蜜蜂隊的人笑得東倒西歪，這時候要是有人隨便敲支短打，說不定還可以慢慢晃，走回本壘得分，因為根本沒人防守了。不過喬弟罵得正起勁，毫不退縮，他抬起腳用力踹了兩下地面的泥土，嘴裡大叫：「下次再亂判，你就要倒楣了。」然後他走回休息區，抬起拳頭用力捶了一下牆壁，蜜蜂隊的人拍手叫好，給他英雄式的歡呼。

後來，到了第六局，史塔克又闖禍了，因為他罵菲爾馬西：「我操你老婆」之類的。結果，小鬼一轉眼就衝上去了，我根本來不及抓他。不過還好，蜜蜂隊的保羅華納一直看著他，以防萬一，而且甚至還故意讓小鬼踹了他好幾下。後來等我趕到的時候，他立刻把小鬼提起來交給我。

他最好快點乖乖做功課，因為等我們到芝加哥的時候，葛倫米勒正好在那裡開演奏會，我很想帶他去。我還沒告訴他。但願我不需要再把他關在飯店裡，假裝故意不帶他去。

已經半夜兩點四十三分了，我還是睡不著，因為我腦海中還迴盪著「小小旅店」的旋律。

查理

紐約巨人隊

球僮姓名：喬弟馬古力 **球場：辛辛那提克洛斯利球場**

用具清單

所有用具必須在開賽一個小時前完成準備

	星期日	星期一	星期二	星期三	星期四	星期五	星期六
球棒22支	V						
牛棚區練習球2盒	V						
休息區備用球2盒	V						
牛棚區毛巾10條	V						
休息區毛巾30條	V						
繃帶	V						
消毒殺菌劑	V						
冷卻水箱加水	V						

註記：

一，諾亞的孩子叫什麼名字？
閃姆，含姆，喬艾爾。
差點被你混過去。第三個兒子叫雅弗。喬艾爾是超人的爸爸（打死我都不相信你不知道。）算你有種。

二，洪水結束後，方舟停在哪裡？
亞拉臘山。

三，方舟是用什麼木頭造的？
歌斐木。不過，鋼骨船體比較好，比如瑪麗皇后號。

四，「諾亞是一個義人，全心全意事奉神。」這句話希伯來文怎麼說？
Noach ees tzadeek tawmeem haw-yaw。
你漏掉了最後的「bodoro-sov」。老天。

喬弟

米奇維特克弄到幾張百樂町夜總會的門票，是安德魯姐妹的歌舞秀，不過，我實在搞不懂她們怎麼肯到辛辛那提這種鬼地方唱歌。既然明天沒有比賽，泰瑞經理說我們可以在外面混到半夜一點才回去，不過，我還是希望回去的時候看到你已經睡著了。我會儘量不要把你吵醒。

這家飯店有兩個地方可以吃東西，隨便你挑。其中一家叫「海賊窩」，外面有一個骷髏頭造型招牌，那裡的牛排是全辛辛那提最好吃的，不過，在辛辛那提，再怎麼好吃也有限。另外，飯店樓下有一個書報攤，如果你想買漫畫打發時間，可以到那裡去逛逛。

查理

美國郵政明信片

收件人：青蜂俠中村克雷

地　址：紐約市布魯克林區蒙哥馬利街 236 號

最高機密

親愛的青蜂俠

這家飯店房間天花板有八十八個方塊，而且沒有防火梯。希罕，我本來就不喜歡安德魯姐妹。

影子俠

PS　我會用查理的薩克斯風吹「珍珠項鍊」，他還沒學會咧。太丟臉了。

親愛的超帥

你和喬弟上了報紙頭版了。「鏡報」、「電訊報」、「論壇報」都有。照片裡，他正要滑向三壘，你要刺殺他，可是康南卻大叫「安全上壘」。(報上沒說那是誰的主意，不過報導裡一直提到史塔克。)好了，承認吧——比賽本身根本沒什麼好看，喬弟才有看頭。你根本就是冒充的硬漢，要是文澤爾發現你心腸軟得像豆腐，你鐵定會被他列為拒絕往來戶。另外，自從那孩子穿上巨人隊的球衣之後，你們球隊就再也沒輸過半場球，你敢說不是嗎？還是說，你認為那是某種靈異現象，我們女孩子不懂？我們節目中場休息的時候，我趁機會去聽收音機，正好聽到第三局。他們說，狄林傑好像有點驚慌失措。那麼，是他自己驚慌，還是喬弟把他搞得魂飛魄散？

今天晚上，拉加迪亞市長帶第一夫人來看「巴拿馬的海蒂」，結束後她邀請全劇組的人到夜總會聊天。艾賽兒當然也去了。那頭臭母牛還是跟平常一樣，就算不唱歌，嘴巴還是不會休息。我本來不想跟她計較，但她竟然把手舉到半空中打了個拍子，嘴裡朝我大嚷：「小姐，麻煩給我一杯馬頸雞尾酒好嗎？」親愛的，當然沒問題。調這種雞尾酒，通常是用不著紅辣椒粉的，不過今天晚上當然要特別為她加料。結果，她要唱歌助興的時候，才開口唱了兩句，忽然往廁所衝，差點就來不及。

你知道嗎，現在外面有一彎明月，看到那樣的景象，我忽然回想起我們第一次散步的時候。不過，那天晚上雨下不停，整整下了六個鐘頭。還好後來沒繼續下，否則，我們恐怕得跟你的朋友諾亞借那艘方舟來用了。

來，閉上眼睛，假裝我剛剛吻了你一下。知道嗎，我真的在吻你喔。

海

PS 我覺得艾妲馬古力需要一套夏季的洋裝。她現在穿的那套綠色玩意兒，不知道是誰賣給她的，那傢伙該抓去槍斃。所以，今天一整個下午，我們一直在第五大道逛，到時代廣場喝下午茶。你知道嗎，原來她爸爸是俄羅斯某個村子的村長，後來，俄國人開始屠殺猶太人，她們只好逃出來。而且，你絕對想像不到，凱莉阿姨實在太有趣了。你覺得她很可怕，是因為你根本不懂該怎麼跟她說話。

親愛的凱莉

真不知道要怎麼感謝妳，特地為我挑了那只胸針。每次一碰到珠寶首飾，我就投降了。如果是我自己挑，說不定挑來挑去還是珍珠胸針。

如果妳不介意的話，我很想請妳給我一點建議，教教我怎麼對付查理這樣的男人。我常常聽他提到妳。要是我有辦法像妳一樣，把他制得服服貼貼，那麼，我就會想嫁給他了。到時候，還要請妳幫我挑一只結婚戒指。

祝福妳。

海柔

親愛的查理

我不知道你在想什麼，但不管你想的是什麼，你那個腦袋根本就應該剁下來當凳子坐，因為長在脖子上是多餘的。你怎麼會把海柔這麼可愛的女孩一個人丟在紐約？簡直是罪大惡極。更可惡的是，她竟然還得工作賺錢？辛辛那提那裡到底有什麼好？那裡有什麼東西是紐約沒有的嗎？打球？臭小子你聽著，假如你現在只有十歲，那麼，當什麼三壘手，別人還會說你可愛，可是現在呢，都二十好幾了還在搞那種玩意兒？真是肉麻當有趣。

我不想再說第二次了，也別想我會再寫信給你。我只想告訴你，這麼棒的女孩子不是每天都碰得到。你以為上帝閒著沒事幹，整天保佑你嗎？我今年四十八歲，已經活了大半輩子，所以我可以向你保證：要是有一天搞到她不要你，那叫做自作孽不可活。

我的話到此為止。

凱莉阿姨

親愛的海柔

今天下午，查理洗澡的時候忽然開始唱那首「小小旅店」。我嚇死了，還以為是德軍來轟炸。拜託妳趕快嫁給他吧，好不好？

史塔克

PS 連續安打已經到此為止，不過我大概可以算是已經給狄馬喬一點顏色看。他只打出一支安打，我打了八支。

紐約巨人隊

球僮姓名：喬弟馬古力　　　　**球場：芝加哥瑞格利球場**

用具清單

所有用具必須在開賽一個小時前完成準備

	星期日	星期一	星期二	星期三	星期四	星期五	星期六
球棒22支					V		
牛棚區練習球2盒					V		
休息區備用球2盒					V		
牛棚區毛巾10條					V		
休息區毛巾30條					V		
繃帶					V		
消毒殺菌劑					V		
冷卻水箱加水					V		

註記：

一，方舟有多大？
長三百肘，寬五十肘，高三十肘。

二，上帝向大家承諾，以後不會再用大洪水之類的災難毀滅地面上的生物。他是用什麼方式向大家承諾？
他創造了一道彩虹。以後只要我們一看到彩虹，就會想起他的承諾。

三，一八九五年，紅襪隊的中外野手是「傀儡」霍伊。大家為什麼會叫他傀儡？是因為他是聾子，還是因為他太笨？
都不是。他們叫他傀儡，是因為他衣領後面露出一根線，你伸手去拉，他的嘴巴就會一張一合。不過，當年我又還沒生出來，你問我幹嘛？

四，「諾亞生了三個兒子，山姆，含姆，雅弗。」這句話希伯來文怎麼說？
Vyo-led Noach sh' low-shaw vawneem. Es Shaym, es Chawn, v' es Yawfess.

收件人：莫里斯李伯曼拉皮　地址：紐約市布魯克林區園邊大道 1243 號　奇祖克阿穆諾會堂

親愛的拉皮

那小子被我搞定了。你輸了，聖杯拿來。希望你那個寶貝杯子夠大，可以拿來當啤酒杯。

查理

PS　我有點搞不懂，那個所羅門到底是猶太教的還是與基督教的？

葛倫米勒風靡芝加哥

桃樂絲華克　泰克斯貝內克　現代人合唱團

葛倫米勒大樂團

天堂廳　芝加哥華巴西大道 1128 號

今夜八點　隆重登台

親愛的超美

我們有一個問題，沒半個人知道該怎麼回答，就連史塔克也答不出來。我們的問題是：有兩張照片，一張是艾琳娜羅斯福穿著浴袍，另一張是貝蒂娃娃穿著浴袍，如果「電影畫報」必須從中選一張來刊登，妳會選哪一張？應該是貝蒂娃娃吧？

告訴他，他搞錯了。首先，羅斯福夫人是總統夫人，所以她比較有名。第二，貝蒂娃娃只不過是個卡通人物，根本不是真人。「電影畫報」不會刊登卡通人物的照片。

他老是忘記最根本的道理。哪個男人會有興趣去想像艾琳娜羅斯福穿浴袍的樣子？所以囉，那就更不可能有人會想看她穿。

那你的意思是，男人對貝蒂娃娃就會有興趣？男人都會想要親她一下，是嗎？如果你去親羅斯福夫人，最起碼親到的還是真人，可是如果你去親貝蒂娃娃，結果就是滿嘴唇的油墨。海柔，妳知道嗎，今天我們5：2痛宰小熊隊，而且我受傷……

他才沒受傷。當時在瑞格利球場，打到第八局，兩隊平分，小熊隊滿壘，站在我壘包上的是馬蘭茲。他是我當年春田市藍夾克隊的隊友，跟我睡同一間房。不知道為什麼，他好像以為跟我睡一間房就可以跟我稱兄道弟，可是卻偏偏忘了當初我們兩個互相看不順眼。（他睡覺愛打呼，而且老是尿在我的馬桶座上。）後來，輪到史特金上場打擊了。他大概滿腦子只想充英雄，來一支超級全壘打，把球打到場外的湖裡，只不過，小熊隊自己心知肚明，這小子連過個馬路都會迷路。於是——

我大叫他是娘炮，他衝過來想殺我。後來，我被送進醫院動腦部手術，他們都看到我的頭骨——

他屁股被一顆界外球砸到。活該，因為他見到女生就昏頭，連爹娘都忘了。他發現看台上有一群十二歲的小美人，立刻就衝出去耍寶。就在這時候，史特金正好打了一個界外滾地球，正中他的屁股。比賽結束後，那些小女生要拍我們巨人隊的合照，叫他坐在最前面的地上，不過問題是，至少一直到下禮拜二，他的屁股恐怕什麼都沒辦法坐了。

拍那張照片的時候，查理竟然叫我抱住他的薩克斯風。提到這個——昨天晚上我已經學會用他的薩克斯風吹「月光小夜曲」，可是查理卻連「憂鬱的心」都還不會吹。

兩點聲明：（一）誰說我不會吹「憂鬱的心」？（二）如果那是所謂的「月光小夜曲」，那飯店的人怎麼會打電話上來說，要是我們繼續用薩克斯風殺雞，他們就要把我們踢出飯店？現在妳應該知道這小子有多狗屁了吧？他說的話，要是有四分之一能相信，就已經是奇蹟。

他也夠格說我狗屁？怎麼不自己先照照鏡子？上次在辛辛那提，他說他要和隊上的兄弟去吃義大利麵，看安德魯姐妹的表演，就是不讓我去，因為我答錯了。他問我諾亞的兒子叫什麼名字，我說是喬艾爾，結果喬艾爾是超人的爸爸。後來我到樓下去買了一份報紙，想看看附近有沒有電影院在上演亨佛利鮑嘉的電影，沒想到居然看到一則廣告，說安德魯姐妹目前在底特律表演。老天，她們根本就不在辛辛那提，所以連吃義大利麵什麼的，也全都是查理鬼扯的。他和史塔克根本就是躲在米奇維特克房間裡聽收音機，然後三個人都趴在窗口，拿吃剩的麵包丟底下的行人。真是超級狗屁。

那麼，有本事逼你把《摩西五經》背得滾瓜爛熟的人是誰？笑死人了。不過，我還是覺得應該要獎勵他一下，所以今天晚上，我和隊上大夥兒帶他去看葛倫米勒樂團的表演。就連泰瑞經理也一起去了。這次他們表演了一首新歌，名字好像叫什麼「少女的……」，後面好像是什麼地方的名字，我沒聽過

——少女的卡拉馬祖——

那首歌是桃樂絲華克唱的，史塔克點了一杯High Ball威士忌雞尾酒想請她喝，可是酒送到的時候，他忽然又後悔了，自己留著喝。他告訴泰瑞經理說那是一杯沙士。（他後來決定自己喝，是因為他覺得桃樂絲華克唱得實在不怎麼來電。）我們只讓喬弟喝薑汁汽水，別的什麼都不准喝，可是不知道怎麼搞的，到了晚上十一點，他忽然開始走路搖搖晃晃，還跟椅子說對不起。於是史塔克就開始跟蹤他，結果發現他在附近的桌子旁邊晃來晃去虎視眈眈，只要一看到有客人站起來要去跳舞，他立刻把桌上的杯子端起來，趁他們還沒有走到舞池之前，趕快把剩下的酒一口喝乾。

那些老太太是最理想的目標，因為她們動作特別慢，走到舞池要走老半天，所以有很充足的時間可以開溜，絕對不會被逮到。而且她們幾乎都是喝「野莓琴菲士」，甜甜的很好喝。

後來，酒醒了之後，他立刻過去和桃樂絲華克跳「吉特巴」，總共跳了三次。（真可惜妳沒在現場，那種畫面實在太好笑了，因為他的身高還不到桃樂絲的……妳應該知道我說的是哪裡）。後來，他竟然還跟泰瑞經理去散步，發表高見，說什麼要是史塔克被徵召入伍，那他一定會讓伯格去守一壘，把維特克調去二壘，戴馬瑞從中外野調到三壘。我們本來以為泰瑞經理一定會當場爆炸，大罵「臭小子，你以為你是誰啊？輪得到你來用腦袋？」只要有人敢跟他說什麼，他一向都是這種反應。沒想到，他竟然掏出筆記本，把喬弟的話全部記下來。要是我敢跟他說這種話，鐵定當場人頭落地。

今天凱莉阿姨打了三次電話找我們。

是啊，一次是找喬弟討論刷牙的問題，另外兩次是叫我把腦袋剁下來當凳子坐，因為長在脖子上是多餘的，還有，上帝沒時間整天保佑我。奇怪，我整整被她訓了二十分鐘，可是她卻怎麼老是說「我不會再跟你講話了」？

如果你肯乖乖聽，不要老是——

這個等我們回紐約再討論。喬弟，你看到時鐘了嗎，幾點了？該說晚安了喬弟。

晚安了喬弟。

我們愛妳。

查理

PS1 終於把他弄去睡了，搞了三個鐘頭才睡著。明天沒比賽，所以我要帶他去雷辛鎮。自從當年離開之後，我一直都沒有再回去過。我自己也搞不懂為什麼要帶他去。

PS2 偷偷告訴妳，看到那顆界外球朝喬弟飛過去的時候，我嚇得差點尿褲子。這種經驗這輩子只有兩次。

PS3 也許我們真該聽聽她的建議。我是說凱莉阿姨。

PS4 我愛妳。（這次只有我愛妳）。

親愛的海柔

我們現在正從芝加哥搭火車回紐約，我躲在行李車廂。查理，米奇，還有史塔克，他們在吸煙車廂玩撲克牌。查理一直叫我去陪他們玩，要我再給他們一次機會把錢贏回去。不過我告訴他，在瑞格利球場打了十二局，我累了，很想睡覺，其實我是騙他的。此刻，我四周環繞數不清的行李箱。我為什麼要躲在這裡呢？唯一的理由是，我不想讓查理看到我寫信給妳。

昨天，我們去了雷辛鎮，查理從小到大去過的每個地方，我都看到了。他從前住在坎德貝瑞林區的一棟房子裡（我本來想按門鈴進去看看，可是查理不准）。我們還去了一座棒球場，小時候，哈蘭就是在那裡教他怎麼打棒球（現在那裡的雜草足足有半個人高，不過，我們還是在那裡玩接球投球，可惜丟沒幾球，球就找不到了。）另外，我們也去了他從前唸的學校，現在已經變成一座兵工廠。妳知道嗎，我感覺得到他心情不太好，因為我們在一家小餐廳吃飯的時候，收音機裡忽然聽到羅斯福在演講，而查理竟然沒有罵他呆頭。後來，我還畫了一張艾琳娜羅斯福的裸體畫，故意想惹毛他，但沒想到他竟然只淡淡說了一句：「小子，你臉上沾到蛋黃醬了，擦乾淨吧。」我覺得他好像是因為舊地重遊，越來越觸景傷情，後來，他竟然把我一個人丟在鎮上的圖書館，然後去墓園探望哈蘭。那時候我才忽然想到，每次他提起哈蘭的時候，說法總是反反覆覆，有時候說哈蘭是被投手的球砸中的，有時候又說他是被界外球砸中的。為什麼會這樣？剛好，人口統計局也在鎮上，而那位管理員艾西麥基維還是認定我就是喬弟馬古力班克斯。說起來，她比電影裡那些笨蛋情報員還要好對付。於是，我決定再去找她，看看有沒有辦法從她嘴裡套出點東西來。這一次，我只花了一分半鐘她就上鉤了。地下室有一間機密檔案室，她走上來的時候，手裡拿著一份檔案，裡面有兩張一九三三年的剪報，嘴裡一直嘀咕著「可憐的孩子，可憐的孩子」。當時，看到她那種反應，我並沒有感到不安，因為像她那樣的老太太，就算看到小孩子只是淋到雨，嘴裡一樣會嘀咕「可憐的孩子」。後來，我翻開檔案開始看。就在那時候，電話鈴聲忽然響了，她轉身去接電話。那一剎那，我立刻把兩張剪報塞進口袋裡，然後就一溜煙跑了。我不想再有任何人看到那兩張剪報，除了妳。所以我把剪報寄給妳。

這件事真的很古怪。他的球員資料檔案裡說他爸爸是副總裁，可是你再看看剪報裡關於哈蘭的報導，你不覺得很古怪嗎？難怪查理這麼傷心。比較起來，我這輩子最悲慘的遭遇，也不過是被德瓦奇壓在地上，然後被畢爾曼割傷臉，可是現在看來，這有什麼大不了嗎？後來我的傷不是也慢慢好了嗎？查理一直在照顧我，可是，有誰照顧過查理？老天，我怎麼會這麼蠢？

妳最親愛的喬弟

親愛的喬弟

以後不准再說自己是蠢蛋。你做的這件事，我恐怕這輩子連做的勇氣都沒有。拉比說你要等到十月才能算是一個真正的男人。他錯了，你早就已經是一個真正的男子漢。

查理有一次告訴我，他爸爸是業務員，可是當我問到他爸爸賣什麼的時候，他卻說「反正就是賣東西。」那時候我就覺得有點不對勁。而且，我懷疑他還隱瞞了更多他哥哥哈蘭的事。那絕對不像他說的那麼單純。現在我終於明白為什麼了。很可能他認為那都是他的錯。

喬弟，這件事是我們兩人之間的祕密，絕對不能讓任何人知道。而且，我們以後不要再追問他真相。如果有一天他自己想說了，他自然會說。這必須由他自己決定。另外，誰說都沒有人照顧查理？我們兩個應該不是「廢渣」吧？（這兩個字是跟凱莉阿姨學的）。重點在於，我們絕對不能鬆懈，要比從前更關心他。我相信我們一定會做到。

愛你的海柔

一九四一年八月七日

生日快樂

包裹裡有一張照片，是我們在辛辛那提照的，有你、我，還有康南。相框是我媽和凱莉阿姨買的。不過，那不算是禮物。真正的禮物，我現在還在傷腦筋，恐怕還得花點時間準備。

你的好兄弟祝你生日快樂

喬弟

診療醫師：唐納魏斯頓醫師　診療對象：喬弟馬古力

答：我媽幫他準備了他最喜歡的晚餐——柳橙雞和馬鈴薯餅。最有意思的是，他居然很正確的說出馬鈴薯餅的希伯來文「拉特卡司」，不過，我覺得那多少有點作秀的意味，因為李伯曼拉比也在座。

問：你媽有穿她的新洋裝嗎？

答：那還用說。而且海柔還特別提早來幫她做頭髮。現在她看起來還真有點像葛麗雅嘉遜。（譯註：美國女演員，因主演「忠勇之家」榮獲奧斯卡最佳女主角獎）

問：查理喜歡他的生日宴會嗎？

答：那個蛋糕讓他感動得痛哭流涕。是凱莉阿姨想的點子。她和海柔一起做的。上面放了二十四根煙火棒，象徵他的年齡，而且還有一根安息日的蠟燭。這本來是要跟他開玩笑，因為他根本不是猶太人，不過，李伯曼拉比就慘了，當場不知道該笑還是該七孔流血。

問：不難想像。

答：後來我和查理開始朗誦《摩西五經》給他聽，不過，我們是模仿饒舌爵士的腔調，所以他一定又是不知道該笑還是該七孔流血。接下來，海柔在電唱機上放了一張唱片，開始對著查理唱「擁抱你」。老天，連凱莉阿姨都哭了。後來，她把查理帶到廚房去，兩個人在裡面待了好久不知道在幹什麼。

問：你知道嗎，上面這些事，一年前你就已經預言了，當時我根本不相信你。我猜你一定覺得我是笨蛋，對吧？

答：是啊。沒有啦，跟你開玩笑的。

問：那麼，你真正的禮物是什麼？

答：還不能告訴你。

假如我父親是美國總統

喬弟馬古力

假如我父親是美國總統，他絕對不會放過希特勒

假如我父親是美國總統，他一定會把猶太教的「贖罪日」訂為國定假日，因為

假如我父親是美國總統，以後不會再有

假如我父親是美國總統

收件人：艾琳娜羅斯福　　　　　　　　　　　　地　址：白宮，華盛頓特區

親愛的羅斯福夫人

這篇作文我還有很多地方要修改，暫時沒辦法交，希望您不要介意。也麻煩您告訴希克斯老師不要罵我。

敬祝愉快

喬弟馬古力

亞歷山大漢米爾頓初級中學 函

收件人：赫伯特戴馬瑞校長

發文者：珍娜希克斯

主　旨：喬弟馬古力的作文

赫伯特

你要我怎麼辦？老樣子，他還是一樣不遵守規定，就連羅斯福夫人的規定他也一樣不當一回事。那種作文，我當然不可能就這樣送到白宮去。我應該叫他重寫嗎？

珍娜

亞歷山大漢米爾頓初級中學　函

收件人：珍娜希克斯
發文者：赫伯特戴馬瑞校長
主　旨：喬弟馬古力的作文

珍娜

有幾件事妳要謹記在心：
一，被逼到死角的時候，我們的後台只有學校董事會，或者再高一點，麥蘭督學。
二，那孩子的靠山有美國職棒大聯盟，還有整個民主黨，另外，天曉得還有什麼大人物。
所以換句話說，親愛的，我們被他吃得死死的。
那篇作文就直接寄到華盛頓去吧，把問題丟給他們。要是我們運氣夠好，說不定他們會徵召那孩子去國防部。

赫伯特

親愛的查理

瑞雪兒的媽媽到底讓她搽了什麼東西？難不成是馬桶水？她身上本來有一股紫羅蘭香，可是現在聞起來卻很像我媽用的地板蠟。上歷史課的時候我就注意到了，整個人傻了，結果希克斯老師問我美國首任財政部長叫什麼名字，我竟然想不起來。老天，我們學校的校名不就是為了紀念他嗎？不過，你知道發生了什麼事嗎？瑞雪兒竟然轉過頭來看著我。

接下來，我整個下午都在跟蹤她，然而，不管我再怎麼偷偷摸摸，我確定她一定知道。所以，我寫了一封信，打算放進她書包裡，不過，我不確定這封信寫得好不好。你覺得呢？有沒有什麼地方需要改進？

親愛的瑞雪兒

也許妳沒有注意到，今年暑假大部份的時間我拚命在長大。我和紐約巨人隊一起去巡迴比賽，而且還和葛倫米勒大樂團的桃樂絲華克一起跳舞，但儘管如此，我還是想到妳一兩次，而且我有點後悔，當初不應該把毛毛蟲放進妳的午餐盒，或是把癩蛤蟆塞進妳的葡萄麵包裡。可是老天，不管我做了什麼，在妳眼裡我好像根本不存在，一直到上次妳甩了我一巴掌叫我去死，妳才好像注意到我叫什麼名字。

克雷搞不懂我為什麼要在妳身上浪費時間，可是我告訴他，就像路易阿姆斯壯形容爵士樂：「老兄，我沒辦法解釋，只能靠你自己體會。」我現在當然還不敢想有一天我們會結婚，也不敢想

妳會願意讓我吻妳，但我有一個小小的奢望：如果有一天我們在走廊上相遇，我向妳打招呼的時候，妳會願意跟我說聲嗨嗎？

全心全意愛妳

喬弟馬古力

噢，對了，還有一件事。昨天晚上我睡著的時候，滿腦子想的都是她身上的味道。結果，我半夜三點半醒過來，發現身上好像有什麼地方黏黏的。查理，一個男人如果還不會射精就愛上女人，那算不算真的愛？

親愛的喬弟

先有蛋還是先有雞？自己想想看。

你這封信，某些句子效果不錯，不過也有些句子簡直像在自掘墳墓。寫情書這玩意有點像玩炸藥，一不小心就會把自己炸得稀巴爛。所以，我們最好一句一句仔細檢查，看看有什麼地方需要改良。

「也許妳沒有注意到，今年暑假大部份的時間我拚命在長大。」

第一，你根本沒長大。第二，只要你以後不要再把青花菜塞到她頭髮裡，她就知道你長大了，用不著說。

「我和紐約巨人隊一起去巡迴比賽。」

這句很精采。和巨人隊一起出去巡迴比賽的十三歲男生，天底下還找得到第二個嗎？我就不相信她交得到第二個這種男朋友。另外，你還可以告訴她，卡瓦瑞塔和哈薩特被你搞到精神崩潰三振出局，而且必要的時候我甚至還可以幫你作證。

「和葛倫米勒大樂團的桃樂絲華克一起跳舞。」

小心，想引起她嫉妒沒關係，不過千萬不要讓她以為你喜歡超過二十五歲的女生。一定要跟她講清楚，你和桃樂絲華克只是好朋友，兩人之間絕無曖昧。

「我還是想到妳一兩次，而且我有點後悔，當初不應該把毛毛蟲放進妳的午餐盒，或是把癩蛤蟆塞進妳的葡萄麵包裡。」

你又搞砸了。那些事她說不定早就忘了，你幹嘛還提醒她？你可以試試看說點別的，比如「也許我不應該像湯姆歷險記裡的湯姆那麼混蛋。」（我們都知道她討厭湯姆，這樣可以顯示你很注意她上課說了些什麼。）

「可是老天，不管我做了什麼，在妳眼裡我好像根本不存在，一直到上次妳甩了我一巴掌叫我去死，妳才好像注意到我叫什麼名字。」

很不錯，這會讓她感到難過，感到抱歉。我都是用這招對付海柔。（小子，你該不會出賣我去跟海柔說這個吧？）

「克雷搞不懂我為什麼要在妳身上浪費時間。」

你腦袋裡灌的是水泥嗎？？？你真的以為她喜歡聽這種話？？？

「可是我告訴他，就像路易阿姆斯壯形容爵士樂：『老兄，我沒辦法解釋，只能靠你自己體會。』」

精采絕倫，這句我最喜歡。不過，你最好先去查清楚，這句話到底是不是阿姆斯壯說的。

「我現在當然不敢想有一天我們會結婚，也不敢想妳會願意讓我吻妳。」

搞什麼，你猴急個屁？你應該先說「我現在當然不敢想有一天妳會願意讓我請妳吃冰淇淋。」之類的。

「但我有一個小小的奢望：如果有一天我們在走廊上相遇，我向妳打招呼的時候，妳會願意跟我說聲嗨嗎？」

這招最狠，記住以後這樣就對了。海柔就是死在我這一招，而且，如果我再嘛起顫抖的嘴唇，效果更是加倍。女人就是這樣，只要讓她們覺得我們快哭了，她們就會開始發揮母愛，做飯給你吃，而且還會自動寬衣解帶。

「全心全意愛妳。」

不要操之過急。不要一開始就亮出底牌。也許你可以試試拉比那一句「此致敬禮」。不過仔細想想，那好像更爆笑。

還有，不管你還要寫什麼，千萬記住不要提到「射精」這兩個字。這種話男人私下打嘴炮說說無妨，千萬別跟女人扯這個。

查理

PS1 什麼是「馬桶水」？她該不會是把頭伸進馬桶裡吧？

PS2 這個球季最後一次巡迴比賽，我們帶了一個新球僮，結果打十場贏了八場。你是怎麼辦到的？泰瑞經理他打算跟你簽五年合約，請你當我們球隊的幸運寵物。別當真，跟你開玩笑的。我們球隊先前的幸運符是梅爾奧特媽媽的照片，還有一雙史塔克的舊襪子。那雙襪子整整九個禮拜沒洗過，有一次不小心掉到地上，竟然斷成兩半。

PS3 我還以為你什麼都懂，看樣子你懂的沒有我想像中那麼多。所以，你可以想想看有什麼深奧的問題，我來看看有沒有辦法回答。

艾妲馬古力太太 暨 凱莉嘉汀格太太

敬邀 參加

我們的孩子 喬弟馬古力的成年禮

時間：一九四一年十月二十五日，上午十點

地點：奇祖克阿穆諾會堂 紐約市布魯克林區園邊大道 1243 號

儀式後有招待會

收到請柬後，煩請回覆，以利統計人數

親愛的查理

天底下只有八個問題我想不出答案。要是哪天我有了兒子，萬一他問我這些問題，我該怎麼回答？

問題如下：

一，恐龍為什麼會絕種？

二，有沒有火星人？有沒有土星人？

三，上帝為什麼不肯讓我們看到祂？

四，我們死後會去什麼地方？

五，收音機為什麼會發出聲音？

六，如果上帝真的存在，為什麼歐洲的猶太人身上必須佩戴黃色的大衛之星？為什麼希特勒包圍列寧格勒之後還有辦法全身而退？為什麼鐵達尼號會沈沒？

七，誰是有史以來最偉大的棒球選手？（不可以因為你喜歡馬修森就說是他。）

八，龍捲風真的有辦法把房子吹得飛起來，飛得比彩虹還高嗎？

喬弟

PS 我剛剛才知道，我表哥山米要大老遠從聖地牙哥趕過來參加我的成年禮。哇塞。

親愛的喬弟

你會問問題的時候，是不是就代表你不是在跟我狗屁？我會儘量試試看能不能答得出來。

一，我不知道。

二，我不知道。

三，我們隨時都看得到上帝呀。他看起來就像海柔，或是瑞秋，或是哈蘭，或是隨便哪個小嬰兒。這你不是早就知道了嗎？

四，我不知道。

五，因為你打開電源，轉動調頻鈕，它就會發出聲音了。你是在耍我嗎？

六，我不知道。

七，有史以來最偉大的棒球選手是泰柯布（Ty Cobb），不過很少人願意承認，因為這個人的行為令人不敢恭維。他毆打殘廢的人，吊死黑人，幹了不少諸如此類的狗屁事。如果要我選另外一個，我會選喬傑克森。雖然他牽涉到一九一九年那次打假球的醜聞，但他的輝煌紀錄還是無法抹滅。他揮棒的功力沒幾個人比得上。所以，以後可以告訴你兒子，有史以來最偉大的棒球選手是「赤腳喬」。

八，我不知道。

好啦，雖然這些問題我沒辦法全部答出來，不過好歹你也算是學到點東西了。

查理

PS1 「哇塞」是什麼意思？你以後不需要我了嗎？

PS2 史塔克搞到兩張門票，是總冠軍賽第四場比賽的票。不過，他並沒有打算去，因為打球的人不是他。我還在考慮到底要帶誰去。

道奇隊煮熟的鴨子飛了　米奇歐文漏接三振球，第四場比賽情勢逆轉

〈星期日布魯克林報導〉現場33813個道奇隊球迷完全傻眼，目瞪口呆。如果你問他們為什麼，他們會告訴你，他們不敢相信眼前看到的畫面。但真的發生了。這是棒球史上永遠無法磨滅的一頁。

今年的總冠軍賽，道奇隊一路過關斬將，每打完兩場比賽就往冠軍邁進一步。今天在艾比特球場，照理說，他們應該在下午四點三十五分之前就能功德圓滿，拿下總冠軍。在第九局上半，他們以4：3領先洋基隊，而當時洋基隊已經兩出局，無人上壘，打者是右外野手湯米漢里奇，球數是兩好球。道奇投手胡凱西投出一個完美的曲球，湯米揮棒——揮棒落空。照理說，比賽應該到這裡就結束，冠軍到手。沒想到，號稱「鐵捕」的米奇歐文彷彿突然鬼迷心竅，漏接。球滾到道奇隊的休息區，等歐文衝過去撿到球的時候，湯米已經安全上到一壘。然而，道奇隊的惡夢才剛開始。接下來，狄馬喬擊出一壘安打，緊接著凱勒和戈登接連擊出二壘安打。當夜幕降臨艾比特棒球場的時候，洋基隊早已挾著戰勝的光輝揚長而去——比數7：4。

紐約洋基

	打數	得分	一安	壘打	二安	三安	全壘	保送	三振	犧觸	盜壘	刺殺	助殺	失誤
史特姆，一壘手	5	0	2	2	0	0	0	0	0	0	0	9	1	0
羅菲，三壘手	5	1	2	2	0	0	0	0	0	0	0	0	2	0
漢里奇，右外野手	4	1	0	0	0	0	0	0	1	0	0	0	2	0
狄馬喬，中外野手	4	1	2	2	0	0	0	1	0	0	0	2	0	0
凱勒，左外野手	5	1	4	4	2	0	0	0	0	0	0	1	0	0
狄奇，捕手	2	2	0	0	0	0	0	3	0	0	0	7	0	0
戈登，二壘手	5	1	2	2	1	0	0	0	0	0	0	2	3	0
瑞祖多，游擊手	4	0	0	0	0	0	0	1	0	0	0	2	3	0
唐納，投手	2	0	0	0	0	0	0	0	1	0	0	0	1	0
布魯爾，投手	1	0	0	0	0	0	0	0	0	0	0	0	1	0
謝柯克，代打	1	0	0	0	0	0	0	0	0	0	0	0	0	0
莫菲，投手	1	0	0	0	0	0	0	0	0	0	0	1	0	0
總計	39	7	12	15	3	0	0	5	2	0	0	27	11	0

布魯克林道奇隊

	打數	得分	一安	壘打	二安	三安	全壘	保送	三振	犧觸	盜壘	刺殺	助殺	失誤
瑞斯，游擊手	5	0	0	0	0	0	0	0	0	0	0	2	4	0
華克，右外野手	5	1	2	3	1	0	0	0	0	0	0	5	0	0
萊瑟，中外野手	5	1	2	5	0	0	1	0	1	0	0	1	0	0
卡密里，一壘手	4	0	2	3	1	0	0	0	0	0	0	10	1	0
瑞格斯，三壘手	3	0	0	0	0	0	0	1	1	0	0	0	2	0
麥德維克，左外野手	2	0	0	0	0	0	0	0	0	0	0	1	0	0
亞倫，投手	0	0	0	0	0	0	0	0	0	0	0	0	0	0
凱西，投手	2	0	1	1	0	0	0	0	1	0	0	0	3	0
歐文，捕手	2	1	0	0	0	0	0	2	0	0	0	2	1	1
柯斯卡瑞特，二壘手	3	1	0	0	0	0	0	1	2	0	0	4	2	0
希格比，投手	1	0	1	1	0	0	0	0	0	0	0	0	1	0
法蘭奇，投手	0	0	0	0	0	0	0	0	0	0	0	0	0	0
華斯德爾，左外野手	3	0	1	2	1	0	0	0	0	0	0	2	0	0
總計	35	4	9	15	3	0	1	4	5	0	0	27	14	1

各局比數									
紐約洋基隊	1	0	0	2	0	0	0	0	4－7
布魯克林道奇隊	0	0	0	2	2	0	0	0	0－4

打點——凱勒3，史特姆2，華斯德爾2，瑞斯2，戈登2。　投手自責分——洋基隊3，道奇隊4。
殘壘——洋基隊11，道奇隊8。　三振——唐納2，希格比1，布魯爾2，凱西1，莫菲1。
雙殺——戈登，瑞祖多，史特姆。　保送——希格比都2，凱西2，唐納3，布魯爾1，亞倫1。

投手記錄：
希格比——安打6，失分3，守備局數3 2/3。　法蘭奇——安打0，失分0，守備局數1/3。
亞倫——安打1，失分0，守備局數2/3。　凱西——安打5，失分4，守備局數4 1/3。
唐納——安打6，失分4，守備局數4（第五局無失分）。　布魯爾——安打3，失分0，守備局數3。
莫菲——安打0，失分0，守備局數2。
觸球——亞倫（打者；漢里奇）。
勝投——莫菲。　敗投——凱西。
裁判——主審：高茲，一壘審：麥高文，潘納利：二壘審，葛利夫。
比賽歷時——2小時54分。

親愛的查理

我看到了。他本來已經接到球，可是不知道怎麼搞的球又飛走了。他是豬頭嗎？漢里奇安全上一壘是應該的，不過，我們不能怪歐文，因為他根本就是一個沒有手的殘障。沒有人會怪一個殘障人士。老天，全世界都看到了，你憑什麼拿我出氣。

喬弟

親愛的喬弟

我看你有需要上眼科去檢查一下。你自己不是說你看到歐文接到了球？我也看到了。不過，我還看到漢里奇有別的動作。比如，(一)他故意把他那個大屁股湊過去擋住歐文的視線，(二)他故意去踢歐文的手臂，害歐文掉球。什麼「安全上壘是應該的」？你實在應該跟你那位白宮的老兄推薦一下，叫他請漢里奇去當情報員，派去英國。笑死人了。說不定他會打昏英國女王，把倫敦偷回美國，然後告訴大家說是她自己不小心弄丟的。我看你真是發神經了。

查理

收件人：彼得瑞斯　　　　　　地　址：紐約市布魯克林區　布魯克林道奇隊艾比特球場

親愛的彼得

太丟臉了！可惜過去一整年你打得很精采，現在前功盡棄了。你告訴杜洛奇先生，這筆帳要算在他頭上，他這輩子都會抬不起頭來。難道他不知道米奇歐文前一天晚上不見人影，天曉得去跟什麼人鬼混，那麼，他怎麼還會叫米奇歐文去當捕手？他是豬腦袋嗎？我有聽廣播，所以我知道。

接下來的幾天，我勸你最好不要看報紙，看了你可能會胃出血。我今年已經四十八歲，所以我可以很篤定的告訴你一件事：你一定可以熬過去，更何況，你的打擊率是 .343，不過，米奇歐文恐怕沒你那麼幸運了。他什麼屁都沒打出來。

凱莉嘉汀格

親愛的小鬼

現在才十月二十，可是我們堪薩斯這邊的積雪已經有六十公分厚，看樣子，上次搞丟的車鑰匙，恐怕要等到春訓的時候才找得回來了。

我不知道你們那種成年禮要怎麼弄，也搞不清楚送禮物是不是一定得跟上帝有關，不過，我相信送一本史伯汀寫的《棒球圖畫百科》應該不會有問題。雖然諾亞帶上方舟的東西不包括那本書，可能對你沒什麼直接幫助，不過我相信你還是可以學到不少東西。所以囉，就送給你了。（我在第418頁。）

小鬼，典禮上讓露一手給他們瞧瞧，讓他們看看你有什麼本事。

你的好兄弟

史塔克

PS 道奇隊打輸球，到底應該怪漢里奇或是怪歐文，我不想發表意見。你恐怕問錯人了。不過，感覺上好像是歐文搞砸的，是吧？（順便告訴你，查理也問過我，不過我告訴他可能是漢里奇搞的鬼。我不會笨到自己找死。）

禮物清單

媽媽——黃金平安符項鍊。

凱莉阿姨——我自己的聖書和圓頂小帽。

爸爸的祕書——五十元支票。

班恩高斯坦和蘿絲高斯坦夫婦——贈閱「大自然奇觀」雜誌。

莫里斯高曼和艾賽兒高曼夫婦——領帶。

艾荻絲史奈德——手帕。

菲力斯艾里斯和肯妮艾里斯夫婦——襪子。

葛蘿莉亞李伯維茲——贈閱「大自然奇觀」雜誌。

艾特阿姨——四件襯衫。

席芭阿姨——內褲。

莎莉表姐——「乞丐與蕩婦」歌劇唱片。

珍妮表姐——羅斯福總統演講稿選集。

希爾妲奶奶——打字機。

芙洛西表姐——奶油花生餅。

克雷——G字俠的噴火戒指。

亞倫撒巴斯坦和芭芭拉撒巴斯坦夫婦——贈閱「大自然奇觀」雜誌。

山米表哥——眼鏡。

魏斯頓醫師——喬弟馬古力專用信紙。

史塔克——史伯汀《棒球圖畫百科》。

海柔——薩克斯風學習課程。

查理——全本《摩西五經》，封面有我們兩個人名字的燙金。

聯邦探員逮捕佛萊特布希區鐘錶匠

〈星期二布魯克林報導〉聯邦調查局今天收網，破獲納粹第五縱隊行動。該組織已經在布魯克林活動了八個月。根據消息來源，現年六十七歲的葛瑞塔奧堡是親納粹的「德美協會」成員，她已經坦承，她在蘇利文街開設骨董鐘錶店只是為了掩人耳目，真正的目的是提供一個安全處所給德國間諜。聯邦探員從三月起就開始監視奧堡太太。當局之所以會發現她和納粹黨的關聯，是因為她積極參與協會的活動……

最高機密
收訊人：影子俠（喬弟馬古力）　　位　置：四樓

趕快把所有的東西全部燒掉，萬一有人打聽，就說我們什麼都不知道。說不定現在希特勒已經弄到我們的地址了。

最高機密
收訊人：青蜂俠（中村克雷）　　位　置：三樓

都是你啦！大嘴巴！早知道會這樣，我們應該去監視施納貝爾先生那樣的人就好了，他是開餐廳的，唯一幹過的犯法勾當，也不過就是沒有把肉上的油刮乾淨。

最高機密
收訊人：影子俠（喬弟馬古力）　　位　置：四樓

還我咧，你自己呢？當初是誰說她炸了華沙？好了，明天你們會堂會用到多少座位？

最高機密

收訊人：青蜂俠（中村克雷）　位　置：三樓

八十九個。不過，要是我表姐芙洛西再度意圖自殺，那可能就只會用到八十八個。怎麼了？

最高機密

收訊人：影子俠（喬弟馬古力）　位　置：四樓

我票已經賣光了。看起來好像有點超賣，至少還要再多十個座位。告訴你們家那些親戚，我會在門口檢查邀請函，如果沒帶，那就抱歉啦，門票一張一塊半。賺了這一票，我們的錢就應該夠用來整容，因為奧堡太太說不定會逃獄。

明天祝你好運，喬弟桑

奇祖克阿穆諾會堂

安息日聚會 暨 喬弟馬古力成年禮

一九四一年十月二十五日星期六

流程

安息日祈禱——李伯曼拉比

聖杯祝禱禮讚——羅森費爾德領班

摩西五經誦讀前致詞——喬弟馬古力

摩西五經誦讀前祝禱——李伯曼拉比

摩西五經誦讀，「創世紀」第六章第九節——喬弟馬古力，查理班克斯

禮讚——羅森費爾德領班

先知預言書朗讀，「列王記上」第二章第一節——喬弟馬古力

「成年之日」頌歌——喬弟馬古力

成年禮祝禱——李伯曼拉比，查理班克斯

讚美詩——羅森費爾德領班

安息日讚美詩——李伯曼拉比

紐約市布魯克林區園邊大道1243號

奇祖克阿穆諾會堂 函

親愛的查理

首先我要向你致謝，因為有你，喬弟的成年禮才得以順利舉行。另外，那天來的人真是踴躍，我們不得不把許多人擋在大門外。除了聖潔日，我們會堂從來沒有出現過這種盛況，感覺上很是像有人在賣票，當然那純屬我個人臆測。

另外，我也要向你致上最深的敬意，因為，過去這五個月來，你展現出來的堅忍不拔和耐性，真是令人嘆為觀止。對付一個十三歲的男生，那種磨練煎熬，恐怕比你對付辛辛那提紅人隊還要艱苦百倍。這個年紀的小男生，注意力很難維持超過九秒鐘，而他那種頑皮搗怪的程度，和犯罪只有一線之隔了。典禮上，他故意假裝忘記「雅弗」這個名字，我發現你好像瞬間老了十歲。不過，當我們兩個在為他祝禱的時候，我相信你一定也注意到他眼中泛著淚光。

隨信附上一只銀聖杯。我得到教會的授權，在上面刻了你的名字。那個聖杯可不便宜，下次再跟你打賭的時候，我一定會先確定我有辦法把等值的錢贏回來。

謹致上我個人最真摯的祝福

莫里斯李伯曼拉比

PS 我恐怕沒有辦法同意你的論點。就算瞎子都看得出來那是米奇歐文自己漏接，跟漢甲奇絕對扯不上關係。你大概還太年輕，所以不太記得一九〇八年「呆頭梅爾克烏龍事件」，我可記得清清楚楚。（譯註：Merkle Boneheaded Play，巨人隊迎戰小熊隊，兩隊1：1僵持不下，到第九局下半巨人隊進攻，兩人出局，一壘手梅爾克擊出安打，把原在一壘的跑者送上三壘，緊接著，下一棒打者又擊出一壘安打，把三壘跑者送回本壘得分。此時梅爾克認為比賽已經結束，興奮過度，竟然掉頭直接跑回休息區，沒有去踩二壘壘包。結果，小熊隊二壘手拿到球之後，踩下二壘壘包，最後裁判裁決兩隊平分。球季結束後，巨人隊與小熊隊原本戰績平手，兩隊加賽一場，結果由小熊隊拿到冠軍。如果那天梅爾克記得踩壘包……）

最高機密

收訊人：影子俠（喬弟馬古力）　　　位　置：四樓

有好消息，也有壞消息。我們賺了兩百一十一塊，可是錢拿在手上，竟然被你凱莉阿姨當場人贓俱獲，硬逼著我要把錢退回去。萬一奧堡太太派蓋世太保來追殺我們，這筆帳要算在你凱莉阿姨頭上。

青蜂俠

PS　為了以防萬一，我把十塊錢塞在另一個口袋裡，她沒發現。這樣吧，這十塊錢我們平分，合買一本《G俠任務記錄》，外加一個徽章，你覺得怎麼樣？

亞歷山大漢米爾頓初級中學　學期成績單

學生：喬弟馬古力　教師：珍娜希克斯

英語A　服裝儀容A
數學A　勤缺狀況A
社會A　團體活動A
自然A　品德操行—

教師評語：

喬弟一直企圖摧毀世界文學的根基。我不知道他是因為閒得太無聊，還是因為他真有這種企圖。你的孩子真是辯才無礙，拜他所賜，現在全班的同學都相信很多大文學家都是共產黨、法西斯主義者、反猶太主義者，甚至更嚴重的：「豬腦袋」。史蒂芬克雷恩，斯各特爵士，莎士比亞，珍奧斯汀，白朗特姐妹，紛紛中箭落馬。其中，不明所以的，他特別痛恨艾蜜莉白朗特，說她這個人極端冷靜，沈默寡言，他相信她一定是外國政府的間諜。（難怪他會這麼認定，因為她確實有德國口音）。還好，在我極力搶救之下，他最起碼認同了霍桑，但問題是，他認同霍桑的原因簡直是匪夷所思。他問我：「《紅字》的女主角海絲特額頭上為什麼只有一個A？她只有一科是A嗎？」我簡直不知道該怎麼回答。

他和瑞雪兒終於開始跟對方說話了，不過到目前為止，說話的內容還是侷限在「嗨」和「嗨」。內容雖然簡單，但頻率很高，他們一個小時就會互相打招呼四次，事實上，我注意到喬弟刻意在同一條走廊上來回走兩次，目的就是為了製造機會遇見她。但願他們能夠很快過渡到完整句子的階段。

喬弟有他自己的想法，不過，要是他學不會遵守規定，那他還是很難有什麼大成就。

珍娜希克斯

家長意見：

我自己也不怎麼喜歡珍奧斯汀。不過，我會儘量勸喬弟要多遵守規定。

艾妲馬古力

妳意思是怎麼樣？他非得當聖人不行嗎？如果你不要再用「根基」之類的字眼，說不定他就會比較容易注意聽妳說話。我也聽不懂妳在說什麼。

凱莉嘉汀格，喬弟的阿姨

布魯克林鷹報

一九四一年十一月十二日星期三

日本拖延和平談判，美國政府開始備戰
邱吉爾斷定美國會「立刻參戰」

羅斯福夫人宣布這次作文競賽有一位布魯克林男孩獲勝

〈星期三華盛頓報導〉艾琳娜羅斯福已經宣布，在兒童教育委員會贊助的年度作文競賽中，今年的優勝者有十位，其中一位是喬弟馬古力，現年十三歲，住在佛萊特布希區蒙哥馬利街236號。作文題目是「假如我的父親是美國總統」，今年有五千名來自全國各校的學生參與競賽。感恩節過後，白宮很快就會邀請這些優勝者和他們的父親到白宮參加典禮，由總統和第一夫人為他們頒發特製的大獎章。

這次競賽有一個小小的曲折。這位男孩捨棄了原先的作文題目，自創題目，然而，總統、夫人以及全體評審委員一致認為，那男孩的作文完全掌握了……

（下接第六版）

診療醫師：唐納魏斯頓醫師　　診療對象：喬弟馬古力

答：上課的時候，我們就知道了。當時正好在上數學課，方程式算到一半。
問：你知道以後，有什麼反應？
答：我吐了。
問：你一定很興奮。
答：大概吧。瑞雪兒整天一直看著我，有一次她甚至還對我笑了一下。
問：你告訴查理了嗎？
答：克雷說她現在會變得比較好追。但願如此，因為我已經黔驢技窮，想不出還有什麼別的方式可以跟她說「嗨」，而且——
問：喬弟，你到底告訴查理沒有？
答：還沒，不過昨天晚上他到我們家來吃飯，然後帶我去看「梟巢喋血戰」。回到家之後，他問凱莉阿姨為什麼光明節的燭台上有八根蠟燭，凱莉阿姨就告訴他馬加利家族的故事，還有那盞燒了八天八夜的燈。而查理卻說他家裡有一支手電筒，每次打開都亮不到八分鐘，除非——
問：你為什麼不告訴他？
答：因為他一定會很火大。老天，你應該知道他有多討厭羅斯福。
問：那又怎麼樣？要跟你去白宮的人又不是他。
答：噢，要去的人就是他。
問：那你爸爸呢？

答：有些事我還沒告訴大家。

假如查理班克斯是美國總統

喬弟馬古力

我知道這篇作文本來應該是要寫我父親，可是，自從上次過完生日之後，我爸爸就一直沒打電話給我。我唯一接到的電話，是他的祕書打來的。所以，就算我爸爸選上美國總統，我恐怕也是跟大家一樣，要看報紙才知道。可是你們知道嗎，我並不在乎。為什麼呢？我告訴大家。

一，我常常被霸凌，因為我是猶太人（其實希特勒的納粹黨也是一樣，他們在歐洲霸凌猶太人）。每當我被欺負的時候，到布魯克林來制止那些惡霸的，就是查理班克斯。

二，我的成年禮差一點就沒辦法舉行，因為我爸爸不肯來。而查理班克斯雖然是基督徒，而且根本不懂希伯來文，但他卻陪我一起研究《摩西五經》，幫助我完成成年禮。

三，某些夏令營會開放給非基督徒，可是我媽卻沒錢送我去。查理班克斯就叫我去紐約巨人隊當球僮，帶我一起去巡迴比賽。

四，我有時候會做壞事，比如撒謊，不用功，或是亂說話。這時候，查理班克斯就會罵我，叫我閉嘴。不過，他實在太有名了，所以也許有人會認為這是我瞎編的。放心，我有證人。必要的話，你可以去問我們校長（戴馬瑞先生），或是我媽媽（馬古力太太），或是歌星海柔麥凱（她也很有名）。基於以上那些原因，我覺得白宮應該允許查理代替我爸爸跟我一起進白宮。畢竟憲法說得很清楚，人人應享平等權利——這當然也包括我和查理。法律就是法律。

假如查理班克斯是美國總統，納粹早就被消滅了。當然，那不是因為他們被查理揍扁（必要的話，查理也辦得到），而是因為查理帶警察和軍隊到德國去，把希特勒、戈培爾、戈林一干人全部關進籠子裡，而且要在兩種情況下才有可能放出來。（一）所有的猶太人都不必再配戴黃色的大衛之星。（二）轟炸結束，整個倫敦恢復光明，然後艾德華莫洛可以回我們美國繼續報新聞。然後，查理會找一個白鬍子的老先生來治理德國，比如反希特勒的那位興登堡，然後讓希特勒那種貨色去掃廁所挑大便。

假如查理班克斯是美國總統，他一定不會像那些種族主義的法西斯份子，比如柯富林神父和蘭欽眾議員。那些人認為，簽署獨立宣言的人，都是傑佛遜和葛溫納特之類的白人，所以其他人種不准干涉美國政治。查理會站在國會議堂上，制定新法律，要是有國會議員敢杯葛某些涉及黑人或東方人的法案，他一定會當場指著那些人破口大罵：「你！你！還有你！你們全都滾出去！」然後，等他們都滾出去了，他就會告訴其他國會議員：「好，現在我們可以通過法案了。」

假如查理班克斯是美國總統，從此以後再也不會有小孩子被霸凌，因為只要有人欺負他們，他們可以立刻寫信到白宮，查理就會派國務卿、海軍部長、或是戰爭部長到那些孩子住的地方，警告那些惡霸小孩：「喂，臭小子，你要是再敢打人，總統會親自出馬來教訓你。」從此以後，那些惡霸小孩就再也不敢打人了，因為他們都知道查理真的會來。

假如查理班克斯是美國總統，羅斯福夫人就再也不用冒險下礦坑，因為查理會直接封閉礦坑，等安全問題徹底解決再說。

假如查理班克斯是美國總統，那些失去父親的孩子就會明白，就算沒有爸爸，還是有人會照顧他們，帶他們到處去玩，比如「跨欄遊樂園」或是「月亮遊樂園」。還有，他們做錯事的時候，查理也會教訓他們。

那就是為什麼我會投票選班克斯當美國總統。

親愛的查理，

我上次告訴過你，我還在幫你準備真正的生日禮物。其實禮物就是寫這篇作文獻給你。可是我忘了告訴你，這篇作文要送去參加比賽，萬一我贏了，你必須去白宮見羅斯福。本來我以為不可能會贏，所以我自己也忘了這回事。沒想竟然贏了。我對天發誓，我真的沒想過比賽會贏。

但不管怎麼樣，最起碼我作文裡沒有寫你的糗事，比如上次在辛辛那提，我們把果醬擠在卡爾赫貝爾的鞋子裡，還有，你竟然問拉比，豬肉是烤的好吃還是煎的好吃。另外，我們玩史塔克那副撲克牌，你輸了我三十二塊。所以囉，那篇作文把你寫得好棒，還不錯吧，你應該要謝謝我才對。

喬弟

PS 我們可以去賓州車站搭特快車，然後住五月花飯店。那裡離華盛頓紀念碑比較近，說不定我們心血來潮會想去玩玩。

親愛的喬弟

叫我去白宮見那個大肉丸？這是什麼狗屁生日禮物？老天，要是我逼你去和胡佛吃晚飯，你會覺得怎麼樣？

我需要考慮跟你去嗎（期望不要太高）？不過，在我認真考慮之前，有幾件事我們先說清楚。

首先，要是我們到了白宮，我不想再聽到你那張嘴扯到艾琳娜。什麼浴袍啦，裸體啦，胸部啦，你小心點。她這個人有點神出鬼沒，所以我不知道她什麼時候會突然在我們旁邊冒出來。萬一被她聽到，我們絕對不可能活著走出白宮。

第二，要是她跟我們介紹她的總統老公，他很可能會問我某些問題，比如：「總統大選你有沒有投票給我？」或是「你對我的新政有什麼看法？」之類的。到時候，我要你在我鞋子上用力踩一下，因為，要是不讓自己痛一下，提醒自己，我很可能會脫口說出實話。

第三，你可以朗誦自己的作文，跟大家說謝謝，除此之外，別的什麼屁都不准放。他們頒發獎章給我們的時候，你可以跟他們握握手，然後就乖乖坐下，其他的我來應付。萬一羅斯福夫人或是副總統找你聊天，那你要開始想像，如果你是三壘手查理班克斯，你會說什麼、做什麼，然後就照著說照著做。反正，你要想辦法儘量跟我多學著點。

最後，我們那棟公寓的電梯管理員說，他也看到漢里奇故意用他的大屁股擋住歐文的視線。你看吧，不是只有我一個人看到。

查理

PS1 坐哪一班火車，住哪一家飯店，應該由我來決定，輪不到你。至於到華盛頓紀念碑去玩，有一個先決條件，那就是，你先答應我從上面跳下去，我就帶你去。不過，不用擔心，說不定我自己會先跳下去。

PS2 我不會把希特勒那一竿子人關進籠子裡，因為他被我逮到的時候，可能兩手兩腿和腦袋早就被我扯下來，剩下的中間那一截直接丟進垃圾桶。那篇作文我雖然只看了一次，不過我可以告訴你，其他的部分都寫對了。

PS3 除了羅斯福的部份。

親愛的喬弟

今天早上他站在鏡子前面比手畫腳，嘴裡還嘀咕什麼：「你！你！還有你！全都滾出去！」他以為我沒看到，不過我看得可清楚了。這個人平常老愛冒充硬漢，真夠假的，我們兩個真是甘拜下風。

我聽說在經濟大蕭條時期，羅斯福夫人還是一樣睡她的絲綢床單。當然，我很少去注意那種共和黨的八卦，不過，既然你正好要去白宮，那你就想辦法試探她一下，看看她有什麼反應。

你最親愛的

海柔

PS 查理說他要叫總統把「大西洋憲章」塞回屁眼裡，你一定要及時按住他的嘴。

西聯通訊電報

收訊人：喬弟馬古力　　地　址：紐約市布魯克林區蒙哥馬利街236號

親愛的小鬼・你的新聞上了堪薩斯這邊的報紙・你小子真有一套・記住千萬不要讓查理太靠近羅斯福・這國家麻煩已經夠多了・你的好兄弟史塔克

親愛的查理

你比那孩子的爸爸更夠資格去。另外，你就像飢荒或瘟疫一樣，破壞力也比他爸爸強。羅斯福夫人挾到他盤子裡的東西，你一定要逼著他全部吃乾淨。聽說那女人發明的「節約經濟餐」連老鼠都吃不飽。不過，那孩子還年輕嘛，一餐沒吃飽死不了。總有一天他鬧的新聞鐵定會上國際版，他一定會活到那一天。

今天他一大早四點半就起床了，連上帝都沒辦法起得這麼早。對了，千萬注意別讓他在火車上興奮過度，因為他一興奮就會發熱，而外面太冷，下車的時候溫差太大，他可能會冷死。還有，你那雙厚手套別再搞丟了。聽說你打了四十三支全壘打是嗎？那又怎麼樣。你跟我們一樣也只不過是個人，再多全壘打也沒辦法把你變成神。

也許總統不一定會問大家有沒有投票給他，不過你要自己找機會告訴他，我的票投給了威爾基。如果他認為說這種話會下地獄，那就麻煩你轉告他，我還活得好好的。

凱莉阿姨

親愛的凱莉阿姨和馬古力太太

火車都還沒開到費城，喬弟就已經睡得不省人事。我想，他大概是累癱了，因為他從第一節車廂跑到最後一節車廂，告訴每個人我們要去白宮見總統。有些人還真的相信他。

海柔去圖書館查了一些資料，發現全美國有一千九百萬個小孩，結果，只有十個小孩今天會去白宮。我算術不太好，幾千萬這種數字的除法我算不出來，不過，我還是試著算了一下，如果說像喬弟這樣的小孩，一百萬人裡面才會出現一個，這種算法應該不會差太多。

平常我偶爾會修理他，因為這是我的責任，不過，我不得不承認，這孩子真是不簡單，只有他才想得出這種點子，說我有辦法幹總統。其實，我連電話號碼都常常撥錯。

查理

PS1　謝謝妳們送的那種尖尖的椰子點心。全車的乘客要我代他們向妳們說聲謝謝。

PS2　我早就警告過他，見到大肉丸和羅斯福太太的時候，什麼話不准說。另外，我一定會盯著他把盤子裡的東西吃乾淨。妳們放心。

通行證

姓名：喬弟馬古力，查理班克斯
地點：藍廳
白宮　華盛頓特區賓州大道 1600 號

親愛的海柔

不管查理跟妳說什麼，都是鬼扯。我說的才是真相。

一開始，他們為優勝者辦了一場小型宴會，有餅乾和雞尾酒，不過，這次他們供應的不是「潘趣酒」，而是「野莓琴菲士」。接著，羅斯福總統出現了。他立刻轉著輪椅到查理面前，開口就說：「年輕人，我們歐洲那邊絕對需要你這樣的人才。我在收音機裡聽到了匹茲堡那場比賽，老天，那顆球飛得真高，我還以為它永遠不會掉下來。」沒想到，查理竟然沒有叫他豬頭，也沒有叫他牛皮王。看他平常一副硬漢樣，兇巴巴的，一見了總統就成了龜孫子。總統話才剛說完，他立刻開始拍總統馬屁，說感謝總統創造了「公共資源保護隊」，帶領人民度過了經濟大蕭條，而且在一九三六年擊敗了共和黨的藍登，給希特勒一點顏色看。老天，真是龜孫子。就連羅斯福說那是米奇歐文自己漏接，他都不敢吭聲。

接著，羅斯福夫人出現了。查理在她面前根本說不出話來。可能那是因為他抖得太厲害，杯子裡的果汁都灑到鞋子上了。不過，他還是拚命想說些什麼，結果，他竟然告訴她，他好喜歡她把白宮佈置成現在的樣子，什麼都是白的，名符其實的白宮。他舌頭打結，只說得出這種屁話。我湊在他耳邊悄悄提醒他，叫他不要忘了感謝她通過憲法第二十一條修正案，廢除禁酒令，結果他竟然狠狠踹了我一腳，我的腿差點斷掉。接下來他之所以沒有繼續出洋相，是因為他們已經把我們帶進東廳，開始朗誦作文，頒發獎章，然後讓媒體記者拍照。接著，我們吃過中飯以後就離開了。

上帝見證，以上所言句句屬實。

喬弟

PS1 如果查理說的和我說的不一樣，別忘了，是他教我要儘量多跟他學著點。所以不管我做了什麼，帳都要算在他頭上。

PS2 我本來打算溜到樓上的總統臥房去看看羅斯福夫人是不是睡絲綢床單，可是才爬到二樓就被逮到了。大概那牽涉到國家安全吧。不過，也許妳有興趣知道，他們擦屁股用的是一種藍色的衛生紙。

PS3 妳知道嗎，他們給了我們一個更大的驚喜，我們完全被蒙在鼓裡。羅斯福夫人封查理是「年度模範父親」。夠好笑吧？

親愛的超美

他們封我是「年度模範父親」。我真的會笑到尿失禁。要是他們知道我打算怎麼料理那小子，他們可能會把這個頭銜轉送給希特勒。

妳知道他幹了什麼嗎？條列如下。

一，我們才剛走進白宮，羅斯福就突然冒出來，我們差點被他的輪椅壓死（當面見過他之後，忽然覺得這個人其實沒那麼爛）。一開始喬弟還算聽話，乖乖閉嘴，可是後來，羅斯福忽然問他有沒有想過長大以後競選總統（這大概是我這輩子聽過最恐怖的建議），喬弟立刻回答：「可以呀，要是連華盛頓那種呆頭都能當總統，那還有誰不能當總統？」說完他忽然轉頭瞄了我一眼，好像在暗示是我教他這麼說的。還好，羅斯福並沒有把他的話當真，否則我恐怕得在監獄裡寫這封信給妳。他說：「這孩子心直口快，想到什麼就說什麼。」說得好，報告總統，你想不想收養他？

二，接下來是羅斯福夫人。她感謝我們大老遠到白宮來，說完就停下來等我們回答。呃，我該跟她說什麼？說我胯下長癬很癢？這時喬弟忽然湊到我耳邊嘀咕，叫我提什麼憲法第二十一條修正案有的沒的，他這個動作把我搞得更難堪。我在他小腿上狠狠踹了一下，巴不得他下半輩子再也沒辦法走路。接著他忽然開口了，問羅斯福夫人想不想陪我們去林肯紀念堂。這小子，難道他不知道波蘭和奧地利的問題已經夠讓她焦頭爛額了嗎？

三，隨後她帶我們進東廳（那裡大得嚇死人，要是哪天無聊，她甚至可以在裡面打冰上曲棍球消遣）。裡頭搭了一座講台，擺了幾張椅子。小鬼在台上朗誦作文的時候，我們可以坐在底下聽。喬弟是最後一個上台朗誦的，因為他是第一名。後來，他一唸完，大家開始鼓掌，然後羅斯福夫人把獎章頒給我們。另外那九個小鬼都跟她握手，感動得痛哭流涕。但喬弟卻跟他們不一樣。他竟然對羅斯福夫人擠眉弄眼，然後說了聲：「謝謝妳，美人。」那一剎那我嚇得差點尿褲子。更要命的是，現場還有兩百個扛著大型攝影機的呆瓜，閃光燈此起彼落，那一幕全被他們拍下來了。不過，後來我們倒是沒有被當場綁起來送去坐電椅。她竟然只是朝他眨了一下眼睛，然後輕輕扭了一下屁股，那動作有點像在跳肚皮舞，但我真怕她是髖關節骨折（很難判斷她是哪一種）。她那個動作迷倒了所有的人。從前聽很多人說，羅斯福夫人渾身都是運動細胞，她有辦法親手挖油井，也會開拖拉機。看樣子，那應該不是空穴來風。但不管怎麼樣，我們兩個畢竟保住了一條小命，不是嗎？後來，她幫我套上一條肩帶，說我是「年度模範父親」。我猜她心裡應該明白，喬弟並不是因為認識我之後嘴巴才變得那麼賤。他那張嘴是天生的。

四，接下來，他們請我們到餐廳吃午飯，我看到每個盤子裡都有三根金叉子。喬弟被安排坐在戰爭部長史汀生旁邊，那真是要命。更要命的是，最後兩個人因為歐洲問題吵起來。妳還記不記得，那天晚上在夜總會，我們聊到一個話題：有哪個地方可以讓法國人逃亡，躲起來等戰爭結束？喬弟說瑞士，因為瑞士是中立國，可是我說瑞士人沒卵蛋，根本撐不了多久。而史汀生部長的看法跟我一樣。後來，餐廳的樂團開始演奏音樂，喬弟竟然跑去和艾琳娜跳了一支倫巴舞。這件事我已經不知道該怎麼形容了。

那真是我這輩子最他媽漫長的一天。

查理

PS 他還吵著要我帶他去林肯被暗殺的地方。我忽然覺得那真是個好點子，他大概是活得不耐煩了。所以，要是妳明天聽到很大的一聲「碰」，那應該是我幹的。

布魯克林鷹報

一九四一年十二月七日星期日

日本轟炸機偷襲珍珠港
美國太平洋艦隊幾乎全軍覆沒
當地美國軍民極可能死傷慘重

白宮 函

親愛的喬弟

謝謝你不久前的來信。你要求我幫你「潛入部隊」，雖然我實在愛莫能助，但我還是要告訴你，我們國內還有很多重要的工作需要你這種堅毅不拔的人才，比如銷售戰爭債券，收集廢五金，或是貢獻一點時間給「美國聯合服務組織」之類的機構。當然，你還可以幫我們的士兵們禱告，那也會是很重大的貢獻。這種國家大事應該讓總統來傷腦筋，希望你不要太操心。雖然我們沒有料到夏威夷會遭到攻擊，不過，我們已經做好萬全的準備，隨時可以應戰。

認識你已經有很長一段時間了，我一直覺得很榮幸。然而，如果下次你還有機會來白宮，我希望能夠先和你討論一些禮儀上的問題。最重要的是，邀請第一夫人跳舞是很不恰當的。我知道這樣說你可能不太服氣，因為她已經接受你的邀請（兩次），但無論如何，我還是希望你相信我說的話。恭喜你和查理。你們兩位當之無愧。

敬祝平安愉快

新聞祕書　史蒂芬爾利

一九四一年十二月十八日

為紀念猶大馬加比
燈火燃燒八日八夜
獻殿節平安快樂

親愛的喬弟

我和海柔提早收到了聖誕禮物。知道是什麼嗎？是史塔克。那天他出現在我們家門口，身上竟然還揹著一條綵帶。

總之，我們整夜沒睡，談珍珠港被偷襲的事，一直談到天亮。我猜你應該知道接下來我們會做什麼了。要是你發現有很長一段時間我們沒在紐約巨人隊打球，那你應該猜得到我們已經穿上另一種制服了。那些臭日本鬼子找上門了，現在，我們要跟他們做個了斷。不過，在我們出發之前，我必須先要求你快點長大，你才有能力照顧媽媽、凱莉阿姨，還有海柔，一直到我回來。你辦得到嗎？雖然無論如何我還是很想去，但我還是要你親口答應我，我才能夠放心走。

預祝你一九四二年快樂。過去這一年，我們過得很快樂，不是嗎？

查理

PS1 我們應該會加入海軍陸戰隊。要修理日本人，他們應該比較有本事。麥克阿瑟的陸軍根本沒屁用，海軍更是沒卵蛋。你聽誰說過那些穿白褲子的打贏過仗？

PS2 到現在我還是搞不懂，古時候有哪一種燈能燒八天八夜？另外，告訴凱莉阿姨，我要去當兵這件事純屬鬼扯。

一九四一年十二月二十一日

聖誕快樂

親愛的查理

白宮的史蒂芬爾利寫信告訴我，說他認為你應該留在國內，因為，要打贏這場戰爭，除了打仗之外，還有其他重要的事可以做。比如說，如果不去當兵，你可以在棒球上簽名，幫忙促銷戰爭債券。我跟你打賭，你至少可以幫國家賺到一百萬。另外，你還可以到全國各地的軍營去勞軍，和營區裡那些正在受訓的前任球員打表演賽。我相信，他們心情一定會很好，然後就可以無牽無掛的到海外去打仗。

總之，我認為史蒂芬爾利說得有道理，所以，你至少要答應我好好考慮，可以嗎？羅斯福很喜歡你。只要你說你不想去當兵，他一定不會強迫你去。

喬弟

PS1　老天，要是你走了，說不定我會開始喝威士忌，抽雪茄，或是不小心把哪個女生肚子搞大了，那怎麼辦？你應該心裡有數，要是你丟下我一個人，我很可能會闖下大禍，不是嗎？

PS2　一九四一年是我這輩子最美好的一年。可是一九四二年一開始就很爛。

PS3　要是我有辦法混進陸戰隊，我可以跟你一起去嗎？我還記得陸戰隊好像有徵召小男生負責吹軍號，更何況，我已經會吹你的薩克斯風。我保證一定不會妨礙到你，而且我會乖乖聽話，你叫我幹什麼我就幹什麼，好不好？就算你一口咬定是漢里奇搞的鬼，我也舉雙手贊成，好不好？

親愛的查理

怎麼，你忽然又變成美國大兵了？打棒球你還不滿意，現在又開始搞這個？接下來你還會玩什麼把戲——去馬戲團當空中飛人嗎？

槍這玩意兒是很危險的，你會裝子彈嗎？子彈跟豆子你分得清楚嗎？分不清楚是會出人命的你知道嗎？告訴你，根本沒人搞得清楚，陸戰隊更搞不清楚。小心點，他們可能會送你去菲律賓，你知道那邊的人吃什麼東西嗎？你想拉肚子拉到死嗎？你已經夠瘦了。

懶得再跟你說了，別想我會再寫信給你。我的話到此為止。不用擔心喬弟和海柔，我會有辦法讓他們不會太無聊，等你回來。不過，我今年四十八歲，已經活了大半輩子，所以我可以向你保證：要是你回來的時候缺手斷腳，我會一直咒罵你，讓你下半輩子都沒得清靜。

凱莉阿姨

一九四二

亞歷山大漢米爾頓初級中學 函

收件人：查理班克斯
發文者：赫伯特戴馬瑞校長
主　旨：喬弟馬古力

親愛的查理

這個時候寫信給你，是因為喬弟的情況很令我擔心。當了二十五年的校長，我從來沒見過有哪個學生變得這麼憔悴。他至少瘦了五公斤。過去這兩個禮拜來，他幾乎沒有再說話，而且成績一落千丈。他母親告訴我，回到家之後，他一直關在房間裡，連燈都不開。最近，他認識了一群十七歲的年輕人，常常出去跟他們混到三更半夜還不回家。那夥人好像叫什麼「禿鷹幫」，喜歡玩刀玩槍。再這樣下去，他恐怕上不了大學了。這孩子本來是很有前途的，真是令人扼腕。除非奇蹟出現，否則他恐怕很難活過十六歲。

查理，等南卡羅萊納州的新兵訓練結束後，你可以向陸戰隊提出申請，請他們把你調到紐約的總司令部，在那裡，你一樣可以報效國家，而且也可以照顧得到那孩子。除了你，還有誰能照顧他？查理，我真替他擔心。

敬祝平安

赫伯特戴馬瑞校長

南卡羅萊納州巴瑞斯島，陸戰隊新兵訓練中心

一九四二年一月六日

親愛的喬弟

「他幾乎沒有再說話」？？太爆笑了。小子，你就算是重度昏迷，或是全身都死透了，你那張嘴還是一樣生龍活虎。

下次如果你還想冒充校長寫信來，有幾件事你要注意一下。（一）你們校長都是稱呼我班克斯先生，從來不叫我查理。（二）信末的署名，他從來不是簽他的全名，而是簽英文字母縮寫HD。（三）要是

他幹過二十五年的校長，那我早就當上美國總統了。（四）他的專用信箋是你偷來的對吧？趕快拿回去還他。少再跟我搞這種把戲，怎麼，你當我是白癡嗎？

我們到巴瑞斯島才不過四天，我已經被記了兩次大過。第一次是因為我還沒有請示上級就伸手到胳肢窩搔癢，第二次是因為那個自稱教育班長的豬頭問我：「死老百姓，你是不是一坨大便？」我說：「不是。」難不成要我回答是嗎？？後來他們叫我們排成一排，開始對我們飆髒話破口大罵。當時史塔克問他們可不可以去上廁所，可是他們不准他去。過了沒多久，隊伍中忽然飄起一陣惡臭，他們氣得拼命追問是誰放屁。

我走之前給你的合約，你自己增加了很多條文。我在火車上看了幾次，考慮的結果，你增加的部份，有兩條我同意。不過，這份合約你一樣要乖乖簽名寄回來給我，別跟我說你忘了簽名，或是合約被狗吃了。少跟我來這一套。新兵訓練結束之後，我會回紐約十天，然後就要出發去加州的潘德頓營區。那十天，我們可以做不少事，比如去無線電城看電影，去餐廳吃飯，去溜冰，反正，只要我們想得出來的都可以做，不過，前提是，我要先拿到你簽名的合約。不簽名，一切免談。噢，對了，聽說到時候「洋基之光」會上演，是賈利古柏主演的。史塔克一直求我帶他去看，到時候，要是你沒辦法去，我就只好帶他去囉。（這是什麼意思你知道嗎？這叫「勒索」。不高興的話，你可以去找陸戰隊哭訴。）

二等兵　查理

一九四〇年合約，附加條款

我的條款

十一 記住，有兩千個美國年輕人死在珍珠港，其中有不少人大你沒幾歲。所以，要是你覺得跟我去巡迴比賽比為他們報仇更重要，那你就太噁爛了。同樣的，要是我腦子裡想的是：「我還是帶喬弟到康尼島去玩就好了，犯不著在新兵訓練中心受罪。」那我就跟你一樣噁爛。

十二 你每個禮拜至少要寫一封信給我。就算你心裡不爽，或是想不出什麼話好說（這機率幾近於零），你還是要寫。我也一樣，每個禮拜至少會寫一封信給你。另外，你要幫我盯著紐約巨人隊，看他們打得怎麼樣，還要看他們派哪兩個驢蛋接替我和史塔克去守一壘和三壘。

十三 記住，你是我的好兄弟，就算世界大戰爆發，你還是我的好兄弟。等戰爭一結束，我們就會回到馬球球場，回聖路易市，然後跟大家開玩笑：「就連世界拳王也打不倒卡爾赫貝爾，因為他頭上有光環，沒人打得到他的臉。」一切又會跟從前一樣。

十四 十月二十五日那天，我和拉比已經為你祝禱過，從此以後你就是個男子漢了。我會盯住你，讓你永遠像個男人。從此以後你不可以再像小孩子一樣。當然，因為你才十三歲，所以我會容許你偶爾耍耍小孩子脾氣。問題是，上次你假冒校長寫信給我，耍脾氣的配額已經被你用掉了，所以從現在開始到二月，你不准再耍脾氣。

十五 記住，再過幾個月，我就會被送去那些名字很奇怪的小島，像是瓜加林島之類的。從前聽別人提到那些小島，總覺得他們是在唬爛，因為那些名字聽起來很像你不小心中標的時候，泌尿科醫生給你吃的藥。有一天，到了那些小島，晚上我很可能會躲在某個散兵坑裡，心裡怕得要死（聽說不管你膽子多大，一進了散兵坑，一樣會嚇得尿褲子）。到時候，我還能讓誰知道我心裡很害怕？我能讓海柔知道嗎？不行，因為女生只想聽我們說「親愛的超美，這裡天氣很好，陽光普照，伙食也不錯，我還自己洗襪子呢。」之類的。天曉得，我寫信給她的時候，可能還要一邊把敵人丟進來的手榴彈撿起來丟出去。當然，我也不能讓史塔克知道我很害怕，因為他很可能就在我旁邊，而且早就嚇得尿褲子。所以，我只能讓你知道。下次我寫信給你的時候，我可能是寫：「親愛的喬弟，現在是清晨四點，我們已經聽得到日本鬼子就在一公里外的地方，可是，我並沒有嚇得發抖，因為我一直想到我們在芝加哥那天晚上，你喝醉了，而且還跟桃樂絲華克跳吉特巴舞。」知道嗎，在那樣的時刻，你是我唯一能夠依靠的人。

你的條款

十五　~~要是我想到辦法混上運兵船，跟你一起被送到關島之類的小島，你不可以生氣。~~

十六　萬一我碰上什麼麻煩，你一定要回來。

可以，不過是有條件的。

如果你是生病，你媽和凱莉阿姨會照顧你，就像從前一樣。

如果你是和瑞雪兒談戀愛被她整得死去活來，海柔會當你的軍師。這個我早就跟她說好了。她隨時待命。

如果你是受傷，我會想辦法自己趕回去。

十七　在戰爭結束之前，你不可以再罵羅斯福。

十八　要是你受傷了，那你一定要回來，而且不准再上戰場。叫陸戰隊自己看著辦。

好啊，我可以讓你代替我去告訴陸戰隊，叫他們自己看著辦。

——查理班克斯

——喬弟馬古力

PS　查理，我會簽名，但那並不代表我願意簽這種合約。

PS　小子，我也不願意。

最高機密　　收訊人：影子俠（喬弟馬古力）　位置：四樓

你該不會真的要在合約上簽字吧？

最高機密　　收訊人：青蜂俠（中村克雷）　位置：三樓

我被他將了一軍。這次我沒辦法和他爭辯。他幹嘛一定要扯什麼瓜加林島呢？

最高機密　　收訊人：影子俠（喬弟馬古力）　位置：四樓

因為現在他終於比你聰明了。我早就知道會有這一天。你自己洩露太多祕密了，影子俠。

這是我發明的「G俠反間諜槍」，送你吧，你可以用來保護你的小命。尤其是，如果他們偷渡一支新義肢進監獄給奧堡太太，然後她用義肢爆破逃獄成功，那麼，你就很有機會用得上那把槍了。

最高機密　　收訊人：青蜂俠（中村克雷）　　位置：三樓

你為什麼一定要走呢？你爸和你媽自己搬到加州去就好啦，你可以住我們家啊，這不是很好嗎？我們可以在我房間裡另外弄一張床給你睡，這樣一來，那裡就可以算是我們的秘密總部了。你覺得怎麼樣，克雷？

最高機密　　收訊人：影子俠（喬弟馬古力）　　位置：四樓

不可能的，喬弟桑。我爸說家裡窗戶被人打破是小事，可是我鼻子被人打斷就不是鬧著玩的了。

最高機密　　收訊人：青蜂俠（中村克雷）　　位置：三樓

聖塔莫尼卡到底在哪裡？

最高機密　收訊人：影子俠（喬弟馬古力）　位置：四樓

在洛杉磯左邊。我叔叔嬸嬸在那裡開旅館，聽說旅館後面還有一座花園，所以我爸可以在那裡種蕃茄。

最高機密　收訊人：青蜂俠（中村克雷）　位置：三樓

你還會回來嗎？

最高機密　收訊人：影子俠（喬弟馬古力）　位置：四樓

恐怕不會了。不過，回不來又怎麼樣？我們這輩子永遠是好朋友，誰也拆不散，不是嗎？

美國海軍陸戰隊　同生共死

徵召中心，紐約市布魯克林區帝國大道 3156 號

收件人：喬弟馬古力　　　　　　　　　地　址：紐約市布魯克林區蒙哥馬利街 236 號

親愛的馬古力先生

我們無法接受您的入伍申請，原因如下：

一，您的身高未達標準。

二，您的體重未達標準。

三，圖書館借書證不能作為年齡證明，尤其是，變造的證件更不能接受。

小朋友，五年後再來申請吧。

敬祝平安

美國海軍陸戰隊　漢克布魯納上尉

親愛的查理

克雷走了。他們家的窗戶一直被人砸破，樓下的水果攤還被人用油漆噴上「臭日本鬼子」。後來，皇冠高地那邊跑來好幾個我們根本不認識的小鬼，他們一夥人打他一個，把他的鼻子和鎖骨都打斷了。所以，克雷只好跟他爸媽搬到加州去投靠他叔叔。這世界上我最痛恨五個東西：

裕仁天皇　布魯克林　珍珠港　希特勒　艾蜜莉白朗特

另外，我覺得你真的很狗屁。人狗屁，合約也狗屁。我查過「商業職業法」，上面說「合約雙方，如有任何一方是在『脅迫』下簽署，該合約視同無效，毋需遵守」。所謂「脅迫」，就是像賈利古柏或無線電城之類的。不過，不管怎麼樣，合約我還是簽名寄給你囉。咱們法庭見。

喬弟

PS　我媽說，等我十五歲的時候，我就可以去找克雷。老天，那還要再等一年多。萬一到時候他已經有了另一個最要好的朋友，那我怎麼辦？

親愛的喬弟

克雷當然會再碰到可以陪在他身邊的好朋友，人生本來就是這樣。不過，最要好的朋友一輩子只會有一個，而那個人就是你。放心，你在他心目中的地位，沒人能夠取代。

小子，有一件很重要的事，非常需要你幫忙。我們營區那些小伙子，每個都忙著要結婚，而且好像根本不挑對象。有些人的對象是從小青梅竹馬的愛人，名字聽起來都很像，什麼米莉、陶莉、瑪莉、芭莉，天曉得還有什麼莉。還有人更誇張，前兩天才在舞會上認識的女孩子，連對方叫什麼名字都還不知道，竟然就要娶人家當老婆。就是因為這樣，我忽然想到海柔。其實，她早就應該是三壘手查理班克斯太太了，可是到現在我都沒有採取行動。我想，那只能說是活該。明明有機會，卻被自己搞砸了。可惜現在想跟她求婚，已經太遲了。她也許會答應我的求婚，不過，那可能只是因為怕我上戰場一去不回，或是因為我忙著在戰場上躲子彈，所以她不敢拒絕我，怕我會難過，不是嗎？所以，我需要你去幫我試探她，看她是不是真心想嫁給我。除了你，世上還有其他人辦得到嗎？不過，你要提高警覺，她的腦袋比我們兩個加起來還聰明，鼻子比狗還靈，很容易就會嗅出陰謀的狗屁味，很快就會猜出是我在南卡羅萊納州放的屁。這件事，你要把它當成軍事任務，絕對不能有半點閃失，一不小心就會腦袋開花。

今天他們教我們怎麼分解步槍，分解完再組合回去，沒完沒了，好像非得逼我們要熟練到用腳趾頭都能組裝槍枝。另外，他們還把我們的頭髮都剃光，然後塞給我們一支手電筒，叫我們一路跑到北卡羅來納州，然後再跑回來。吃午餐的時候，他們發給每個人一個餐盤，每個餐盤上面分三格，中間那一格是一坨綠綠的東西，左上角那一格是一坨白白的東西，右上角那一格是一坨土黃色的東西。當時，大家在那邊你推我推你打打鬧鬧的時候，史塔克不知怎麼搞的忽然吐出來，吐得滿餐盤都是，結果，餐盤裡哪些是能吃的，哪些是他吐出來的，根本都搞不清楚了。

史塔克和夏洛正在教我陸戰隊的術語。這玩意兒要是沒學會是會要命的，因為有一次有個老屁股（我不知道他是班長）忽然跑過來對我說：「老先生要算數」，我楞頭楞腦的回了一句「老先生要算數關我屁事？」，因為我根本聽不懂他在說什麼。結果，我整整洗了四天廁所，後來總算搞清楚他的意思是要點名了。到目前為止，我已經知道「飛屁」就是空軍（其實這個是我自己瞎編的，但我會想到這個，跟那個沒選上總統的威爾基有關係。等我結訓，我第一個想宰掉的人就是他。要是他命夠大沒死，我就告訴你為什麼。）。另外，我們陸戰隊那句格言「同生共死」，還有很多別的意思，比如「操你的，我沒事」，還有「太難搞了，你自己搞」，或是「老子不幹」，或是「老兄，恭喜你還活著」，或是「再撐一下，火力支援快來了」。另外，我覺得那應該還有一個意思是「希特勒萬歲」。不過，上面說的都只是傳言，沒有證據。

問題是，我們每天都被操個半死，哪還有力氣記那些？

查理

ＰＳ１ 有人又寄了一盒那種尖尖的椰子點心給我。這玩意兒已經多到吃不完，難不成要帶到南太平洋去吃嗎？

ＰＳ２ 你猜我們部隊裡還有誰？馬蘭茲，就是那個當年和我一起在藍夾克隊，後來跑到芝加哥小熊隊那個傢伙。現在他還是一樣老是尿在馬桶墊上。

ＰＳ３ 其實夏洛的名字並不是夏洛，他叫蓋斯帕克特，是田納西州夏洛保留區來的。看樣子，我們最好趕快幫他換個綽號，要不然大家一天到晚消遣他：「噢，蓋斯，騎兵隊來了，趕快去把頭皮藏起來。」他對天發誓說他已經十七歲了，可是他根本連鬍子都還沒長出來，搞不好年紀比你還小。

PS4 我又在收音機裡聽到白宮那個大肉丸說話了，你知道他說了什麼嗎？「我希望戰爭期間大家還是要繼續打棒球。」真是狗屁。

PS5 艾蜜莉白朗特是誰啊？你是不是又看上哪個比瑞雪兒漂亮的小妞了？小子，一個還不夠累嗎？

親愛的查理

艾蜜莉白朗特寫過一本《咆哮山莊》，但又好像是她姊姊寫的。她們兩個我常常搞混。不過，反正兩姐妹都是蓋世太保的走狗，管他誰寫的。

我打聽到一個最高機密的軍事情報，想聽聽看嗎？告訴你，海軍陸戰隊是狗屁。那天，他們不肯讓我進陸戰隊，我就賴在那邊，不讓我加入我就不走。後來，布魯納上尉只好封我為榮譽一等兵——意思就是我要幫他們端咖啡，另外，有人排隊做體檢的時候，我要負責唱名。搞什麼，他真以為我這麼好唬弄？我又不是沒看過「亂世佳人」。他們叫我做的事，跟電影裡那個黑人姆媽做的不是一樣嗎？難不成她也是榮譽一等兵？那傢伙真是滿嘴狗屁。他要是敢再叫我一次「小朋友」，我就宰了他。不過，我打聽到一些陸戰隊術語，應該就是你要知道的，搞不懂你就會很難混。列舉如下：

一，袋鼠曲棍——鬧扯淡。
二，老鷹大便——發薪日。
三，大便雨——類似日本人用來炸珍珠港那種炸彈。
四，睡屁睡屁——起床號。
五，在部隊裡會緊張嗎？——要是有老屁股問你這個問題，你就要回答：「再怎麼壓也不會爆！」為什麼要這樣說，沒人搞得清楚。
六，塞進去，用力塞，拚命塞——這個你應該早就知道了吧。
七，狗洞道格——就是麥克阿瑟，那傢伙還在閒晃，啥都不幹。

八，孬孬——用來形容一種混球。這個人被羅斯福夫人封為「年度模範父親」，結果人卻不見了，跑去開槍殺那些他根本不認識的人。

另外還有SNAFU，TARFU，FUBAR，可是布魯納上尉不肯告訴我那是什麼意思。可能是因為那是某種軍事機密吧，要不然就是因為他也不知道，跟你一樣蠢蛋。

美國海軍陸戰隊榮譽一等兵　喬弟

ＰＳ１　放心，我已經開始在套海柔了。首先我用你的名字寄了一朵玫瑰花給她，然後把我表姐珍妮的結婚照片拿給她看，然後昨天晚上，我去夜總會叫她唱「我心愛的男人」。我覺得她已經上鉤了。

ＰＳ２　有人已經會用薩克斯風吹「艾瑪之歌」了。知道是誰嗎？給你一點暗示：不是你。

ＰＳ３　還有，現在我階級比你高，所以由我下命令，叫你幹嘛你就幹嘛。

親愛的喬弟

好啊，你來下命令啊，不過你最好是在距離我超過三千公尺以上的地方，而且千萬不要站著不動。

我們剛剛又領到陸戰隊員的裝備。本來我以為這次他們會多發幾條褲子，而且褲子一定又是跟上次一樣，尺寸根本不對（我的褲子短得笑死人，褲腳差不多只到膝蓋，而史塔克的卻又太大，就算褲襠裡塞進四根老二也沒人看得出來）。結果，這次發的不是衣服褲子，而是一把步槍，實彈，還有一把野戰刀。他們說，這不是玩具，要等受訓後才可以用。不過，他們才剛跨出門，我們就已經玩起來了。結果，馬蘭茲開了一槍，不小心打到夏洛的屁股，還好只是皮肉傷，連敷藥都可以不必。提到這個，我想到了，SNAFU 的意思是「人仰馬翻雞飛狗跳」，TARFU 的意思是「搞砸了」，FUBAR 的意思是「沒救了」，FTA 的意思是「操他媽的陸軍」。所以，我和史塔克開始自己發明術語。要是上面那些老屁股整我們整得太兇，我們就會對他們說 SYCKMA。不過，我們都是趁舉手敬禮的時候才說，所以他們都不會覺得奇怪。萬一他們發現這句話的意思是「去你媽個屁」，我們可能會被軍法審判抓去槍斃，罪名是叛變。

到目前為止，我是全營區唯一達到神槍手等級的步兵。其實那純屬意外。一開始，我的射擊技術幾乎快不及格。我們的射擊靶場是在一座大山坡的山腳下，山頂上有一條路。我瞄準的時候老是瞄得太高，老是打到山頂上，沒想到，竟然把路上一輛吉普車的輪胎打爆了。我們那一班其他人表現都還不錯，至少都還射得中靶，因為大家都想像希特勒或東條英機就綁在靶上。只不過，這招對我好像沒用——山上開麵包車那小伙子差點被我打死。後來，史塔克教了我一招。他叫我想像綁在靶上的傢伙是保羅狄林傑，從此以後，我連開十一槍都命中靶心，結果他們在我身上掛了一條綵帶。史塔克說那條綵帶應該分他一半，我不答應。

查理

PS 我說海柔比我們兩個人加起來都聰明，你不相信？你那種手法實在太粗糙，大概沒兩下就穿幫了。

親愛的超帥

「大後方報」的頭條新聞：我們劇團的喇叭手和一個雪茄煙推銷小姐私奔了（就在兩場表演中間的空檔），結果，我們那齣「意亂情迷」就開天窗了。少了小喇叭，調子全亂了，整齣戲唱得荒腔走板。柯爾波特說他正在幫我寫一齣新的歌舞劇，叫做「少男風情畫」（等我看到劇本，我就會相信他真的在寫）。另外，艾賽兒莫曼竟然拿了「三冠王」，東尼獎、美國戲劇獎、外劇評人獎，三個獎全被她包了。他們竟然幫那個賤貨塗脂抹粉，還說她是什麼旋風。我快瘋了，這樣吧，乾脆我們兩個調換位子，你到百老匯來，這裡有很多性感美女讓你獵艷，至於我嘛，我可以到你們營區，和七十五個光屁股的男人一起睡營房。

喬弟帶我去看電影，三天晚上接連看了四場，包括「蜜月之旅」、「給新娘一個吻」、「濃情蜜意」、「天使新娘」。我早該猜到是你在幕後搞鬼——那小子平常很難捉摸，手法不會那麼具體。我們看第一部電影的時候，銀幕上，蓋瑞葛蘭特吻了琴吉羅傑斯，喬弟忽然湊到我耳邊問：「看到這個，妳都沒有什麼感觸嗎？」於是我也湊在他耳邊說：「當然有啊，你覺得我現在還有機會嫁給蓋瑞葛蘭特嗎？」結果，整整兩個鐘頭他都不肯再跟我說話。後來，我們回布魯克林的半路上，他忽然問我想不想到「Tiffany珠寶」逛逛——繞路要十公里。他說：「我們在外面的櫥窗看看就可以了。」（偷偷告訴你，這小子研擬戰術的功力比艾森豪強多了。）櫥窗裡只擺了兩種首飾，一種是V字型的鑽石胸針（一枚五千塊），另一種是各式各樣的結婚戒指，而且還特別註明「為我們的英勇戰士提供應急服務」。我看我還是選鑽石胸針好了，你覺得呢？那樣你才有面子嘛。

你們兩個再繼續搞陰謀沒關係，不過，你這個小孬孬，我可以給你一點暗示。其實太簡單了，你只要單膝跪到地上，或是點根蠟燭營造一點氣氛，或甚至在洋基棒球場跟我求婚，我保證一口就答應。（鮮花糖果我甚至很樂意自己準備，不過，糖果你不准吃。）我只有一個條件：跟我求婚的時候，一定要很羅曼蒂克。否則的話，我乾脆去問蓋瑞葛蘭特想不想要我。

海

西聯通訊電報

收訊人：海柔麥凱　　　　地址：紐約市西89街311號

親愛的超美·我只有一塊錢所以只能用三十個字求婚·字數不夠用了·查理

PS 夠羅曼蒂克了吧？

西聯通訊電報

收訊人：二等兵查理班克斯　　　　地址：南卡羅萊納州海軍陸戰隊巴瑞斯島

親愛的超帥·沒想到蓋瑞葛蘭特已經訂婚了·沒辦法只好選備胎·班克斯太太

PS 你還真是羅曼蒂克

西聯通訊電報

收訊人：喬弟馬古力 地址：紐約市布魯克林區蒙哥馬利街236號

親愛的伴郎．我就知道你一定能達成任務．二十三日那天要幫你跟學校請假然後你才能跟我和海柔和史塔克去市政府參加婚禮．現在還不能讓別人知道所以你最好閉嘴．謝了兄弟．查理

親愛的查理

有福氣！總算像個男人了！是誰教你的？市政府公證結婚？真是褻瀆！我們都幫你準備好了。開餐館的薩爾曼雖然知道是你要結婚，但他還是答應幫你辦喜宴（薩爾曼是洋基隊的死忠球迷，總有一天他一定會下地獄）。如果你想邀請朋友來參加婚禮，誰都可以來，除了耶穌基督。我相信他是個好人，有個好媽媽——不過，要是我們讓他進門，李伯曼拉比恐怕會當場心臟麻痺。

接下來我們還要挑選銀餐具，萬一你還來不及挑就被送到海外去，你一定要告訴我是什麼地方，我才能打電話給你。

凱莉阿姨

親愛的小鬼

太不公平了！裁判作弊！拉出去槍斃！他怎麼可以找你當伴郎？而且就你一個，我只能當候補，怎麼可以這樣？別忘了，大聯盟二十一年來第二次無人支援的三殺是誰表演的？八輪連續安打的紀錄是誰創造的？更何況，他堅持說米奇歐文是因為有人妨礙守備才漏接，這種說法在全南卡羅萊納州只有我挺他（其實私底下我也不相信）。還有誰比我更夠資格當伴郎？可是你知道查理跟我說什麼嗎？他說：「想當伴郎，去問喬弟吧，由他決定。」

所以囉，我的計劃你聽聽看。婚禮上有兩個伴郎，這種事是史無前例的，不過，只要我們兩個聯手，查理就有機會成為有史以來第一個。就像一艘船有兩個船長，我們聯手開船。結婚戒指，我們一個負責拿，一個負責遞給他。喜宴喝酒的時候，一個負責舉杯，一個負責喝。辦單身派對的時候，一個負責邀請，一個負責參加。怎麼樣，這個辦法很公平吧？

營區這邊狀況一切正常，而且OSIAS（班長是狗屁）。昨天晚上營區放「前進摩洛哥」這部電影給我們看，馬蘭茲負責搞電影機，結果他打瞌睡，影片燒掉了。對了，我想追桃樂絲拉摩，到底有沒有機會？她到底有沒有男朋友？她到底願不願意跟我在一起？拜託你去幫我打聽一下好不好？我們都可以合作當伴郎了，除了你還有誰能幫得了我？（要是她願意陪我一起去參加查理的婚禮，那你就馬上代替我答應她。）

陸戰隊的格言：同生共死，絕對不可以出賣兄弟。

你的好兄弟　史塔克

PS1　查理決定要用薩克斯風練習另一首曲子（一年前我們就叫他練了不是嗎？）。所以，他選「艾瑪之歌」這首曲子，可是你知道嗎，他吹那首曲子，聽起來和「憂鬱的心」好像沒什麼差別。嚴格說來，他連「憂鬱的心」都還吹得像殺雞。

PS2　從前在藍夾克隊的時候，馬蘭茲和查理睡同一間房，他的狗屁事我們從前聽查理說了一籮筐，現在，我終於有機會跟馬蘭茲求證。我逼問了好久，他才心不甘情不願的承認他確實尿在馬桶墊上，不過，他說查理更爛，連馬桶都尿不進去，直接尿在地上。

親愛的查理

我和海柔到第5街的Tiffany買了結婚戒指（尺寸大小，我們用從前你在藍夾克隊的戒指做參考）。那可不便宜，而現在你只是個阿兵哥，薪水恐怕還不夠塞牙縫，鐵定買不起，所以我們決定借錢給你（我捐了三塊錢）。我們在店裡碰到艾賽兒莫曼，她買了一條很大的綠寶石項鍊。她告訴海柔：「親愛的，從我的角度來看，他好像太年輕了點。」海柔淡淡回了她一句：「親愛的，要找一個比妳老的還真不容易。」

瑞雪兒已經願意讓我買牛奶請她喝，而且還肯分吃我的午餐，不過我還是不知道該跟她聊什麼。後來，我終於想出來了。昨天我們一起吃巧克力布丁的時候，我開口問她：「我需要妳幫忙。我的好兄弟快結婚了，我要當伴郎，可是我從來沒當過伴郎，所以根本不知道該穿什麼衣服。如果我穿藍褲子配條紋襯衫，妳覺得好不好？」她立刻說：「噢，怎麼可以穿那種衣服？你一定要穿西裝。」嗯，有意思──我當然知道要穿西裝。不過，她並不知道我早就知道了。所以，我們開始聊領帶、鞋子，還有一些有的沒的。不過現在我碰到一個問題。我要怎麼樣才能夠讓她轉移話題？我們都已經快討論到內褲了。

喬弟

PS 海軍造船廠目前正在造「無畏式俯衝轟炸機」，需要人手，可是他們說我太矮，不讓我進去。於是，我躲在送餐推車底下，溜到組裝線上。我甚至還裝了一根螺絲釘。可惜很快就被發現了，他們立刻把我丟出去。

親愛的喬弟

想達到一石二鳥的效果，方法很多。不過，目前你已經抓到方向了。跟女生搭訕，最好的辦法就是問她們一些你早就知道的東西。這樣一來，她們會以為你比她們笨。只要妳永遠不要告訴她們真相，她們就不會宰了你。不過，要小心，萬一她們品味比你還爛，叫你穿一條黃褲子出去丟人現眼，那你要怎麼辦？所以，這種方法還是有風險，你懂了嗎？另外，不用擔心她們會找不到話講。在這方面，女人比男人強太多了。這跟頭髮和束腹是一樣的道理。你的頭髮永遠不可能比女人長，而你學女人穿束腹會當場翹辮子。所以，當你不知道該跟她們聊什麼的時候，你只要把腦子裡想到的隨便哪個字眼說出來，她就有辦法接下去說個沒完，至少二十分鐘。就算你想到的是「鈾元素」之類的鬼東西，她們都有辦法扯。噢，對了，她們還很喜歡我們用顏色來形容她們身體的某些部位。比如「妳的眼睛像……一樣金黃燦爛」，或者「妳的牙齒比……還要雪白」諸如此類的狗屁。不過，如果你想用這個方法，至少要遵守六、七條規則。那很像是走進地雷區，一不小心就會……所以，千萬不要隨便用，一定要等我幫你上過課，我說你行了才可以。

最後一點。千萬別跟她們爭辯，尤其絕對不准吵贏。她們永遠是對的。如果她們說林肯總統是中國人，那他肯定不會是美國人。如果她們說貝比魯斯是打籃球的，那他肯定不知道球棒長什麼樣子。你一定要學會習慣說一句話：「哇，我竟然不知道。」否則，這輩子你鐵定連她的手都摸不到。

好了，我該睡覺了。明天一大早我們還要去跑步，很可能會跑到科羅拉多州。我現在終於明白，他們這樣整我們，目的是要看我們誰會先垮掉。說不定他們早就在我們身上開賭盤下注。不過，我已經發明一個術語可以用在這樣的時候。TUMBS，意思是「陸戰隊的狗屁老套」。我之所以有時間寫信給你，是因為今天晚上我們本來要看你的好兄弟「大國民」，可是放電影的人打開膠卷盒的時候，發現第二卷影片竟然不見了。什麼「玫瑰花蕾」，真他媽狗屁。

下禮拜見

查理

PS 他們說柯林凱利上尉單槍匹馬炸沈了日本鬼子的榛名號。所以囉，我不是早告訴過你了嗎，戰爭已經快結束了。

布魯克林鷹報

一九四二年二月二十日星期五

西岸的日裔美國人遷移東部！

〈二月十九日華盛頓報導〉今天羅斯福總統簽署 9066 號行政命令，授權軍方規劃戰略區域，將所有的人遷離該區。總統之所以會簽署這項命令，是因為很多人相信，居住在美國西岸的十一萬日裔美國人當中，有不少人涉及破壞行動和其他第五縱隊的行動，目的是為了削弱美國的力量，讓美國無法對抗日本帝國。不過，到目前為止，該地區並沒有明顯的間諜活動，也沒有出現過破壞行動。但儘管如此，加州檢察總長厄爾華倫依然宣稱：「當地尚未出現任何破壞行動，正足以顯示他們的陰謀非常可怕，也更足以證明他們的罪行。」

一般預料，戰爭期間，加州、奧勒岡州、華盛頓州三個地區的日裔美國人將會被迫遷移到內陸地區。但目前，政府並沒有打算強迫遷移該地區的日本人，也沒有打算把他們關到集中營。儘管如此，約翰杜威將軍已經暗示大家，為了抵抗「黃禍」，保護美國人民，最好的辦法就是把他們「關起來」……

最高機密

收訊人：青蜂俠（中村克雷）　　位置：加州聖塔莫尼卡海洋大道1756號

親愛的青蜂俠

諾曼第號郵輪停靠在碼頭邊，沒想到竟然著火。沒人搞得清楚是怎麼發生的，不過，有人猜是間諜幹的。我和查理趕到的時候，船已經側翻，卻一直冒出蒸氣。那煙囪大得嚇死人，幾乎快碰到華盛頓橋了。老天，真是大場面！我在碼頭上發現一根木頭義肢，裡面有火藥。那是唯一的線索。你知道那代表什麼意思嗎？不過，先不要張揚，我們跟她結的仇已經夠深了。

昨天晚上在大都會夜總會，我和史塔克幫查理辦了一場單身派對，可是他們在那個脫衣舞孃到場之前就把我趕回家去了（我躲在櫥櫃裡，後來還是被發現了。不過我已經知道那女孩子叫妲拉）。夜總會裡有吧台，可是他們只讓我喝可口可樂和白開水。不過我後來想到，伏特加也是透明的，看起來和白開水一樣（後來我才知道，那玩意兒威力比「野莓琴菲士」強得多，喝沒兩口就倒了）。那場派對唯一美中不足的地方是，梅爾奧特竟然帶李奧杜洛奇跑來了。我跟這兩個人都只分別說過一句話，而那句話就是「操你的」。可是查理說，那次去白宮，他都有辦法忍受羅斯福超過三個鐘頭，那麼，和杜洛奇閒扯兩句，你都做不到嗎？少來了！所以，我幫你弄到了他的簽名照。他在上面寫：「給我最好的朋友克雷」。早告訴過你他是個白痴，因為他連「朋友」兩個字都不會寫，還要我拼給他看。

對了，再告訴你一件事。我和瑞雪兒已經又更進一步，現在她會拿她的桃子餡餅跟我交換豆子，所以我越來越有信心，按目前這種進度，大概再過三個月我就可以跟她結婚了。

明天早上查理就要結婚了，而在結婚典禮之前，他和海柔兩個人暫時不能見面。所以，我要負責盯緊他，免得他嚇得臨陣脫逃。今天下午他只不過吃了一根熱狗，結果竟然吐了，晚上吃了一片起士薄餅，結果還是吐。我問他女孩子是不是比費城人隊更恐怖，他說是。

影子俠

時尚人物專欄　文澤爾

班克斯和麥凱—演出雙殺

雖然大嘴巴會導致亡國，但這麼聳動的軍事機密畢竟還是紙包不住火。當年的瑪塔哈里風情萬種，迷倒不少達官顯貴，法國差點葬送在她手上。不過，跟這次的新聞比起來，瑪塔哈里只能算是小兒科。現在，艷光四射的海柔麥凱更是傾國傾城，而她下手的對象，是我們山姆大叔旗下的二等兵，前紐約巨人隊的火爆悍將——查理班克斯。昨天，他們在紐約布魯克林舉行祕密婚禮，而最令人想不到的是，兩人在一起才不過兩年，查理竟敢向她求婚，不知道他什麼時候變得這麼帶種。不過，不管怎麼樣，如果他連求婚的膽子都有，那麼日本鬼子還有什麼好怕的？

親愛的文澤爾

你又知道了。奇怪，你怎麼現在還沒當兵，還在外面混？

美國海軍陸戰隊　查理班克斯

診療醫師：唐納魏斯頓醫師　診療對象：喬弟馬古力

問：這輩子我還沒見過有人會發抖到這種程度。
答：哎呀，我只是有點緊張。萬一戒指掉到地上怎麼辦？
問：結果戒指真的掉了。
答：只有查理的戒指掉了。他的戒指是我拿的，我的手一直流汗，一不小心就滑掉了。史塔克拿的是海柔的，他的手比較不會流汗，所以就沒事。
問：他忘了結婚誓詞，當時你湊在他耳邊說了什麼？
答：「雅弗」。這是我和他之間的秘密小笑話。那也就是為什麼李伯曼拉比一聽到我說出那兩個字，忽然開始咳嗽。除了我和查理，只有他聽得懂那個笑話。
問：告訴你一件事，我跟三個人說我認識查理班克斯和海柔麥凱，結果根本沒半個人相信。
答：現在你知道那種滋味了吧。
問：你為什麼這麼擔心凱莉阿姨？我看她很好啊。
答：你一定沒注意到，當牧師說出「活著就是基督」這句話的時候，她兩手握在一起掐得好緊，我真怕她手指頭斷掉。
問：不過後來在喜宴上，她還是拿了不少好吃的給牧師。
答：才沒有。她拿給他的麵丸子是最小的，而且還不給他吃燻鮭魚。查理跟我賭兩毛五，說她可能會叫他到廁所去吃。
問：對了，我覺得很奇怪，他們要去度蜜月的時候，你怎麼沒有想辦法溜上車？我本來以為你一定會想。

答：我有啊。可是他們兩個比我精明多了。他們想搭火車去尼加拉瓜瀑布，不過，火車離站前，他們檢查了所有的車廂。看樣子，下次我必須想一點新招數。

問：對你這樣的行家來說，應該不會太難。

答：我算什麼行家？他明天就要去潘德頓營區了，可是我根本想不出辦法阻止他去。

問：你阻止不了他。

答：怎麼會？當初我不是有辦法叫他帶我去巡迴比賽嗎？

問：這是兩回事。

答：嗯，我知道。

問：喬弟，當初他挺身而出，幫你完成了成年禮，這你應該沒有忘記吧？

答：哼，我當然不會忘記。

問：嗯，現在輪到你挺他了。

答：你覺得他會忘了我嗎？

問：喬弟，沒人有辦法忘記你。特別是查理。

答：也許我應該問問他，確定一下。

上火車才可以拆開看

親愛的查理

信封裡那張用具清單，是那次我們在波士頓第一場比賽用的，那時候我還不知道諾亞有幾個兒子。我知道這實在不太像臨別禮物，不過我還是決定送你這個。有兩個原因。第一，趁還沒開戰之前，你可以先把那張清單夾在鋼盔裡面，等有一天上了戰場，你可以趁砲火平息的空檔，把清單抽出來看看，說不定會讓你暫時忘掉害怕，開心笑一笑。第二，那會讓你回想起那次和蜜蜂隊比賽的時候，大家打成一團，我幫你拉住保羅華納，免得他打爛你鼻子。（要不是我救了你，你早就腦袋開花了）。

你的好兄弟兼伴郎

喬弟

PS 到目前為止，在春訓期間，湯米漢里奇打了三支全壘打，而米奇歐文連個屁也沒打出來。比爾泰瑞已經離開巨人隊，上面要梅爾奥特當球隊經理，再兼三壘手。凱莉阿姨一直咒罵他，說他活該，因為她以為球隊這樣做是為了懲罰他。她說：「你很厲害嘛，要不要順便兼個裁判？加油加油。」看樣子，她實在沒搞懂。

親愛的喬弟

你又在搞飛機了。而且我知道這次你一定會轟轟烈烈幹一票大的，因為我到現在還猜不出來。史塔克、夏洛、馬蘭茲、布洛克班長，還有我，我們五個人在賭撲克牌，可是火車才剛過州界，進入威斯康辛州的雅肯索，我就已經輸掉四十一塊，因為我一直提心吊膽，猜不透你會從哪裡冒出來。你會不會躲在哪個帆布袋裡？你會不會從飛機上跳到行李車廂？或者，你會不會把自己裝在箱子裡，箱子上挖一個洞，然後寄到潘德頓營區？火車還停在賓州車站月台的時候，我就覺得有點古怪。我動用了至少半營陸戰隊的兵力，守住每一個車廂門，免得你打扮成行李服務員混上車。那真是工程浩大。結果呢，你竟然毫無動作。接下來，火車要開的時候，海柔哭了，你媽哭了，就連凱莉阿姨都哭了，可是你呢？你竟然對我說：「兄弟，保重了。」然後還跟我握握手。見鬼了。難道你都不會想念我嗎？我本來以為你最起碼會裝死裝活，甚至叫醫生開假證明，說要是我走了，你一定會精神崩潰。先前不是聽你說要想辦法混上運兵船，跟我一起到關島。你還說，你要偽造證件，混進部隊，然後跟我一起坐船出海。你說了很多諸如此類的招數。當時我警告你，想都別想，要是你敢有一丁點這種念頭，我一定踹爛你屁股。結果呢，你就真的不玩了？在月台上，你就只是跟我握握手叫我保重？就這樣？你太讓我傷心了。怎麼，你長大了，不玩這些招數了？當初我教你要像個男人，結果，你以為跟我握握手叫我保重就是長大了嗎？如果是這樣的話，那我勸你還是不要太快長大。

算了，我大概是心情不太好，滿肚子牢騷，而且我實在不應該拿你出氣。很抱歉。不過，也許你可以體會我的心情。現在，眼看菲律賓的科雷希多島都快守不住了，在這種情況下，不管是誰大概都會想問自己：「你幹嘛跑來當兵，把自己搞到這種地步？」

查理

PS1 謝謝你告訴我漢里奇的消息。順便幫我查一下他的生日，等時候到了，我可以寄張賀卡給他。

PS2 這班列車擠了八百個人，可是卻只有一節餐車。我們一大早六點半就開始排隊等著吃早餐，結果輪到我的時候，已經變成吃中飯了。SABUS（山姆大叔又搞砸了）

PS3 我們在巴瑞斯島受訓的時候，那個班長真是個混球，後來沒想到他喉嚨的血管喊破了，結果被送回巴爾的摩老家去賣魚。接替他的人是布洛克班長。有一天早點名的時候，我們發現了這件事，然後我就問排在我旁邊那傢伙：「你知不知道新的班長是哪個渾球？」結果他回答：「那個渾球就是我。」布洛克實在不像班長，看起來滿順眼。我罵他渾球，他並沒有因此把我抓去關禁閉。

亞歷山大漢米爾頓初級中學　學期成績單

學生：喬弟馬古力　教師：珍娜希克斯

英語A　服裝儀容A
數學A　勤缺狀況A
社會A　團體活動A
自然A　品德操行B

教師評語：

三個禮拜前，我們班上開始閱讀《凱撒大帝》。事實上，在莎士比亞創造的英雄當中，凱撒才是真正的法西斯份子。我本來以為喬弟一定不會放過他，至少會站到台上長篇大論批判一下，但沒想到喬弟完全沒反應。我完全傻眼了。更令我意外的是，喬弟要求我讓他上台朗誦劇中的一段演講。那是在凱撒葬禮上，他的愛將安東尼發表的一篇煽動性的演講。喬弟的表現非常沈穩，頗有當代舞台劇演員貝瑞摩爾的風範。朗誦結束之後，全班同學大聲喝采，我認為喬弟當之無愧。後來，我誇獎他表現得很好，他竟然回答：「謝謝你，老師。」一看他這樣的反應，我忽然勇氣百倍，立刻乘勝追擊，開始列出凱撒大帝的弱點，拿來和現任美國總統做比較——沒想到，面對這樣的挑戰，喬弟竟然還是毫無反應。這下子，我只能假設自己已經精神錯亂，產生妄想。

說起來，也許應該感謝瑞雪兒，是她讓喬弟突然變了一個人。簡單的說，他們整天含情脈脈看著對方，視線無法從對方身上移開。雖然瑞雪兒偶爾會刻意裝出冷淡的樣子，但很明顯看得出來，那只是在垂死掙扎。現在，他們已經開始在自習教室傳字條了。每次只要我低頭沒注意（其實我一直在注意），他們就會開始傳紙條，不放過任何機會。從我坐的位置很難看得出來兩人之間的勝敗情勢——不過就我的感覺，瑞雪兒已經逐漸居於下風，看樣子大勢已去。

珍娜希克斯

家長意見：

謝謝妳一直在鼓勵喬弟守規矩。我們早就知道總有一天妳一定會成功。畢竟，我們希克斯這個老師可不是幹假的，不是嗎？

艾妲馬古力

親愛的查理

底下是我和瑞雪兒傳紙條的內容，你能不能幫我看看她到底是什麼意思？我嘗試用六種不同的角度去解讀，結果還是讀不懂。

親愛的瑞雪兒

妳的眼睛比彈珠更碧藍，妳的皮膚比黎明的晨曦更白皙，妳的頭髮比剛翻過土的田野更金黃燦爛。

愛妳的　喬弟

親愛的喬弟

你很討厭耶。不要吵我嘛，我要唸書。

瑞雪兒

親愛的瑞雪兒

我請妳去看電影好不好？

喬弟

親愛的喬弟

我不知道。不好。更何況，男生都不喜歡芭芭拉史坦威克。

瑞雪兒

親愛的瑞雪兒

我「愛」芭芭拉史坦威克。另外，上次拿黃色的雪球丟妳，很抱歉。

喬弟

親愛的喬弟

你要是再傳字條給我，我就要跟希克斯老師說了。不過，我也許會。

瑞雪兒

「我也許會」？什麼意思？她也許會去告訴希克斯老師，還是她也許會跟我去看電影？更何況，要是她真的想唸書，那她幹嘛老是回頭看我有沒有繼續寫字條給她？

這實在複雜到我無法想像。

喬弟

PS1　另外，我真的很受不了芭芭拉史坦威克。如果有人拿一塊餡餅砸到她臉上，說不定她會清醒一點。

PS2　我打扮成西聯通訊送電報的小弟，拿著一封假電報到海軍造船廠，跟他們說我要親自交給李昂蘭迪（這個名字是我在布朗區的電話號碼簿查到的）。這次我在組裝線上混了四十五分鐘，後來才被踢出去。你知道嗎，裡面竟然有女生在工作耶。

親愛的羅密歐

你以為這樣就叫「複雜」了嗎？還早呢。等到有一天她肯讓你牽手的時候，你才會知道什麼叫「複雜」。到時候，你恐怕需要指南針，密碼書，再加上工程測量尺，才搞得清楚東西南北。

現在這個還算簡單。她的意思是：「你真的很討厭，可是你還是要繼續追我，否則我就扭斷你脖子。」最重要的線索就是「我不知道」。這就是她的魚鉤，千萬不要張嘴去咬，否則你就會被她從水裡拖出來，變成一條死魚。說到這裡，我忽然想到了——讓海柔替你挑片子。要是你帶她去看「日本諜報員」或是「納粹間諜懺悔錄」之類的狗屁，那你就完了。

另外，我不是老早警告過你，要等我有機會先幫你上一課，你才可以嘗試用顏色來形容她的身體？你知道什麼地方搞砸了嗎？

一，「妳的眼睛比彈珠更碧藍」。什麼跟什麼，你的意思是她的眼睛就像瞎子用的假玻璃眼珠？

二，「妳的皮膚比黎明的晨曦更白皙」。笑死我了，黎明的晨曦是黃色的，你的意思是她的皮膚黃得像是得了瘧疾的病人？

三，「妳的頭髮就像翻過土的田野一樣金黃燦爛」。我的媽，你知道田野為什麼會是金黃燦爛？因為田裡全是泥巴和牛糞。我很驚訝她竟然沒把鋼筆插進你眼睛裡。

不過，目前看來你並沒有造成毀滅性的傷害（還沒）。為了以防萬一，我還是先幫你列了一份清單。

白色　雲，星星，月亮，浪花。

紅色　櫻桃最棒，不過櫻桃有另外一種含義，要等你年紀大一點再跟你解釋，現在還不要用。目前先用紅寶石好了。

棕色　栗色的小馬。

黃色　有一次我用「蛋黃」來形容海柔，結果兩人大吵一架，我被她鎖在公寓門外。不過後來她告訴我，女生都無法抗拒金鳳花，所以，這是專家的建議，保證萬無一失。

紫色　這個比較難。你可以先試試看鬱金香之類的花。花這玩意兒我搞不懂，看起來好像都差不多。

綠色　最綠的東西很容易讓她氣炸，比如青蛙或是巫婆的臉。用草來形容應該還可以，不過前面要加點料，比如「雨後的綠草如茵」。

藍色　天空和海洋。

黑色　我唯一想得到的就是夜晚和木炭，所以儘量不要去碰黑色，那玩意兒很容易釀下大禍。

橘色　這顏色應該用不到，因為她身上應該沒有什麼地方是橘色的。萬一真的有，叫她趕快去看醫生。

已經連續演習了五天，我們已經累到像一灘爛泥。目前他們還不肯告訴我們，結訓之後要分發到什麼地方，因為他們怕部隊裡有東條英機派來臥底的，會洩漏機密。不過，我們一直在練習從登陸小艇搶灘，攻佔灘頭堡，由此看來，就算白癡都猜得到我們會被送去太平洋。好像沒聽說過德國邊界四周有海岸。

我們總算放了二十四個鐘頭的假，於是我和史塔克立刻衝到洛杉磯去玩。我們先到「老豬酒吧」去吃晚飯，然後再去一個叫做「好萊塢軍人俱樂部」的地方。這地方只有軍人才可以進去，很多好萊塢明星會在裡面陪我們跳舞，而且還會親手做三明治請我們吃。結果，竟然有一個巨星走到史塔克面前邀他跳舞，你猜是誰？就是他的夢中情人卡蘿隆巴德。結果，我們這位「硬漢」並沒有上去抱住她，因為他當場倒在地上口吐白沫。接著有人把他扶到牆邊，讓他靠牆坐著，拿醒腦油抹在他鼻孔。後來，他慢慢醒過來了，可是當他一睜開眼睛看到那個拿醒腦油的人，立刻又昏過去了。那個人就是露西鮑兒。現在你知道了吧，那傢伙根本就是理論派，只剩一張嘴。

查理

PS1 下禮拜就要授階了，史塔克認為他很可能會晉升士官，而我根本沒機會。事情最好不是這樣，否則，我保證他會是有史以來第一個被士兵踹還要說謝謝的士官。

PS2 你一定還在想辦法搞鬼，對吧？如果是的話，趕快出手吧，大家一翻兩瞪眼。每天提心吊膽，猜你會搞什麼鬼，我已經受不了了。

PS3 你又扯什麼黃色的雪球幹嘛？這鐵定是你這輩子幹過最蠢的事。記住，你的所作所為，她們都會幫你打分數——照你目前的分數來看，你恐怕要等到三十二歲才親得到她的嘴。

亞歷山大漢米爾頓初級中學 公告

受文者：全體初二學生
發文者：希克斯老師
主　旨：春假作業

知更鳥啼的季節又來臨了，提醒我們春天又到了。我知道大家不喜歡寫作文，不過你們大概沒想到，其實我也不喜歡改作文。但無論如何，學校董事會還是堅持要大家多練習寫作文。作文長度兩百個字，假期結束後第一天上課時繳交。

這次看看大家能不能寫出前所未有的創意，這樣會讓寫作的感覺更愉快，更有趣。雖然我有點懷疑你們能不能做得到，不過大家還是要努力嘗試。

但願兩個星期的假期大家都平安愉快。

希克斯老師

親愛的瑞雪兒

要不要試試看寫一篇「假如我們結婚了」？這樣的作文一定驚天動地，妳覺得呢？

愛妳的 喬弟

親愛的喬弟

少無聊了。還有，拜託你不要再說你愛我好不好？

瑞雪兒

親愛的瑞雪兒

可是我真的愛妳啊。「噢，妳的唇甘醇豐美！妳的吻甜蜜如櫻桃，如此誘惑迷人！」這是《仲夏夜之夢》裡的詞句。我願把王國獻給妳。

喬弟

親愛的喬弟

我不要。

瑞雪兒

親愛的瑞雪兒

那妳陪我去看「忠勇之家」好不好？求求妳，求求妳。

喬弟

親愛的喬弟

不行。爸媽要帶我們去大西洋的海邊玩兩個禮拜。我們每年都會在那邊租一棟度假屋。不過，你可以寫信給我。

瑞雪兒

親愛的瑞雪兒
老天，我一個人怎麼活得下去？
喬弟

親愛的喬弟
希克斯老師不是要我們發揮創意寫點不一樣的東西嗎？
瑞雪兒

親愛的喬弟桑

我現在被關在集中營。我不是在開玩笑。一開始是我爸爸先被調查局關起來，因為他們說他在後院種的蕃茄樹瞄準一座飛機工廠，接著他們又把我叔叔抓走了，因為他是聖塔莫尼卡的日本同鄉會會長，而他們同鄉會正打算轟炸華盛頓。真是狗屁。你知道什麼是同鄉會嗎？所謂的同鄉會就是一群老骨頭湊在一起下圍棋，研究怎麼種蘿蔔。接下來，他們叫我們在二十四個鐘頭內把家當全部丟掉，只留下帶得走的東西。就連我媽收藏的兩百年的古董瓷器都被迫丟掉（一個盤子要五毛錢）。而我叔叔的旅館也被迫關門，他只好把旅館賣掉，七百五十塊賣給一個老傢伙。其實，他們當年蓋那座旅館總共花了十五萬。接著，我們被帶到聖塔安尼塔，關在一個小房間裡（那個小房間裡堆滿雜七雜八的東西，他們甚至還沒清乾淨就把我們關進去），關了三天之後，他們才終於準備好巴士把我們送到營區。接下來，如果我沒被槍斃，你可以寫信到下面的地址給我：

加州曼紮納，曼紮納疏散中心第二十八區三號營舍二號房

那裡看起來很像陸軍基地，只不過四周圍著帶刺的鐵絲網，不太像普通營區。裡面有一百座長方形的棕色營舍，每間營舍裡分成四間房（每間房差不多只有我們布魯克林家裡的櫃子那麼大），我們五個人就擠在其中一個房間裡。老天，隔間的牆壁並沒有連到天花板，所以我們聽得到隔壁另外三戶人家講話的聲音，特別是福田那一家子。他們家有一個十六歲的男生叫做福田賢志，他都叫我小狗。另外還有一個十一歲男生叫福田一，那小子比我們兩個加起來還怪胎。他覺得自己就是「哈迪男孩」，包括他哥

哥在內。另外，廁所在一百公尺外，每次去都要排隊等很久，就算拉肚子也要等。

喬弟桑，你能不能幫我問一下查理，看他能不能幫得上忙，讓我們離開這個鬼地方？或至少幫我打聽一下我爸爸和叔叔被他們關在哪裡。我並不想為難他，不過他是我唯一認識的名人。你甚至還可以告訴他我很抱歉，因為我用六張他的棒球卡換了一張杜洛奇的。

你的黃種人朋友　克雷

PS1　你回信的時候，千萬不要在上面寫「最高機密」，那只會害我們兩個惹上麻煩。他們已經把我的「影子俠密碼書」拿走，因為他們懷疑裡面有什麼軍事行動的情報。老天。

PS2　我們在暖爐底下發現一隻老鼠，福田賢志幫牠取了個名字叫厄爾華倫，然後他又叫我小狗。

PS3　不過很奇怪，營區裡竟然有棒球隊。聖彼得羅地鼠隊把我拉進去打球，因為我個子太矮，別隊的投手很難抓出我的好球帶。你知道他們叫我守哪裡嗎？三壘。要是查理知道了，可能會七孔流血。

PS4　替我問候你媽和凱莉阿姨，還有瑞雪兒和希克斯老師，還有每一個我們認識的人，除了奧堡太太之外（除非她願意把義肢借給我們，我們可以用來爆破逃出營區）。

白宮函

親愛的喬弟

謝謝你不久前的來信。真希望我能夠簡單解答你的問題，但我真的沒辦法。克雷在曼紮納會比較安全，比待在城裡的街頭上安全。我相信那些日裔美國人都是清白的，他們都效忠國家，可是他們在外面很容易被人誤會，被人攻擊，已經有不少人傷亡。

希望你對羅斯福總統的感情不要受到影響，這年頭，像你這麼真摯的好朋友是很難得的，尤其你對他的情義更是無與倫比，他很珍惜。希望你能夠明白，正確的決定並不見得能夠贏得眾人的支持，唯有歷史才能夠檢驗，我們做的決定是正確的，還是一種令人遺憾的錯誤。

敬祝平安愉快

新聞祕書　史蒂芬爾利

親愛的超帥

喬弟最近有點古怪，你最好提高警覺，因為他一定又在玩什麼花樣了。我已經一整個禮拜沒聽他說過半句話，所以你應該知道，這代表他快要闖大禍了。接著，今天早上我打電話去他家，想問他要不要跟我學一種新舞步，可是凱莉阿姨說他和幾個同學去德拉瓦做田野調查。顯然她不知道德拉瓦根本沒什麼東西好「調查」的，否則她一定不會上當。（我當然也不會上當。）所以，大哥哥，提高警覺吧，我開始有點擔心他了。

柯爾波特為我寫了一齣新戲叫「愛的禮物」，昨天他順道到我們夜總會來，彈了劇中的一首新歌給我聽，歌名叫「女神來來來來來來來來來了」。這可不是我瞎編的，真的是這樣。天底下只有柯爾才有辦法搞出這種怪歌名，而且還不會被人砲轟，換成是別人，早就粉身碎骨了。今晚在夜總會表演第二場的時候，我也唱了那首歌，結果，全場觀眾叫好簡直像發瘋，夜總會屋頂差點垮下來。你等著瞧，等著看艾賽兒那頭臭母牛聽到風聲之後會有什麼反應。她一直把柯爾波特當成是她的私人財產，最痛恨別的女歌星想沾他的光。這下子，她一定會發瘋。（當然，他們還沒有正式邀請我擔任女主角，不過，柯爾說他們已經決定了。）

我好懷念看著你睡覺的感覺。或者應該說，我巴不得一天二十四小時都看著你。你是天下第一帥。

全心全意的愛　海柔班克斯太太

PS　這個月底，我已經安排好休假兩個禮拜，打算黏在你身上，所以，我勸你趕快通知陸戰隊，晚上不用等你回去吃飯。要是他們敢刁難你，那就由我出面來擺平他們。你知道天字第一號麻煩人物是誰嗎？

美國海軍陸戰隊　同生共死

加州海濱市潘德頓營區

收文者：威廉寇瑞拉克將軍

發文者：安德魯柏斯坦中士

主　旨：馬古力家的孩子

我們還不知道要怎麼處置他，不過，我們已經猜出他是怎麼潛入營區的。問題就出在布魯克林海軍造船廠的裝卸月台。他們顯然防衛不夠森嚴，班茲士官離開崗位去上廁所，那孩子就趁這個機會溜上火車，躲在兩百個帆布袋中間，一路就到了潘德頓。看起來他早有預謀，因為我們找到兩個隨身型的酒精燈爐，一盒火柴，一把手電筒，一疊超人漫畫，另外還有為數驚人的糧食，差不多夠一個師吃上一整個禮拜（班茲士官承認，一路上他一直聞到豬肉和豆子的香味，不過他一直以為那是汽化器的油味）。另外，我們還發現帆布車廂壁上被挖了一個洞。我們猜，那應該是那孩子的緊急備用廁所，萬一他沒辦法憋到下一個停靠站，至少可以就近解決。鐵路邊公路上那些開車的人很可能會一頭霧水，為什麼下的雨是黃色的，不過還好，到目前為止氣象局都沒有接獲這樣的電話通報。我們算是運氣不錯，逃過一劫。

那孩子只說他要去陸軍的曼紮納營區辦事情，另外，他只肯吐露他的姓名、階級和兵籍號碼，其他什麼都不肯說（他搬出「海軍陸戰隊法典」，而且還引述電影「勇冠三車」裡蘭道夫史考特的台詞，說陸戰隊官兵寧死都不會洩漏軍事機密，所以他什麼都不說。好萊塢真的很會製造問題）。後來，他說他要見二等兵班克斯和一等兵史塔克。這兩名士兵目前都在本營區。

他們目前正在野外演習。我們已經把他們找回來，後續的處理狀況會隨時提報。

親愛的超美老婆

我就知道他一定會轟轟烈烈幹一票大的。我不是早告訴過妳他一定會轟轟烈烈幹一票大的？就像我知道我是三壘手查理班克斯，出生於威斯康辛州，今年二十四歲，我也知道我愛妳，所以我知道他一定會轟轟烈烈幹一票大的。我是這小子肚子裡的蛔蟲，還有誰比我更了解他？

當時我們正在樹叢裡野戰訓練，在地上爬來爬去，用空包彈開槍打來打去，沒想到忽然有一輛吉普車來，把我和史塔克載回去。那一剎那，我還以為我們要被軍法審判了，因為他們已經發現我發明的術語「APSFY Sir」意思是「報告長官PS操你的」。結果，我們並不是被抓去槍斃，而是被帶去指揮官辦公室，然後，我們一進等候室就聽到裡面傳來喬弟的聲音。他說：「少笨了，你應該先拿下吉伯特島，然後一路打到日本。老天，這麼簡單的道理連女生都知道。」後來，我們被帶進去的時候，一眼就看到他指著牆上的一張大地圖訓斥指揮官，什麼巴丹島，什麼菲律賓，而且還挾帶一籮筐的術語，什麼「戰術轟炸」，「側翼突擊」，「全體攻擊」，「瞄準標竿」。如果你事先不知道他只有十三歲，你可能會誤以為眼前那個人是縮了水的巴頓將軍。就連將軍都聽不懂他在鬼扯什麼，而且，顯然將軍並不想搞懂，於是就把他交給我們，叫我們把他弄出營區，絕對不准再讓他混進來，我們有七十二個小時的時間完成這項任務。老天，他以為我們是誰啊——大魔術師胡迪尼嗎？我們怎麼可能在七十二個鐘頭內搞定所有的事？我想帶他去好幾個地方：（一）好萊塢中國戲院和大門前面的腳印水泥地。（二）棕色圓頂帽餐廳（外面看起來還真像圓頂帽）。（三）阿羅尤沙克高速公路（通到巴沙迪納，一路上沒半個紅綠燈）。（四）天使飛行電纜車（一路都是上坡，沒有平面）。（五）好萊塢軍人俱樂部。（六）亨佛利鮑嘉住的房子。（七）山上的「好萊塢」巨形排字當中的O字母。清晨六點的時候坐在那邊，看著太陽從東邊升起來，一邊用薩克斯風吹「憂鬱的心」。其實，我早就開始在列一張清單，一直在考慮要帶他去什麼地方，因為我早就知道他一定會轟轟烈烈幹一票大的。接下來，我要帶他去曼紮納的陸軍營區，看看克雷碰上什麼麻煩，然後把他們一家人弄出來。集中營，什麼狗屁！那兩個孩子當初不是還幫忙抓出納粹間諜嗎？那個裝義肢的老太婆。

我們現在剛到洛杉磯，在畢爾特摩大飯店訂了房間（史塔克負責出錢，因為他是一等兵，我只是二等兵）。我們本來打算帶喬弟到「老豬酒吧」吃晚飯，可是他卻已經累癱了，睡得像一頭死豬。妳看，這孩子不簡單吧？真的該好好犒賞他。單槍匹馬橫越美國，五千公里耶，而且人就躲在火車裡，他們竟然都沒發現。跟他比起來，那些人簡直像白癡。

我不是早告訴過妳他一定會轟轟烈烈幹一票大的？

愛妳的 二等兵查理

PS1 謝謝妳肯幫忙應付他媽和凱莉阿姨，不要讓她們知道這件事。也許妳可以騙她們說，他只是搞不清楚加州和德拉瓦，搭錯了車，這樣她們就不會生氣了。其實，我自己也常常搞混。什麼愛達荷州，什麼內布拉斯加州，還不都是州，管他的。總之，我們禮拜四之前就會送他坐上火車，這樣他就來得及回學校開學。

PS2 噢，對了，學校的春假作業規定要寫一篇作文，我警告他，要是他又拿我開刀，我一定剁掉他的手。我知道他一定會扯得更離譜，在作文裡寫我們去英國和女王吃飯。

PS3 這次他惹上了整個美國海軍陸戰隊，結果竟然沒事，妳相信會有這種事嗎？如果換成是我，光是抓個癢都會被關禁閉。

羅曼諾夫夜總會　眾星雲集

親愛的查理
上戰場要睜大眼睛，懂嗎？
亨佛利鮑嘉

西羅夜總會

親愛的喬弟
聽說你是硬漢？口說無憑，證據呢？
吉米凱格尼

穆索法蘭克燒烤餐廳　好萊塢老店

親愛的史塔克
送你一個吻。
麗泰海華絲

親愛的瑞雪兒

妳說過我可以寫信到大西洋岸給妳，所以我就寫了。目前我人在加州，和查理、史塔克在一起，今天晚上我忽然想到妳，因為我們在西羅夜總會和芭芭拉史坦威克一起吃飯（我要特別強調，我和她只是普通朋友）。我告訴她，她是妳的頭號偶像，所以，她在一份菜單上簽了名，叫我拿回去送給妳，然後她在我額頭上親了一下，當作跟我道晚安。菜單就附在信封裡，上面寫著「我最親愛的粉絲瑞雪兒，謝謝妳」，不過「最親愛的」那幾個字上面沾到巧克力慕斯醬。另外我還附了一張克拉克蓋博簽名的。雖然我不知道妳喜不喜歡他，不過，我們要求芭芭拉幫我朋友簽名的時候，他很不高興，因為我們竟然沒有要求他也簽名，所以我們只好請他也簽了一張。另外還有一張是米奇魯尼的，因為他也不高興。

還好我們現在還沒結婚，因為這次出來，我才明白我還需要多看看這個世界，多體會一點狂野刺激，然後再安定下來，這樣才對。不過，我還是希望妳在海邊也玩得很愉快。妳的眼睛比海洋更藍，妳的皮膚比浪花更白。雖然搭電車的時候，克拉克蓋博問我要不要跟他一起拍一部電影，不過，到時候我媽一定不答應，所以妳放心，我應該下個禮拜就會回學校，到時候我們又可以見面了。

愛妳的　喬弟

PS 噢，對了，茱蒂嘉蘭要我代她問候妳。

畢爾特摩大飯店　加州洛杉磯　聯合廣場

敬致各位旅客

如有空襲警報，請大家關閉房間的燈光，然後前往大廳，過程中請大家儘量保持安靜。等待警報解除的期間，我們會提供蛋糕和咖啡讓大家享用。

謝謝大家的合作。

飯店經理　敬上

哈蘭夜總會　中央大道之光

路易阿姆斯壯

琵兒貝莉

隆重登台獻唱　從今夜到星期日

親愛的馬古力太太和凱莉阿姨

隨信附上一張照片，是我在哈蘭夜總會拍的，我猜妳們一定很樂於把這張照片收藏在相簿裡。照片裡，喬弟在吹我的薩克斯風，而路易阿姆斯壯站在他旁邊吹小喇叭（比較矮的那個就是喬弟）。他說他並不是想出風頭，不過妳們應該知道他那小腦袋瓜裡鬼主意可多了。史塔克花了十塊錢，幫我們弄到一張靠舞台右邊的桌子（現在要花錢的事都由他負責，因為他是一等兵，我是二等兵），這樣一來，琵兒貝莉開始唱「神聖的路易藍調」的時候，我們靠得最近，所以喬弟對她擠眉弄眼，她看得很清楚。那一剎那，她忽然不唱了，然後轉頭告訴樂隊：「大家先暫停一下，我剛剛看到一個小帥哥。」然後她忽然問喬弟今年幾歲（他說他二十二歲，她也假裝相信。）接著，她問他怎麼會跑到中央大道來，他說他正好路過，所以就進來看看有沒有機會跟路易阿姆斯壯切磋一下。接下來我就知道他想幹什麼了，於是我就把薩克斯風遞給他。我平常都會把薩克斯風帶在身邊，因為可能會有人要求我跟他們合奏（其實從來沒有）。接著琵兒貝莉轉頭問阿姆斯壯：「聽到了嗎路易？有人來踢館了。」接下來，我們就看到喬弟站在舞台上演奏「月光小夜曲」，整個樂團在幫他伴奏。路易阿姆斯壯吹小喇叭的時候甚至還故意吹錯幾個音，免得大家注意到喬弟吹錯。後來，表演結束之後，阿姆斯壯問喬弟：「老弟，你是怎麼辦到的？」喬弟回答說：「就像你常常說的，老兄，這玩意兒我沒辦法解釋，只能靠你自己體會。」阿姆斯壯一臉得意，一副那句話真是他說的一樣。老天，他還真夠假的。現在，喬弟說他長大了想當黑人，可是我告訴他，這我恐怕幫不上忙。

這小子真是天不怕地不怕。妳們該不會不知道吧？

查理

PS 雖然我現在還沒有暗示他，不過我已經打算把薩克斯風送給他，讓他帶回家，反正看起來，他吹薩克斯風應該會吹得比我像樣。他有本事跟路易阿姆斯壯一起演奏，而我呢，每次一吹薩克斯風，就會有人氣得跳出來踹我，要不然就是拿棒球砸我的頭。不過，還是要拜託妳們提醒他要好好愛惜。

獻給山姆大叔的英勇戰士

好萊塢軍人俱樂部 巨星陪伴你

好萊塢卡環加大道1451號

艾伯特與柯斯特羅

安德魯姐妹

露西鮑兒

詹姆斯卡格尼

貝蒂戴維斯

約翰加菲爾德

茱蒂嘉蘭

麗泰海華絲

凱薩琳赫本

鮑伯霍伯

維若妮卡雷克

海蒂拉瑪

卡門米蘭達

米奇魯尼

史賓塞屈賽

拉娜透納

收件人：維若妮卡雷克小姐　　地　址：加州好萊塢卡環加大道1451號　好萊塢軍人俱樂部

親愛的維若妮卡

不知道妳還記不記得我。我就是那個陸戰隊士兵，昨天晚上和妳跳了九次舞，而且還跟妳求婚兩次。如果這樣妳還是想不起來，我還可以再提醒妳，當時我旁邊還有另一位陸戰隊士兵，加上一個十三歲的小鬼，他一直叫我「爸爸」。可是我一定要跟妳解釋一下，我今年才二十二歲，所以他出生的時候我才九歲，應該不可能是他爸爸。問題就在於我那個同伴一直慫恿他整我，因為他一直懷恨在心，為什麼我升了一等兵，他卻還是二等兵。

事情是這樣的，我知道妳一定和很多年輕小伙子跳過舞，而他們也都一樣跟妳求婚。不過，自從當年看過妳在「蘇利文遊記」和「雇用槍手」裡的演出之後，妳就開始在我心目中激盪出無窮盡的美麗夢幻。如果每個夢都能換成一塊錢，那麼，要是我把所有的夢送給羅斯福，他賣掉這些夢所換到的錢，大概足以用來支應這場戰爭的軍費。也許，就算我這樣說，妳還是不會覺得我有什麼特別，不過，我心裡還是懷著一點卑微的期望，不知道妳會不會願意讓我買個漢堡或巧克力蛋奶請妳吃？還是說，妳比較喜歡咖啡和甜甜圈？也許妳不知道，我只剩下三十六個鐘頭能夠享受自由的滋味，然後，我就要到海外去作戰了，而妳將會是最後陪伴我的女人。告訴妳這些，或許妳就會比較容易接受我，但其實我並不是很願意這樣做（雖然那些都是真的）。所以，我只想告訴妳，我住在畢爾特摩大飯店714房，如果妳願意，可以打電話給我，告訴我妳願意跟我見面。再仔細想想，如果妳願意讓我陪妳走一小段路，我就心滿意足了。

裘迪史塔克

PS 有一件事，不知道該不該告訴妳。其實在入伍之前，我本來是紐約巨人隊的一壘手。真的。所以，其實我也還算蠻有名的。

入場券　　　座位號碼：6區24排52號

明星隊 vs 天使隊

地點：格爾摩棒球場　好萊塢巨星之家　　時間：一九四二年三月二十四日下午一點

曼紮納棒球場　　入場券

曼紮納先鋒隊　決戰　聖彼得羅地鼠隊

一九四二年四月八日

曼紮納自由報

查理班克斯以特別來賓身分蒞臨棒球場

今天早上，紐約巨人隊巨砲查理班克斯意外出現在美國聯盟的比賽現場，對戰的雙方是聖彼得羅地鼠隊和曼紮納先鋒隊。班克斯抵達現場的時候，球賽正好進行到第二局。這位天王巨星三壘手向本報記者表示：「聽說我的好兄弟中村克雷在地鼠隊擔任三壘手，我當然不能錯過。有朝一日，這小子一定會成為天王巨星。」中村克雷現年十三歲，目前是地鼠隊的候補球員，不過，他現在已經成為正式球員，最主要的原因是他連續擊出兩支二壘安打……

小美聯盟排名

	勝	敗	勝率
漫遊隊	5	0	1.000
巨人隊	3	0	1.000
驚奇隊	2	1	.667
地鼠隊	2	1	.667
先鋒隊	2	3	.400
市長隊	1	3	.250
洋客隊	1	4	.125
紳士隊	0	4	.000

最高機密

收訊人：青蜂俠（中村克雷）　　位　置：三樓

克雷，我還是看不到那隻老鼠厄爾華倫。

最高機密

收訊人：影子俠（喬弟馬古力）　　位　置：四樓

因為牠痛恨人類。自從福田太太開始拿掃帚追殺牠之後，牠就開始痛恨人類。所以，你要一直守在床底下，眼睛盯著暖爐後面那片牆壁。

你知道嗎，我們認為炸沈亞利桑納號的人，就是福田賢志那小子，可是手頭上沒有證據。你想不想待在這裡幫我調查？

最高機密

收訊人：青蜂俠（中村克雷）　　位　置：三樓

嗄，我可以嗎？

最高機密

收訊人：影子俠（喬弟馬古力）　位　置：四樓

應該不行。陸軍那些人大概不覺得你會威脅到國家安全。喬弟桑，你必須像我們一樣青面獠牙才能待在這裡。

對了，謝謝你帶來給我的密碼書，這個新版本裡面又加了不少資料。

最高機密

收訊人：青蜂俠（中村克雷）　位　置：三樓

他們有沒有沒收你的收音機？

最高機密

收訊人：影子俠（喬弟馬古力）　位　置：四樓

本來沒收了，後來又還給我了，因為他們發現那收音機收不到山本五十六的廣播。昨天晚上我們開那台收音機，結果只聽到「日本傻瓜流浪記」和「雙傻大戰黃皮客」兩齣廣播劇，好熱鬧，笑死人了。對了，你覺得查理有辦法說服那個少校嗎？

最高機密

收訊人：青蜂俠（中村克雷）　位　置：三樓

他正在努力。白癡，當初我叫你留在布魯克林住我家，誰叫你不聽。

最高機密

收訊人：影子俠（喬弟馬古力）　位　置：四樓

你才白痴。快點！你看！厄爾華倫出來了！

最高機密

收訊人：青蜂俠（中村克雷）　位　置：三樓

哇塞！那隻老鼠好賊！

最高機密

收訊人：影子俠（喬弟馬古力）　位　置：四樓

牠可能是出來偷那個肉條當午餐吃。我根本吞不下去。

最高機密
收訊人：青蜂俠（中村克雷） 位　置：三樓
奇怪，牠怎麼了？

最高機密
收訊人：影子俠（喬弟馬古力） 位　置：四樓
牠好像吐了。

最高機密
收訊人：青蜂俠（中村克雷） 位　置：三樓
克雷，查理說最要好的朋友一輩子只會有一個，你相信嗎？

最高機密
收訊人：影子俠（喬弟馬古力）　　位　置：四樓

當然相信，影子俠。

最高機密
收訊人：青蜂俠（中村克雷）　　位　置：三樓

嗯，我也相信。

親愛的海柔

查理說得對，陸軍真是狗屁，羅斯福也一樣。我們發現他們把克雷的爸爸和叔叔關在杜利湖那邊的營區，同時考慮要不要把他們遣送回日本。後來，那些他媽的豬頭美國大兵終於發現，他們兩個根本一輩子沒去過日本，於是，他們只好放他們走，把他們送回曼紮納。現在，最起碼他們一家人又在一起了。

超美，真可惜妳沒親眼看到這小子的手法。來，告訴海柔，讓她瞧瞧你是怎麼幹的。

你來說。

首先我自己一個人先去找那個陸軍少校指揮官，因為（一）我是海軍陸戰隊，（二）我從前是紐約巨人隊的三壘手。可惜，這招對他沒效，因為（一）他痛恨陸戰隊，（二）他痛恨紐約巨人隊。

趕快告訴她祕密武器那一段。

快了快了。於是我就告訴他，克雷認為自己是青蜂俠，而且喬弟舉行成年禮的時候，因為我會在場，所以他就藉機賣門票。另外，他每天睡覺前都會禱告：「願上帝保佑杜洛奇」。我跟他說這些，目的就是為了證明他只是個普通小孩子，他的家人絕對不會是偷襲珍珠港那種青面獠牙的日本鬼子，床底下也不會藏炸彈。可惜，這招也沒用。

你還沒告訴她祕密武器那一段。

你猴急什麼啊？結果，少校的回答是：「這些人會威脅到我們的國家安全。」什麼跟什麼，難不成他以為克雷會拿玩具槍到德國去追殺艾森豪？我發現自己根本拿他沒皮條，這時候，我才忽然想到我還有祕密武器。

就是我！

這小子詐騙拉比，誘拐他答應讓我參加他的成年禮，這妳應該沒忘記吧？還有，他千方百計引誘我讓他進球隊當球僮，還記得吧？對他來說，這可不是那麼容易的事，因為我和拉比最起碼都還有長腦袋。不過這少校顯然是個漿糊腦袋，正好可以拿來給喬弟當活靶，練習詐騙技術。所以我就到營舍去把這小子拖出來。當時這小子和克雷兩個人窩在床底下看老鼠。

厄爾華倫好厲害，牠可以邊咬自己的尾巴同時還邊拉屎。太帥了。

我跟他說了一句：「好了，就你平常的水準，露一手給他瞧瞧。」然後就一腳把他踹進指揮官辦公室，讓他開始幹活。嗯，這下子少校真的不知道自己是怎麼死的。一開始喬弟先從蕃茄樹下手。當初軍方指控那些蕃茄樹瞄準洛克希德飛機工廠，於是喬弟就砲轟他說，那些蕃茄樹不是也瞄準巴西嗎，會死啊？接著他把整套憲法搬出來，一條一條大聲背出來，目的只是想證明憲法裡絕對沒有提到蕃茄會危害國家安全。不過，看起來少校還是不吃這一套。這時候，喬弟忽然改變戰術，開始自己瞎掰憲法條文。

只有第十九條啦。那一條提到的是女人的投票權，好像沒什麼屁用。

我忘了，你說憲法第十九條是什麼？

「非法拘留。美國人民享有生活的權利與自由，不得因族裔因素予以剝奪。」如果你事先不知道是我瞎掰的，你不會覺得當年麥迪遜制定的條文就是這樣嗎？

聽這小子瞎掰，感覺就像看到火車出軌，你根本束手無策，只能眼巴巴的看著火車翻車。我嚇得快要尿褲子，這輩子從來沒有這麼緊張過。但喬弟一點都不緊張。他繼續鬼扯。後來，他竟然扯到什麼大律師丹諾是他舅舅，而且還帶他和克雷去看棒球比賽，這時候，少校已經被他嚇住了，只好放走克雷的爸爸和叔叔。對了，丹諾不是早就死了嗎。

誰知道他已經死了好幾年？對了海柔，妳知道嗎，查理告訴報社記者，說克雷以後會變成天王巨星，

結果地鼠隊立刻把克雷升為正式球員。

不過我偷偷告訴你，就算你丟一顆超級大南瓜給克雷，他照樣打不中。話說回來，反正也沒人會指望一個小孩天天打全壘打對吧？更何況，假如你是紐約巨人隊的三壘手，你放個屁都會有人說是香的。

就連亨佛利鮑嘉也吃他這一套。

噢，對了，那天晚上我們在羅曼諾夫夜總會吃飯的時候，看到亨佛利鮑嘉就在隔壁桌，所以我們就拋銅板決定，看誰要過去跟他要簽名照。

我贏了。

你贏個屁。你那個銅板是史塔克給的，兩面都是人頭。不過，他甚至還沒走過去，亨佛利鮑嘉就自己走過來了。他跟我說：「嘿，你不是查理班克斯嗎？」妳看，亨佛利鮑嘉認識我耶，亨佛利鮑嘉耶！**他現在正跟英格麗褒曼合作拍一部電影，跟北非戰爭有關的，不過他勸我們不要浪費錢買票，因為電影公司之所以會找他去演那部電影，純粹只是因為喬治拉夫特不肯演。**

對了，妳知道誰答應和史塔克約會嗎？是維若妮卡雷克。我本來以為他又在吹牛，結果有人打電話到房間來，我去接電話，竟然聽到她的聲音。當時他正在洗澡，一聽到我說維若妮卡打電話來，立刻光著屁股從浴室衝出來，滿臉肥皂泡，還滑了一跤差點摔斷腿。

他那封信是我們兩個幫他寫的，整整寫了兩個鐘頭才讓他拿去寄。她本來以為我是史塔克的兒子。

拉娜透納和海蒂拉瑪也一樣。其實，整個好萊塢軍中俱樂部的女明星，有一半以上都以為喬弟是史塔克的兒子。那天晚上，只要發現史塔克去找哪個女明星搭訕，我就叫喬弟過去嚷嚷說：「爸，我想睡覺了。」，或是「爸，給我零用錢好不好？」，諸如此類。還好那天史塔克沒有帶他的野戰刀，要不然妳現在恐怕還在太平洋海邊撈屍塊，七年都撈不完。不過，維若妮卡雷克竟然肯跟他去「女人島夜總會」。

海柔，要是他真的娶了她當老婆，那我們這一大家子就有兩個大明星了——妳和維若妮卡。

那我呢？我不也是大明星嗎？

那就要看你肯不肯讓我跟你一起出海。

不行。

那你就不算大明星。

狗屁。

冒牌貨。

好了，小子，睡覺時間到了。明天一大早還要帶你去搭火車。

車票是史塔克買的。現在要花錢的都是他負責，因為他是一等兵，查理是二等兵。

別再混了。快點跟海柔說你愛她。

我愛妳，海柔。

我也愛妳。

喬弟和查理

PS1 克雷暫時待在曼紮納比較安全，就等戰爭結束吧。我還告訴他，我有時間就會來看他，以免他捅出婁子。不過，總有一天我一定會搞清楚，麥克阿瑟和杜威跟這件事到底有沒有關係。陸軍太丟臉了。

PS2　當哪天喬弟決定要快點長大的時候，他花樣一定會很多，對吧？真希望我能夠就近監督，問題是，現在南太平洋那邊的狀況很難預料，不知道哪天才能回得來，所以我實在放不下心。萬一他出了什麼紕漏要怎麼辦？所以我在信封裡附上另外一封信，等必要的時候你就交給他（不過，說不定我們要等很久才會被送出去，到時候搞不好我都已經比諾亞還老了）。

PS3　史塔克他們回來了。老天，他一定是吻到她了，因為（一）他的表情好奇怪，（二）他打開衣櫃尿尿。

戰情快報

美國空軍轟炸五座日本城市

（星期日報導）有一則快電令全球的同盟國成員士氣大振。白宮今天宣布，六架美國的B—25轟炸機直搗日本的心臟，在詹姆斯杜立德中校率領下，挺進號稱「無法觸及」的日本本土，對五座城市進行猛烈轟炸，包括東京、橫濱、大阪、神戶、名古屋。美國在太平洋地區沒有機場，而且，由於B—25轟炸機需要更長的跑道距離，不可能從航空母艦起飛，所以，這次任務至今依然是一個謎：「那些飛機到底是從哪裡冒出來的？」羅斯福總統諱莫如深，只肯給大家一個暗示：「香格里拉」——那是詹姆斯希爾頓的小說「失落的地平線」中虛構的地名，描寫喜馬拉雅山區一個傳說中的樂園。這次轟炸對日本所造成的傷害程度至今不明，不過，根據可靠的評估……

時尚人物專欄　文澤爾

美國大兵突擊東京，艾賽兒莫曼勇奪「愛的禮物」

詹姆斯杜立德在東京上空投下炸彈，山姆大叔士氣大振。接下來，有一位天王巨星也即將為山姆大叔再注射一針強心劑。根據圈內的傳聞，艾賽兒莫曼即將投入勞軍活動，和名製作人麥克陶德簽下合約，主演柯爾波特的新歌舞劇「愛的禮物」。該劇將於一月上旬在愛文劇院上演。這一次，歌舞劇天后演出的角色是「花兒」哈特，一個大戰時期德州飛機工廠的女工，她透過直升機的碳化物填充料接收到無線電訊號（也就是後來所謂的雷達波！）。

「這是柯爾繼『海上情緣（Anything Goes）』之後的另一巔峰之作。」艾賽兒在紅嘴鶴夜總會表示：「劇中有一首單曲『女神來來來來來來來來了』，請大家拭目以待。那是柯爾為我量身打造的，第一次聽他彈奏那首曲子，我立刻就明白，我必須答應演出這齣歌舞劇。」艾賽兒莫曼是永遠的第一！

親愛的超帥

你的步槍借我用五分鐘，我保證會把指紋擦乾淨再還你！要是哪天你聽說歌舞劇天后突然臨時退出那齣新劇的演出，你就假裝毫不知情，這件事跟你毫無關係。（儘管笑吧，你這死沒良心的，要是哪天巨人隊請她去當三壘手，看你還笑不笑得出來。不過仔細想想，她那種體型跟你還蠻像的，說不定很適合幹你那一行）。今天晚上我和喬弟在「台口餐廳」碰到她。她在台上唱歌，台下的名脫衣舞孃「吉普賽李玫瑰」看得猛打瞌睡。說起來，這兩個女人還真的很登對。誰想像得到，艾賽兒莫曼和吉普賽李玫瑰竟然會同台演出。（譯註：台口餐廳，Stage Door Canteen，是二次大戰期間美國最著名的軍人休閒俱樂部，也是美國聯合服務組織的中心，主要是為美國和同盟國官兵和眷屬提供休閒娛樂場所，有歌舞表演，可以跳舞，看電影。）

禮拜一那天，柯爾波特順道到俱樂部來，看看我是不是氣得不想跟他說話（我確實不想跟他說話），不過，他這個人一向有話就說，根本不管你生不生氣。當時我和喬弟正好在排練「酒綠花紅（Pal Joey）」戲裡的一首歌，一首輕快的舞曲。（你那個寶貝球僮說劇中那個男生也叫喬弟，所以他應該多唱一點。要是他有興趣的話，以後他真的可以幹這一行的經紀人，一定前途無量。）柯爾看我們在排練這首歌，立刻就插嘴說這首歌不適合我們唱，要我們唱另外一首「如意郎君在何方」。我猜那可能是因為那首歌是他寫的。我本來很想當場臭罵他一頓，叫他去死，但仔細想想，最好還是不要跟他翻臉，所以，我應該會原諒他，不過這一肚子氣恐怕要到十年後才會消。

我剛剛聽到收音機裡說，杜立德他們的飛機在中國迫降，日本人抓到他手下的兩個機組員。根據日本廣播「東京玫瑰」的說法，他們會接受公平審判，然後被處決（詳情我不太清楚）。你這個人很喜歡充好漢，所以我要你答應我一件事：哪天你們這些臭男人湊在一起比較誰那玩意兒比較大的時候，千萬不要因為別人撩撥你兩句，你就昏了頭跑去加入空軍。鄭重警告你，要是哪天你回來的時候缺手缺腳，我就不會再愛你了。更何況，我覺得你已經非常有男子氣概，所以不需要再充好漢。

聽羅斯福說，這場戰爭恐怕還會再拖兩年以上，所以，下次只要再有機會去看你，我一定不會抱怨路程太遠。

噢，我好想你。

全心全意的愛　海柔班克斯太太

PS1　喬弟對瑞雪兒說，她那一頭棕髮就像《真愛無疆》（My Friend Flicka）小說裡那匹野馬。奇怪，那是你教他的嗎？我拚命想跟他解釋，女孩子不喜歡有人拿她們跟畜牲比，可是他根本不理我——看樣子，他比較相信你是天字第一號大情聖。（其實仔細想想，我好像也覺得你是耶。）所以，我還是見好就收，不要再發表意見，看你表演就好了）。

PS2　另外，其實瑞雪兒早就被他收服了，死心塌地，只不過那二楞子還沒發現。我當然不會告訴他，因為那是你們男人該做的功課。女人不讓男人多吃幾年苦頭，豈不是太便宜你們了。

PS3　你一天到晚嚷嚷著說要他們趕快送你們出海，你給我閉嘴。你沒有看到「星條旗報」嗎？那裡多可怕啊。老實說，我還真想打電話給范德格里夫將軍，跟他檢舉你是共產黨——我寧願看到你留在國內被關進籠子裡，也不想看你到那種恐怖的地方搞得滿身泥巴大便，腰痠背痛卻沒有人可以幫你揉揉。所以，小心囉，千萬不要亂許願，因為你的願望很可能會實現。

戰情快報

日本攻佔科雷希多島，布魯克林區的餐廳聯合抵制日式火鍋

（星期三報導）日軍在兵力上擁有壓倒性的優勢，與我軍激戰六星期後，又連續對我軍進行了三百次轟炸。於是，今天早上，強納森溫萊特將軍終於宣布棄守科雷希多島，發表投降聲明。「我軍弟兄已無力抵抗。」於是，美國與菲律賓總計四萬兩千名官兵都遭到日軍俘虜。這是美國軍事史上空前的慘敗。根據一項尚未證實的傳聞，美軍俘虜慘遭日軍酷刑凌虐，而這很可能肇因於三月美軍對東京等五大城市進行轟炸，導致日軍懷恨報復。

然而，布魯克林的民眾聽到這個消息之後，群情激憤。該地區各餐廳的菜單上，「日式火鍋」一夜之間全數消失，取而代之的是「燉麵鍋」。小心了，東條英機。

美國海軍陸戰隊　同生共死　加州海濱市潘德頓營區

受文者：陸戰隊第二師全體官兵

發文者：范德格里夫將軍

主　旨：登艦事宜

星期二早上六點，巴士即將出發前往聖地牙哥港，屆時全體官兵將會分發至不同的艦艇。目的地目前還不能告知各位，不過，可以確定的是我們將航向升起的太陽。

祝好運

親愛的查理

我聽艾絲泰兒高曼說，她那個當兵的兒子瘦了三公斤，因為海軍發明了一種所謂的節約餐，船上一餐的份量連老鼠都會餓死。所以，在你出發之前，我會寄幾個包裹給你，你要留意一下。不過，不要指望奇蹟出現，因為現在物資嚴格配給，三份糖，兩份麵粉，天曉得烤箱裡會烤出什麼鬼玩意兒。

萬一你真的被送進叢林，願上帝保佑你。聽說那裡有很多恐怖的病，而該得那種病的人是希特勒，不是你。還有，腦袋不是拿來塞在屁眼裡，要拿出來用，看到子彈要儘量躲遠一點，懂嗎？

愛你的　凱莉阿姨

親愛的小鬼

你寄來的命令，我收到了，我想，我們心裡想的都一樣，不過，我還是列出一份清單，免得忘記。

V我會隨時提醒他閉嘴。

V我會盯緊他，躲在散兵坑裡絕對不准探頭出來。

V我絕對不准他走進地雷區。

V我絕對不准他靠近蚊子、蛇、蜘蛛、蜥蜴、蒼蠅、鱷魚之類的東西，不准他感染瘧疾、叢林皮病、登革熱，也不准他進入太高的草叢，因為裡面有獵人頭的土人。

V我會盯著他寫信給你。

這樣可以了嗎，老大？問題是——他比我高一個頭，胳膊比我的大腿還粗，你要我怎麼辦？搞不好我去跟日本鬼子拚命還比較沒有生命危險。

小鬼，不用替我們擔心，我們是陸戰隊。更何況，別忘了，二十一年來第一個演出無人支援三殺的人是誰？

你的好兄弟　史塔克

PS1　附上最新一期的「洋客周刊」，第十六頁有維若妮卡的照片。你要幫我盯著她，等我回來。全靠你了兄弟。

PS2　聽說你談戀愛談得轟轟烈烈，兄弟，有什麼絕技傳授老哥幾招如何？

親愛的瑞雪兒

妳可能還沒聽說，這個禮拜六晚上，我會在台口餐廳演出，跟我一起表演的人是全世界最紅的歌星海柔麥凱。理論上，我不能邀請任何非軍人身分的朋友來看我表演，不過，我可以偷偷從廚房把妳弄進來。妳絕對不能錯過這場表演。昨天晚上排練完後，好幾個大明星跟我們一起做義大利式冰淇淋，像是瑪麗馬丁，葛楚德勞倫斯，諾維考沃，吉普賽李玫瑰（我要強調她有穿衣服）。

怎麼樣，小美人，想不想來？

愛妳的　喬弟

親愛的喬弟

那些喜歡上夜總會飲酒作樂的男生，通常都不是好東西，至於那種和脫衣舞孃吉普賽李玫瑰一起吃冰淇淋的，更百分之百不是好東西。

還有，不要再叫我小美人。你又不是米奇魯尼。

瑞雪兒

親愛的瑞雪兒

妳覺得我這個人有什麼地方值得妳欣賞？

喬弟

親愛的喬弟

你的眼睛比鈔票上傑佛遜總統的臉還綠。

瑞雪兒

親愛的瑞雪兒

妳是說真的嗎？

喬弟

親愛的喬弟

不知道耶。

瑞雪兒

親愛的查理

我想到一個術語，以後你一定常常會有機會用到。GAPITA，女人真要命（Girls Are Pain In The Ass）。自從你走了以後，我為她做了好多事。

一，我好不容易幫她要到了芭芭拉史坦威克的簽名照，結果就在那個禮拜，她忽然說她比較喜歡瑪娜洛伊。

二，我拿了二十五朵蒲公英用橡皮圈綁在一起，放在她座位上，沒想到她竟然一屁股坐下去。

三，晚上九點半站在她家窗戶外面，用薩克斯風演奏「月光小夜曲」，沒想到房東太太竟然一桶水潑出來。

四，我細數彩虹的每一種顏色，拚命想形容她的美麗，沒想到她竟然只是冷冷的跟我說：「咖啡色這個字你拼錯了。」

五，我邀請她到「台口餐廳」看我表演，可是她竟然罵我無賴。

六，可是現在她又說她喜歡我的眼睛。老天，她們是故意在整人嗎？

巴丹島那件事我們已經聽說了，我們有些弟兄想反抗，結果卻被日本人強迫行軍，走路走到死。是誰說戰爭快結束了？所以，大英雄，有幾件事要提醒你。我不知道陸戰隊教了你什麼本事，不過打仗跟打球根本是兩回事，那是會出人命的。你以為那就像對付紅人隊或小熊隊嗎？狄林傑惹毛你，你就打爛他下巴，你以為打仗有這麼便宜嗎？史塔克說他會盯著你，所以，你別想幹什麼蠢事。就算日本鬼子罵你狗娘養的臭美國佬，你還是一樣給我乖乖躲在散兵坑裡，別想跳出來打人。看到苗頭不對就趕快跑，你拳頭再快也快不過子彈。我不是在開玩笑，查理，你絕對不准出事。而且別忘了，不管你到了哪裡，一定要想辦法通知我。

喬弟

ＰＳ１ 克雷要我告訴你，厄爾華倫咬了一個士官，而且還在他鞋子上撒尿。

ＰＳ２ 你可以騙陸戰隊，說星期一是我的生日，說不定他們就不會急著把你送出去，會叫你搭下一班船。說不定下一班船要等兩年後才會開，你覺得呢？也許我只是在異想天開。

ＰＳ３ 我必須想出新的招數，才有辦法再混進海軍造船廠。自從上次我的擦鞋箱被他們沒收之後，他們就學乖了，不管怎麼偽裝都騙不了他們。

親愛的喬弟

就在出發前，我們聽到了消息。我們的弟兄在中途島把山本五十六打得落花流水。看樣子，日本鬼子玩完了。這下子王牌在別人手裡，看他們怎麼玩。

德克馬蘭茲收到他一個好兄弟的信。他那個兄弟剛從澳洲回來，整個人被太陽曬成了黑炭（誰不會啊？）。他說他寫信回家，要他媽媽寄一些印度堅果給他，結果郵件審查員竟然把「印度」兩個字刪掉，因為我們有些弟兄就駐紮在印度，萬一送郵件的飛機被那個狗屁天皇打下來，可能會發現這個機密（難道他們真以為日本人不知道嗎？我們都已經在印度駐紮四個月了）。後來他又寫信給他在賓州的女朋友，一開頭就寫「親愛的珍珠」，因為他女朋友名字就叫珍珠，結果審查員把「珍珠」兩個字也刪掉了，因為這名字牽扯到一個港口，還有十二月七日那個悲哀的日子。我們都認為他那個朋友根本就是鬼扯，因為就算是陸軍也不可能笨到這種地步。不過，萬一他們真的那麼笨怎麼辦？萬一陸戰隊的審查員也跟他們一樣笨，那怎麼辦？重點是，我必須確保你隨時都知道我在什麼地方，這樣你才不會瞎操心。我不想讓你瞎操心，是有原因的。你必須知道真相，才能夠沈得住氣，堅強起來，因為會有人必須依賴你。比如說，萬一哪天你在報上看到我們的弟兄在新加坡被打掛了，而你心裡明白我就在新加坡，可是這時候，你必須去告訴海柔，我正在大溪地的海灘悠哉，喝雞尾酒曬太陽（我知道，我曾經要求你不准說謊，不過，你現在已經夠大了，應該要明白騙女生跟說謊是兩碼子事。如果你覺得真相會讓她們傷心，那你就應該騙她們）。所以，我和史塔克研究出一個方法。從現在開始，只要你接到我的信，先看看第二個句子。在那個句子裡，每個字的第一個字母拼湊起來就是我們要去的地方。舉個例子：

親愛的喬弟

我不能告訴你我在什麼地方，不過他們都認為我們是英雄。我們不管到哪裡都很有名（We are known everywhere）。

明白了嗎，WAKE，意思就是我們被送到威克島（馬紹爾群島中的小島）。底下列出每個島嶼的代號：

GUAM 關島	Getting up at midnight.（半夜起床）。
NEW GUINEA 新幾內亞	Nobody ever wanted Germany until it nailed England’s ass.（德國攻擊英國之後，大家才開始想對付德國）。
TARAWA 塔拉瓦環礁	Those Aussies really are wicked artillerymen.（那些澳洲佬真是爛砲兵）。
BATAAN 巴丹島	Bees are too angry at night.（蜜蜂晚上會氣炸）。這是史塔克想出來的。你這輩子鐵定沒看過比這更蠢的句子。在我看來，這根本就像用紅筆在句子底下畫線，告訴那些審查員：這就是密碼。
TOKYO 東京	Turn over Kaiser, your out.（投降吧德國佬，你們玩完了）。這是我的得意傑作。

老天保佑，希望我們不會被送到埃尼威托克島或是艾奧里拜瓦島之類的地方，因為那裡根本沒有日本鬼子，沒仗好打。另外，如果某一封信會提到這些地名，我會特別在信的開頭打一個星號（＊親愛的

喬弟），這樣你收到普通信件的時候才不會搞混，硬是從第二個句子搞出GISWOERP之類的怪名字，然後在地圖上找個半死也找不到（不過，要是你真找到了，我也不會覺得奇怪）。

老天，你真的遜斃了。你簡直像陀螺一樣被瑞雪兒轉著玩。你送蒲公英給她幹嘛？你還不如乾脆送她一條狗項圈好了，順便教她怎麼把項圈套在你脖子上，這樣死得更快。你是想讓進度倒退五十年嗎？搞清楚一件事——你褲襠裡有根屌，並不代表你夠資格耍那根屌。天底下沒那麼便宜的事，你要學的還多得很。下次她再跟你過不去，比如嘲笑你拼錯字，或是罵你無賴，那你就假裝很無奈的嘆口氣，然後看著她的眼睛說：「唉，看樣子，妳一定不想再見到我了。」然後你就轉身走開，垂頭喪氣慢慢走，能走多遠就走多遠。而且，更重要的是，無論在任何情況下，絕對不准回頭看。這樣一來，她就會嚇到屁滾尿流，然後開始想：「天哪，我是不是玩過頭了？」或是「再不表白，恐怕就來不及了。」每當女人開始感覺到自己已經毀了自己下半輩子，眼睜睜看著夢中的白馬王子像煮熟的鴨子飛了，她們心裡就會開始七上八下。偷偷告訴你，有情報顯示，她早就死心塌地愛上你了，所以囉，翻盤的時候到了，不准再龜縮。不過，你這小子腦袋瓜裡想什麼，我實在太清楚了。我知道你頂多只能憋十五分鐘，到時候如果她還是沒有開口叫你，你一定又會寫一封信給她，開頭就是：「親愛的瑞雪兒，我忍不住還是會想妳。」碰，你又被她一槍斃命了。別幹這種傻事。

我們已經在運兵船上三天，不過我到現在還沒暈船。倒是史塔克，他已經吐到連膽汁都吐光，大概連我的份他也幫我吐了（現在這也是由他來負責，因為他是一等兵，我是二等兵）。大夥兒都很羨慕他，因為只有他不會肚子餓。船上總共有兩千五百個大男人，可是餐廳卻只能塞進三百個（我說的是那種瘦巴巴的傢伙），所以，我們一天只能吃一頓飯。昨天布洛克班長指著夏洛的大腿問馬蘭茲：「不知道這玩意兒加點醬料吃起來滋味怎麼樣？」夏洛立刻回了一句：「像爛掉的雞屁股啦！」然後人就一溜煙不見了。他一整天躲在船尾甲板後面，一直到船上吹熄燈號才出現。不過，我倒是賺翻了，凱莉阿姨給我的那種尖尖的椰子點心，現在一個叫價兩毛五。

另外，船上的水不夠用，一天只供應半個鐘頭。有時候忍不住心裡會嘀咕，外頭不多的是海水嗎，他們都不會想辦法拿來用啊？船上只有四十個洗臉槽，可是兩千五百個人必須在三十分鐘內洗好臉刮好鬍子。看到這種場面，我忽然想到有一次我和海柔去梅西百貨，那天正好女裝跳樓大拍賣。眼前只看到大門口擠滿女人，排成長長的一列，那場面就像奧運女子百米的起跑線，大家在等槍聲。

目前我們準備要停靠到南太平洋的一個基地上，和另外幾個師的船會合。他們是從英國諾福克和其他地方來的。等船靠岸我會再寫信給你。

查理

PS1 我的薩克斯風，你至少一個禮拜要拿出來擦一次。從前我是禮拜四擦，至於你要哪一天擦，隨你的便。

PS2 白天的時間，他們會教我們怎麼用暗號，因為一旦進了叢林，我們可能會碰上穿著美國陸戰隊制服的日本間諜。其中有一個暗號是：「一九四一年的大聯盟冠軍賽，哪一隊輸了第四場？」有一半的人回答「布魯克林」，另外一半的人回答「米奇歐文」。不過還是有另外第三半的人回答「湯米漢里奇」。接下來就是一場大混戰。後來，他們決定剔除這個暗號。你看，說漢里奇搞鬼的人不是只有我一個吧。

PS3 海柔寫信來說，她幫你慶祝生日，而且還帶你去無線電城看米奇魯尼主演的電影。真可惜我沒辦法陪你。我的心情你一定懂的，對吧？想想看，剛認識你的時候，你才十二歲，那張嘴超賤。現在呢，你已經十四歲了，那張嘴還是一樣賤，不過倒是長高了點（只有一點）。真不敢相信，自從上次帶你去巡迴比賽，到現在已經整整一年了，時間過得真快啊。

親愛的超美老婆

真不好意思，已經過了兩個鐘頭都還沒寫信給妳。不過，這是因為我剛剛寫了一封很長的信給喬弟。我叫他無論如何都不准再寫情書給瑞雪兒。這招應該會有效。等他一接到我的信，看到我警告他不准寫信，他很可能會馬上寄信給她。我還不知道這小子嗎？

上面已經在吹熄燈號，不能再寫了。等十一點半，他們以為我們都睡著了，我再寫給妳。

最愛妳的超帥老公

診療醫師：唐納魏斯頓醫師　診療對象：喬弟馬古力

問：你真的要這樣？

答：那當然，每次他想叫我做什麼的時候，一定會故意叫我不要做，然後再假裝生我的氣，這樣我就不會發現自己中了他的計。

問：如果你故意中他的計，結果會怎麼樣？

答：每次都贏。

問：如果你故意跟他唱反調呢？

答：我會連內褲都輸掉。有沒有看過卡通影片小木偶？他旁邊那隻蟋蟀說什麼都對。

問：嗯。

答：呃，我旁邊也有一隻蟋蟀。你知道嗎，克雷說得對，查理腦袋瓜比我聰明多了。

問：那你打算怎麼辦？

答：怎麼，你覺得我看起來像白癡嗎？當然是繼續中他的計。

親愛的瑞雪兒

有些話我一定要告訴妳。

芭芭拉史坦威克並沒有親我的額頭。我唯一一次碰到她，是在停車場，當時我趕快拿菜單拜託她幫妳簽名。其實，我根本不認識吉普賽李玫瑰，也不認識葛楚德勞倫斯、諾維考沃這些人。

先前我告訴妳，我和葛倫米勒大樂團的桃樂絲華克一起跳舞，其實純粹只是想試探一下，看看妳會不會吃醋。

其實我從來沒想過到處跟女生鬼混。就算有那個本事我也不願意。

如果說這輩子有一件事是我很希望從來沒有發生過的，那就是，我曾經拿黃雪球丟妳。真的很對不起。

台口餐廳根本不准喝酒，只能喝果汁和汽水，所以妳放心。

我還是很希望妳跟我一起去。妳可以坐在舞台右邊的包廂，看我和海柔唱歌給妳聽。到時候，全世界都知道妳是我的女朋友。

我時時刻刻都在想妳。我想妳，並不只是因為妳那金黃燦爛的頭髮和湛藍的眼睛。

我愛妳。

寫這封信給妳，希望妳不要生氣。可是，我甚至還不知道妳到底喜不喜歡我。所以，這是我最後一次問妳了。願上天保佑妳會喜歡我。

愛妳的　喬弟

戰情快報

隆美爾席捲北非
巨人隊橫掃波士頓

（星期三波士頓報導）德軍元帥隆美爾攻下海港城市托布魯克，然後率領他的坦克師挺進埃及，深入一百公里。同一時間，紐約巨人隊也像德國部隊一樣，橫掃波士頓，連續打贏四場比賽，征服強敵勇士隊。自從班克斯和史塔克入伍服役，到太平洋去作戰之後，巨人隊就像跛了腳一樣，戰績跌入谷底。不過後來，強尼麥茲和比利韋伯加入球隊，分別駐守一壘和三壘，搖搖欲墜的巨人隊開始起死回生，昨天在勇士球場，巨人隊從第五名快速竄升到第二名。

親愛的查理

老天，還好你現在是在南太平洋，不是在馬球球場，否則你會活活氣死。巨人隊連輸了九場，而他們現在之所以能夠保持在最後一名，是因為沒有更爛的名次了。我不知道是哪個天才想出來的主意，把比利韋伯擺到三壘接替你。其實他們如果叫凱莉阿姨去守三壘，說不定還不會死得那麼難看。昨天那個比利連續漏接，被三個高飛球砸中腦袋，四個滾地球從他胯下溜過去，而且打擊的時候兩好球兩壞球，他竟然揮棒（面對甘伯特這麼賊的投手，白癡都知道不能揮棒），而且棒子還從手中滑出去，飛到一壘，差點砸中壘上米奇維特克的腦袋。我跟你打賭，哪天你和史塔克回巨人隊的時候，他們會立刻給你們英雄式的歡迎，不用等你打出全壘打。他們看到你一定會樂歪。

我知道你叫我不要寫情書給瑞雪兒，而且你很可能又會生我的氣，可是我真的忍耐了很久，差不多有一個鐘頭，最後還是忍不住寄出去了。我忘不了她那種似笑非笑的表情，嘴巴沒笑，眼裡卻充滿笑意。還有，每次凱西范恩說笑話，她都會笑得好開心。我忘不了她那種銀鈴般的笑聲。每次想到這些，我就克制不了自己了。我恨自己為什麼沒辦法逗她笑得那麼開心。但不管怎麼樣，我還是把寫給她的情書寄給你看看，你可以臭罵我一頓洩憤。

海柔會給你一個大驚喜，不過我先不說，讓她自己來說。

你的好兄弟　喬弟

親愛的超帥老公

這期的「生活雜誌」拿我當封面女郎，不過，這並不是我自己想要，更何況，照片裡我穿著連身工作服，手上拿著焊槍，一點都不合我的胃口。這都是你那個寶貝兄弟害的。他不擇手段想混進海軍造船廠，幫忙製造俯衝轟炸機。你也知道他，一旦下定決心——結果，布魯克林忽然無緣無故空襲警報。後來，他打算從排水管溜進去的時候，顯然被他們逮個正著。結果，他纏住了一個什麼沃奇斯將軍，說自己認識全世界最有名的歌星「海柔麥凱」，只要他們肯讓他在生產線上工作，他就可以叫海柔麥凱幫他們宣傳。呃，你說我能怎麼辦？現在你隨便翻開報紙都會看到，鄉下小姑娘不肯待在農村，她們都丟掉打蛋器，拿起老虎鉗。你應該看過報上那種標題吧：「大砲坦克女工——家鄉的巾幗英雄！」於是，「生活雜誌」派一堆記者抱著照相機來了，然後我就裝個樣子組裝機身。真難想像我是怎麼裝出來的，我平常連炒個蛋都有問題。

不知道今天晚上你在哪裡。希望你平安無事，睡得舒服。

我愛你。

海柔班克斯太太

PS 我對天發誓，以後不會再當封面女郎了。

＊親愛的喬弟

我不能告訴你我們在哪裡，不過我最起碼可以告訴你我們不在哪裡。不是衣索匹亞，那裡的斑馬會吃羚羊腿，而且從來不跳舞（譯註：Not Ethiopia where zebras eat antelope legs and never dance.。句中每個字的第一個字母拼出來就是紐西蘭。）史塔克真以為這種鬼暗號混得過去？他腦子真的有問題。到了那邊根本沒事幹，只剩下兩件事：（一）休息三個禮拜，等別的師過來集合，然後再出發去打仗。（二）看電影。那邊的電影真是老掉牙，連聽都沒聽過，而且電影裡的人走路的樣子好奇怪，看起來動作好快，而且還會跳（克拉拉鮑是誰啊？）。不過，這裡倒是發生一件好玩的事：史塔克被袋鼠踢到屁股。

你寫給瑞雪兒的信，我看過了。搞什麼東西，你幹嘛又扯什麼黃色的雪球？難不成你們結婚的時候你還要送她一個？還有，你當我是傻瓜嗎？什麼「我知道你叫我不要寫情書給瑞雪兒，而且你很可能又會生我的氣……」少狗屁了，臭小子。你早就明白我根本就是在誘拐你寫信給她的，對不對？你花了多久想通的？十秒鐘？九秒鐘？三秒鐘？你從前比較容易騙。當初在辛辛那提的時候，我誘拐過你一次，用這種方法逼你學會了《摩西五經》，你還記不記得？（仔細想想，搞不好從頭到尾被誘拐的人根本不是你，而是我。一開始，我告訴你我打死都不可能帶你去巡迴比賽，結果呢，我最後還是帶你跑遍了半個芝加哥，而且還拚命拉住你不讓你跟桃樂絲華克跳舞，因為我怕你的臉撞到她的胸部。所以囉，到底是誰在誘拐誰？）還好瑞雪兒不像我這麼了解你，否則，要是她想通了，她就會明白，所謂的「這是我最後一次問妳了」，真正的意思是「最後一次不行就從頭再來」。死賴到底的功夫，你堪稱天下無敵。

有件事令我非常火大，知道是什麼嗎？我剛剛才發現，等我們到了目的地之後，史塔克、馬蘭茲還有夏洛他們都會去搶灘，可是我卻沒辦法跟他們去，因為布洛克班長告訴我，上頭那些老屁股有交代（可能是羅斯福，也可能是范德格里夫，也可能是摩西，也可能是耶穌基督，管他是誰，反正都是狗屁）：「華盛頓方面有令，他們不希望有棒球明星在戰場上送命，因為帳會算在他們頭上。這樣上了新聞對宣傳不利。」這輩子你聽過比這更蠢的事嗎？他們打算塞給我一部打字機，叫我守在運兵艦上的通訊室。笑死人了，他們恐怕必須先教會我拼字。不知道是誰想出這個鬼主意，他一定是腦子殘廢（意思就是很可能是羅斯福）。

可是小子，我真有點不放心。史塔克有時候會有點楞頭楞腦，尤其是，如果我沒在旁邊盯著他，他很容易幹蠢事。如果你不相信，可以去問那隻踢他屁股的袋鼠。所以，有空就多替他禱告吧。他是我們的好兄弟，不是嗎？

查理

PS 我們在美軍電台聽到比賽新聞，其實巨人隊是第二名，不是倒數第一名。另外，比利韋伯這個人還不錯（以老屁股的標準來說）。你真是狗屁到家了。

親愛的海柔班克斯太太

我認識一個E連的傘兵，他牆上貼了一大堆美女照片，其中一張就是「生活雜誌」封面上的妳，旁邊還有琪塔里維拉、麗泰海華絲等一票性感艷星，妳們身上的衣服全部的布料加起來還不夠做一條嬰兒尿布。呃，當時我想了一下，然後很快就一拳揍在他臉上（也許我應該叫妳老公來揍，不過既然我是一等兵，他是二等兵，那還是我來好了）。所以哪天如果妳需要幫你們兩個生的小查理找個教父，別忘了是誰在南太平洋為保護妳的名譽挺身而出。

史塔克

PS 妳最好盯著那小鬼。看他追女人的本事，他很有可能會比我和查理更早當爸爸。

親愛的喬弟

我從來沒見過像你這樣的男生。一開始，你在我頭髮裡塞青花菜，在我的便當盒裡放大麻，而現在，你竟然要我跟你去夜總會。嗯，說不定我還是會跟你去，儘管我自己都搞不懂為什麼要去。也許那是因為你比米奇魯尼可愛，不過只可愛一點點。

我媽說我可以玩到晚上十點再回家。不過，要是吉普賽李玫瑰當場脫衣服，我馬上走人。

瑞雪兒

PS 你最好別誤會，跟你去夜總會並不代表我以後會嫁給你，也別以為我會讓你吻我。應該不會。

親愛的喬弟

現在我在船上的通訊室，這裡有台打字機。我本來想用打字機寫信給你，可是，不知道是打字機有問題，還是我手殘廢，想敲大寫字母卻怎麼也敲不出來，試了一堆按鍵，好不容易終於敲出大寫，可是現在我又不知道要怎麼變回小寫。算了，我還是決定用手寫。

目前我們的位置在南太平洋正中央，正要去問候狗屁天皇的部隊，應該明天就會抵達。現在上面還是不肯說那是什麼地方，恐怕還是要等到明天才會知道。

瑞雪兒已經死在你手裡了。你知道我是怎麼看出來的嗎？關鍵就在那句：「我從來沒見過像你這樣的男生。」小子，幹得好。不過，你送她去台口餐廳的時候，千萬別忘了要幫她別上一朵紫色的花。女生都喜歡在衣服上別那種花。你可以去問海柔，她一定知道那是什麼花。還有，不要龜縮，時間到了就抱住她吻下去。打蛇要打七寸。

查理

PS1 你從來沒告訴過我，你在她便當盒裡放大麻。豬頭。

PS2 別忘了，你要繼續提醒她黃色的雪球。你已經兩個禮拜沒再提了。

親愛的查理

禮拜六晚上七點我就要帶她去台口餐廳了，距離現在還有九十四小時二十一分。我真怕到時候我會把你交代的事全部忘光。所以現在我先列出一份清單，複習一遍。

不准說髒話，像是狗屁、操你的、豬頭之類。

要記得幫她開門。

把紫羅蘭別在她衣服上的時候，手不能抖得太厲害。

萬一她說出很蠢的話，比如「南達科他州的首府是費城」，在這種情況下，我一定要忍耐，就算咬嘴唇咬到出血，我都要告訴她，她說得真對。

不可以放屁。

我和海柔在台上唱歌的時候，一定要記得轉頭看她，對她笑一下，至少要一次。

不要擺出一副大人物的姿態。

要是她想跟我討論鈾元素，不要阻止她。

記得要把那張顏色的清單放在口袋裡，因為萬一我想說她眼球很白的時候，可能一時會忘了要用什麼東西來形容。

走出地鐵站送她回家的路上，我一定要牽她的手（查理，我不知道該怎麼牽。我一直沒機會練習。媽的，我現在才十四歲，好像不用那麼急吧，我看再等幾年好了，你說呢？）

你比海軍陸戰隊上面那些傢伙聰明多了。他們沒有刪掉斑馬和羚羊那個句子，所以我猜得出來你先前在什麼地方。後來，我查了一下地圖，忽然想到那天你在船上說你還不知道明天他們會送你去哪裡。我已經猜到那是什麼地方了。記不記得我寄給你的那張用具清單？就是在勇士球場比賽那張，上面有諾亞的問題。上次我叫你塞在鋼盔裡面。我在其中一個問題底下寫了一段話：「就算是大智大慧的鎖什麼門也說不出這種答案」。呃，好像有一個什麼群島就是用鎖什麼門這名字。你現在應該就是在那裡，要不要賭？

好了，我得趕快複習，只剩下九十三小時四十八分了。

你的好兄弟　喬弟

PS 想不想聽個笑話？還記不記得藍尼畢爾曼？當初我和克雷被那傢伙揍得很慘，後來是你出面警告他，他才不敢再打我。現在有人每個禮拜給我五毛錢，要我幫他做代數功課，你猜是誰？有一次他考了八十三分，還特別買了一個漢堡請我吃。老天，他真的被你治得服服貼貼。我有沒有跟你說過謝謝？要是我忘了說，那我就真的太爛了。

戰情快報

陸戰隊攻擊所羅門群島

（星期五瓜達爾卡納爾報導）今天，美國海軍陸戰隊在所羅門群島的瓜達爾卡納爾島發動攻擊，這是太平洋戰爭爆發以來美軍首度攻擊。日本帝國派駐重兵，誓死捍衛該島，因為該島掐住西拉克海峽的咽喉，而島上的韓德森機場有簡易跑道，是美軍鎖定的重要戰略目標。在日軍的全球戰略部署中，瓜達爾卡納爾島是他們在南太平洋最重要的軍事基地，如果美軍能夠順利攻佔該島，那麼盟軍在南太平洋就有落腳地，可以切斷日軍往返拉包爾港的補給線。

根據報導，今天早上美軍登陸小艇停靠到綠灘上的時候，並沒有遭到猛烈抵抗，只有零星的步槍火力。目前，戰爭部長正準備發動下一波反擊行動……

＊親愛的喬弟

我不能告訴你我們在什麼地方，不過這次醫護人員會特別忙。Gee usually all doctors are lucky — camps and nurses and leaves.（醫生通常都運氣不錯，有帳篷有護士，還有折疊桌。譯註：第一個字母拼湊起來就是Gudalcanal，瓜達爾卡納爾。）這一段我寫了足足兩個鐘頭，你應該知道為什麼。

今天我們失去了一個好朋友夏洛。他是第一波搶灘的人，結果還來不及跳下船就中彈了。後來我發現他才十六歲，只比你大兩歲。或許這就是為什麼，聽到這消息之後，我一直忍不住會想到你。我想到你寄給我的第一封信，當時那種狀況，我們幾乎不可能會成為朋友。我還想到後來，你告訴我你爸爸和娜娜伯特的事，當時，你看起來還好小。如今回想起來，我們真的一起經歷過好多好多事。

喬弟，有些話我一定要告訴你。每個人早晚都會碰上麻煩，而你運氣不錯，很早就解決了這個問題。想知道我的祕密嗎？我跟你一樣，很小的時候就碰上麻煩。我媽是餐廳的女服務生，一九一八年的時候，她感染熱病過世了，當時我才兩歲。我對她的印象很模糊，不過，看她的照片，她很漂亮，長得像我哥哥。可是我老子是個無賴，如果貓身上的跳蚤可以拿去當鋪換錢，那跳蚤鐵定會被他抓得一乾二淨。後來有一天，他的屍體被人抬回家來，因為他在麥迪遜跟人械鬥，被人一槍打死。（我早就告訴過你，外面流傳的資料是不能隨便相信的，特別是棒球卡）。這也就是為什麼，哈蘭是我唯一的偶像。帶我去上學的人是他，做飯給我吃的人是他，我被欺負的時候，保護我的人也是他。他還教我怎麼吹薩克斯風，教我怎麼像個男人，怎麼打棒球。另外，我常常被我老頭毒打，要不是有哈蘭保護我，我可能早就被活活打死。就在我老頭死前三天，他逮到我在玩他的野戰刀，立刻拿一根球棒要追打我。哈蘭拚命想攔住他——結果，我送哈蘭去醫院的時候，他已經奄奄一息，鼻孔一直冒血。後來的事，我先前已經告訴過你。那都是真的。他硬撐了四天，不過，他並不是被投手的球打到頭，而是被我老頭打死的。這件事我從來沒告訴過任何人。

小硬漢，但願你能夠平平安安的長大。「第一章——我出生了。」永遠不要忘記。

查理

PS1 馬蘭茲剛剛用無線電問我們需要什麼補給品，史塔克回答說，他需要的是「洋客雜誌」，而且必須是裡面有海蒂拉瑪那一期。看樣子，他狀況還不錯。

PS2 你收到這封信的時候，我敢打賭你已經吻到她了。怎麼樣，吻到了嗎？小子，我們開了賭盤，我全押在你身上。你從來沒輸過。

台口餐廳節目表

紐約市西四十四街 240 號

新星之歌——凱卡瑟大樂團

禮物——艾德嘉柏根，查理麥卡錫

機槍之歌——葛蕾絲菲爾茲

再見吾愛——雷博爾格

蓋布瑞爾之風——艾賽兒莫曼

你是否願意——海柔麥凱，喬弟馬古力

熱力四射——吉普賽李玫瑰

布拉姆斯漫步——班尼古德曼大樂團

歡樂晚餐——南西華克

南美風情——安德魯姐妹

禁忌的蘋果樹——瑪麗馬丁

瑞典小夜曲——貝蒂康姆登，阿道夫葛林，茱蒂霍樂迪

女神來了——艾賽兒莫曼

美妙旋律——海柔麥凱

全力以赴進行曲——雷博爾格，南西華克

親愛的查理

我吻了她。我吻了她。我吻了她。我吻了她。我吻了她。我吻了她。我吻了她。我吻了她。我吻了她。我吻了她。我吻了她。我吻了她。我吻了她。我吻了她。我吻了她。我吻了她。我吻了她。我吻了她。我吻了她。然後我又吻了她第二次。(第一次吻到她嘴唇,不過第二次沒瞄準,吻到她下巴)。可是你知道嗎,沒想到牽她的手竟然那麼容易。我真是笨到不可思議。

我做錯了幾件事,你聽到一定會氣炸。

一,我幫她打開台口餐廳大門的時候,手上全是汗,一不小心門把滑掉,門板撞到哈伯馬克思的額頭。

二,我上台和海柔唱歌的時候,轉頭看著右側包廂的瑞雪兒,對她眨眨眼睛笑一下,結果後面的歌詞忘得一乾二淨(後來海柔說當時她氣得想把我抓起來塞進低音大喇叭)。

三,我們回到布魯克林的時候,時間還早,所以我們就散步繞到公共蓄水池那邊,一路上我一直牽著她的手,一點都不緊張,彷彿跟她這樣手牽手已經很久很久了。後來,我伸手指著蓄水池,告訴她我小時候曾經在裡面尿尿。我也搞不懂為什麼要跟她說這個。

四,後來,我覺得時候到了,該吻她了,於是我就拿出薩克斯風,想演奏「月光小夜曲」營造一點氣氛,可是我滿腦子想的全是她的嘴唇,所以我的嘴形有點怪怪的,吹得五音不全,這時忽然有個男人推開窗戶大罵:「喂,你吹那什麼屁,叫魂哪!」於是我立刻不吹了,一把抱住她就吻。

查理,這全是你的功勞,我希望你能回來當我的伴郎,就算必須划船去載你回來也沒問題(你一定願意對不對?必要的話,我會等到你回來)。我想去找梅爾奧特,拜託他讓我們在馬球球場舉行婚禮,你覺得他會願意嗎？我們甚至不需要整個球場，只要三壘就好了。

喬弟

PS1 現在已經是凌晨四點二十五分，不過，管他的，三更半夜又怎樣？下半輩子我恐怕再也睡不著覺了。萬一錯過了什麼東西，那怎麼辦？

PS2 對了，忘了告訴你，最棒的是她竟然主動回吻我。

PS3 巨人隊目前掉到第三名。這次是真的，不過，少了你，巨人隊反正就是爛。

PS4 他們什麼時候會讓你回來？

西聯通訊電報

收訊人：海柔班克斯太太　　地　址：紐約市西八十九街311號

很遺憾告知您，您的丈夫二等兵查理班克斯英勇殉國，進一步詳情正持續查詢中，謹向您和您的家人致上最深的哀悼之意

亞契范德格里夫將軍

親愛的喬弟桑

我剛剛在廣播裡聽到這個消息。我本來以為又是奧遜威爾斯那驢蛋在惡搞，就像他上次在廣播裡宣稱火星人攻擊地球，搞得跟真的一樣，嚇死一票人。不過這次，我爸說那是真的，我也只好相信。你還好嗎？

喬弟桑，那年我奶奶過世的時候，我哭了三天，後來是你送我一個青蜂俠的戒指，還記得嗎？當時，我叔叔跟我說了一句話，我一輩子忘不了。他說：「克雷，儘量去想那些快樂的時光，這樣你就比較不會難過。」你知道我為什麼一輩子忘不了嗎？因為我試過這個方法，結果發現我叔叔根本就是鬼扯。其實我想說的是，當初有誰肯大老遠跑來警告畢爾曼，叫他不准再欺負我們，有誰願意帶你去巡迴比賽？只有查理。當初是誰說我是什麼明日之星，哄地鼠隊升我當正式球員？只有查理。其實我自己心裡有數，我根本就是爛咖。當初有誰肯幫你出點子，讓瑞雪兒愛上你？也只有查理。更重要的是，他所做的這一切，都是出自真心，打心底願意。希望你也試試看，儘量去想那些快樂的時光，雖然我知道你一想到他一定會哭。你確實應該為他哭泣。查理值得你為他哭泣。

一等他們放我們出來，我馬上去布魯克林看你，就算必須用走的我都會去。你應該知道，我是說真的。

你一輩子的好朋友　克雷

PS1　如果我把青蜂俠的戒指還給你，你心情會不會好一點？

PS2　其實我並沒有比較喜歡梅爾奧特。我還是比較喜歡查理。他應該知道吧？

奇祖克阿穆諾會堂　函

紐約市布魯克林區園邊大道 1243 號

親愛的喬弟

聽到查理過世的消息，我內心非常沈痛。我們全會堂的人也都和你一樣同感悲痛。查理很重感情，而且非常關心你，為了你，他總是全力以赴。你可以永遠以他為榮。

星期五晚上，我們將在他的葬禮上朗誦猶太祈禱文，另外，我會請人把忌辰燭送到你家，等到他周年忌日那天，你們可以用來為他點燃二十四個鐘頭。當然，這樣做違反我們猶太教的教規，因為他不是猶太人。不過，為了查理班克斯，我們差不多已經違反了所有的教規，只差這一條。現在總算補齊了。

要是你傷心過度，覺得自己已經快要無法承受，別忘了，你隨時可以來找我。

最真摯的祝福　莫里斯李伯曼拉比

親愛的小鬼

我知道，那種感覺有點像是眼睛瞎了，或是斷了腳變成殘廢，不管他們怎麼教你走路，你心裡都明白自己再也沒辦法像從前一樣了。對我來說，查理不只是一個朋友。他早已成為我生命中的一部份。他永遠知道該怎麼做才是對的（比如找維若妮卡雷克出來約會），不過，他也會做錯事（比如和費爾梅西打架，還有打群架導致我們輸掉和勇士隊那場比賽）。不過，就算我搞砸了，他也從來不會生氣。他就只是告訴我：「你看吧，下次別再搞砸了。」我注意到他對你也是這樣。小鬼，這就是我們的兄弟。

我覺得我應該要讓你知道他最後出了什麼事，因為在最後那一刻，他心裡掛念的人就是你。當時是搶灘後第三天，我和另外八個弟兄在海灘上巡邏的時候遭到伏擊。我們躲在一截樹幹後面，趴著不敢動，根本沒地方逃。於是，馬蘭茲用無線電通知運兵艦上的人，可是他們說沒辦法派人支援，因為敵人的炮火太猛烈。這時候，查理知道了這件事。他立刻一拳打倒了一個士官，然後跳上一艘登陸小艇。當時天上掉下來的砲彈簡直像傾盆大雨，事後統計差不多有七萬公斤，但他開著登陸小艇在砲火中穿梭，彷彿視若無睹，只當是下雨。後來，他終於登上海灘，當時我半開玩笑問他說：「怎麼這麼慢才來？」他說：「沒辦法，找不到停車位，快點快點。」那種感覺，就像當初他拚命擊出安打，把我從三壘送回本壘得分，免得我又搞砸。當時，趴在地上拚命爬回登陸小艇的時候，我只記得自己滿腦子想的是：「要是桃樂絲拉摩親眼看到這一幕，該有多好。」然後我聽到查理在我後面悄悄說：「喂，史塔克，這件事你無論如都不准告訴喬弟，否則他一定會想自己試試看。」接著，旁邊忽然兩發砲彈爆炸，查理就這樣走了。不過，我們九個都逃過一劫。

當初你說他是英雄，你真的說對了。不過，他為什麼是英雄，你只了解一半。等你年紀再大一點，可以跟我一起喝酒打屁的時候，我就會告訴你另外一半。我保證一定會告訴你。

你的好兄弟　史塔克

親愛的喬弟

我打了兩次電話到你家，可是你阿姨說你暫時沒辦法跟別人說話。我想，我可以了解你的心情。但無論如何，我還是要告訴你，我很難過。

「勝利之歌」快要上映了，在國王戲院，不過，我一定要你帶我去看，你不去，我就不去，就算錯過了我也無所謂。所以，等你從威斯康辛回來之後，一定要趕快打電話給我喔。求求你求求你。

瑞雪兒

查理班克斯長眠九泉之下

（星期六威斯康辛州雷辛鎮報導）查理林登班克斯，紐約巨人隊的巨砲，也是大無畏的勇者。如今，在世人心目中，他註定要成為有史以來最偉大的棒球員。今天，就在雷辛鎮，在簡單的葬禮結束後，查理被安葬在他哥哥哈蘭的墓旁。珍珠港事變爆發後，他自願加入海軍陸戰隊擔任二等兵，而後，八月九日，為了援救數名被敵軍砲火困在灘頭上的陸戰隊弟兄，他不幸陣亡在瓜達爾卡納爾島。那天正是他二十五歲生日之後的第三天。

參加葬禮的人，除了他的遺孀名歌星海柔麥凱，還有來自大聯盟各隊的好手。生前，查理曾經是他們可敬又可畏的對手。其中包括紅雀隊的史丹穆西爾，印地安人隊的羅波德洛，洋基隊的湯米漢里奇，小熊隊的費爾卡瓦瑞塔，參議員隊的爾利韋恩，道奇隊的米奇歐文，紅襪隊的強尼派斯基，紅人隊的強尼范德米……

親愛的喬弟

那天從賓州車站回到家的時候，看到一封慰問電報，是艾賽兒莫曼寄來的，可是我卻不太相信那是真的，因為我覺得那很可能是查理在天上跟我開玩笑：「嗨，超美，看看我偽造文書的功力，怎麼樣，不賴吧？我只是要提醒妳，其實我並沒有離開妳。我永遠都在妳身邊。」我猜他大概是在天上太無聊，想找我打撲克牌玩吹牛，既然如此，我就陪他玩一把。於是，我發了一封電報邀她來陪我喝杯茶，沒想到她竟然答應了。這下子麻煩了，我老公鐵定在天上笑得滿地找牙。

我還記得從前，你和查理還有我，我們三個在一起玩得很開心。某些時候，我甚至覺得我們三個在一起，比我和查理兩個人一起度週末還開心。那些你還記得嗎？本來以為自己已經夠會哭了，可是那天聽凱莉阿姨朗誦《腓利比書》：「今獻此身以彰顯耶穌基督之榮耀，生時戮力，死後亦然。」我哭到難以控制。直到那一刻，我才明白凱莉阿姨是多麼心疼他。後來，當我聽到你朗讀悼念文，我幾乎快崩潰——其實，這早在我意料之中。假如他當初沒有遇見你，很難想像今天的他會是什麼模樣。從前，我常常和查理吵架，因為他一天到晚鼻青臉腫，頭破血流。可是後來，我嫁給他的時候，他已經熟讀《摩西五經》，而且還成為「年度模範父親」。喬弟，這一切多虧了你。

我曾經告訴過你，我們共同的使命就是好好照顧他——我想，我們算是已經盡力了。現在，輪到他哥哥來照顧他了。他和哈蘭已經九年沒有一起打棒球，現在，他們終於可以隨心所欲盡情的打，直到永遠。

謝謝你走進他的生命，也走進我的生命。

永遠愛你　海柔

PS 你要從加州回紐約的前夕，查理寄了一封信給我。他交代我，要是他出了什麼事，我一定要把那封信交給你。所以，我把信也擺在信封裡。你拆開來看的時候，可以試著想像他是在巡迴比賽的旅途中寫信給你。從某個角度來看，他現在也是在路上。很遠很遠的路上。

親愛的喬弟

真希望你永遠不會看到這封信。如果你看到了，那就代表我騙了你，因為我曾經答應過你，我會永遠陪在你身邊。不過，不要怪我，因為當時我沒想到後來會發生珍珠港事變，否則的話，當初我就會告訴你我「應該」會永遠陪在你身邊。

雖然長大成人必須歷盡千辛萬苦，不過，你已經不需要再擔心了，因為，最艱苦的部份你已經度過了。接下來，你只能靠自己了。有幾件事我覺得應該要提醒你：

一，人身上有兩種很不一樣的東西，一個叫腦子，一個叫心，其中一種常常會害你惹禍上身。有些時候，你會搞不清楚自己用的是腦還是心，你會感到恐懼。不過，沒什麼好怕的，因為除了你自己，沒人知道你搞不清楚。我這輩子就從來沒有一天搞清楚過。該用腦還是用心，其實很難說。

二，每個人內心深處都藏著某種值得珍惜的東西，不過，那並不一定會顯現出來。有時候，你必須歷經千辛萬苦才會發現，但無論如何都不能放棄。假如當初我沒有用心去瞭解真正的自己，那麼你今天看到的我，恐怕就只是一個火爆脾氣拳頭硬的三壘手。

三，如果有一天你變得很有名，或是很有錢，或許你會希望我有機會活著看到這一切。你放心，從某個角度來說，我一定看得到，從很高的地方。

最後一件事，也是最重要的。很久以前，我曾經告訴過你，我不確定你以後會不會是一個了不得的人。還記得嗎?現在我可以告訴你，你確實不是個簡單人物。

小子，我愛你。

查理

尾聲

雷辛鎮商會　主辦

一九七七年查理班克斯日

一九七七年八月七日星期日

典禮流程

早上十點　在班克斯墳前升旗　地點：雷辛鎮墓園
來賓致詞：吉米卡特，美國總統
朱利安麥肯納，威斯康辛州長
喬弟馬古力，作家兼運動專欄作者

中午十二點　自助餐　地點：退伍軍人大會堂

下午兩點　華特佛隊　vs　雷辛鎮隊（一九七七年郡聯盟冠軍）地點：雷辛鎮棒球場

門票：一百元

所得全數捐贈查理班克斯獎學金信託基金，威斯康辛州立大學一九七七年八月七日。這一天，本來應該是查理六十歲的生日。這次，雷辛鎮商會總共募到了五萬美金，這意味著，又有兩個窮人家的孩子可以進入威斯康辛州立大學了。加油，這是查理班克斯的心意。對一個連「伊利諾州」這個字都會拼錯的人來說，用他的名字來設立獎學金，真有意思。

其實，我本來並不打算參加這次募款活動。事實上，過去這十五年來，他們每年都會邀請我，但我一概拒絕。那種感覺，就像當年那個在硫磺島上撐住國旗的海軍士兵。自一九四六年以來，他從來不曾接受過任何訪問。有時候，內心的傷痛是禁不起任何輕微的碰觸。不過，有一天，我那個九歲的小鬼忽然找上我：

咖哩：你跟他通信的時候，他是不是已經被列入棒球名人堂？

我　：還沒。

咖哩：當時有沒有人在賣印著他相片的襯衫？

我　：還沒。

咖哩：他會帶你到處去玩嗎？

我　：常常。

咖哩：他會教你怎麼做事情嗎？

我　：會。

咖哩：你愛他嗎？

我　：我很愛他。

咖哩：那我覺得你應該去。

於是，我打開了那個盒子。那盒子被我上了鎖，整整塵封了三十五年。放在最上面的就是那個紫心動章和橡葉動章。兩個動章一起收在那個裝撫恤金的信封裡。再來就是他的皮夾。我本來以為我不敢翻開皮夾看裡面的東西——不過，很意外的，我忽然發現自己很想看看。沒錯，就是這個。那張照片是史塔克拍的，在辛辛那提的克洛斯利球場。當時，我們都穿著巨人隊的球衣（老天，現在看來，當年我簡直就是小蝦米。那麼小的個子，真不知道自己哪來那麼大的嗓門。這始終是一個謎，不過我並不想搞清楚）。查理伸手壓住我的帽子，我歪頭瞪著他。當時他對我說：「要是你長得再矮一點，我就可以用你的頭當桌子，在照片上簽名。」當時我沒有踹他一腳，是因為他說得一點都沒錯。

接下來，我看到了那些信。知道嗎，我說得沒錯，有時候，內心的傷痛是禁不起任何輕微的碰觸。特別是，揭開你傷疤的人，剛好是你那個九歲的小鬼。那一剎那，你忽然明白，原來藏在你內心深處那最幽微的傷痛，就是你無法確定查理到底知不知道你也同樣愛他。不過，當我拿起第一個信封，立刻就明白回顧過往倒也未必是壞事。「你只差一點點就被我三振出局。算你走運。一九四一新年快樂。你的兄弟。」是的，他知道我也愛他。

當年那些人，現在怎麼樣了……

海柔麥凱住在曼哈頓市中心的獨棟住宅，而且，那棟房子是她丈夫幫她設計的。結婚二十六年來，他們夫婦一直是大建築師法蘭克洛伊萊特的左右手，為他打理巨額的財產。五十歲那年，她終於勉強承認自己的青春歲月已經到了盡頭，於是，她在全國各地展開一系列巡迴演唱會。演唱會場場爆滿，掌聲雷動，證明了這位年屆半百的一代巨星在歌迷心目中依然魅力不減。對了，她終於和她的死對頭艾賽兒莫曼言歸於好。一九七五年，兩個人同時應邀在ＣＢＳ週年慶晚會上表演。整整二十分鐘，就是她們兩個並肩坐在高腳凳上，聯手對唱她們當年的招牌曲。只要是那天晚上親眼看到她們表演的人，一輩子都忘不了那一幕。

裘迪史塔克成為美國大聯盟史上唯一和艾娃嘉娜約會過的左撇子一壘手。雖然當年在媒體上鬧得沸沸揚揚，不過兩人最後還是沒有開花結果。她一直把他當成是超級全壘打王米奇曼托的替代品，而他也一直把她當成拉娜透納的化身，兩個人最後也就不了了之。一九五五年，他和「垮掉的一代」代表人物傑克凱魯亞克一起上路，從此以後，他就再也擺脫不了那種生命的體驗。後來，他隱居在新罕布夏一所大學教哲學，只有他的學生才准稱呼他「史塔克」。一九六二年，他被列入棒球名人堂。

我媽到八十八歲那年都還維持著嚴格的「猶太潔食認證」的生活方式。我幫她請了一個佣人，不過，那當然不會有任何意義。

我　：媽，妳在做什麼？

我媽：做什麼？你以為我還能做什麼？我那兩個寶貝孫女明天要來，我總不能讓她們以為我住在豬窩吧。

查理過世以後，她就再也沒聽過任何巨人隊比賽的轉播。後來，球隊遷移到西部去的時候，她半滴眼淚也沒掉。最近，她開始迷上大學美式足球。

凱莉阿姨有幸活到親眼看到我的書出版才過世。她甚至還把印刷校樣拿去看，質問我說我的編輯是不是「非猶太女人」。我還記得她過世前那年的逾越節，那是我們最後一次共享逾越節晚餐。後來她癌症過世的時候，家裡的人才終於知道她得了癌症。那天晚上，當然還是由我負責禱告，不過，凱莉阿姨要求我在禱告內容中加入一條：「明年我會在耶路撒冷」。她說那句話的時候，一臉煞有其事，可是我們都不當一回事。後來我們都很遺憾。一個月後，她就過世了。內心深處，我全心全意相信她終究踏上了前往「許諾之地」的旅程。

中村克雷現在是舊金山的民權律師，專長是「日裔美國人非法拘留補償」。多年來，他一直極力奔走，拚命遊說政府把錢吐出來。這個國家虧欠了十二萬個美國公民。我上次跟他見面的時候，兩個人開車到曼紮納營區。我們本來以為，時間的洪流應該早已沖走了過往集中營的痕跡，那片土地應該早已回復到原本蘋果園的面貌。但沒想到，那一切竟然都還在——警衛亭，帶刺的鐵絲網。當年的軍事基地面貌依舊。我們在裡面搜尋了一下，很快就找到當年他住的營舍，還有他連續擊出兩支二壘安打的球場。然後，我們兩個都哭了，緊緊抱住對方。有時候，就只能這樣了。

三月十二日那天，我爸爸過世了。葬禮只有三個人參加，悲哀的是，娜娜伯特不在其中。那三個人當中，有一個是他從前生意上的夥伴。我偷偷聽到他嘀咕說：「我只是來看看那王八蛋是不是真的翹辮子了。我從來就沒信任過他。」拉比找不到人願意朗讀悼念文，所以只好親自上陣。他花了三天時間寫悼念文，最後好不容易從《傳道書》摘錄出一段經文，草草結束了葬禮。其實，我根本不在乎他的葬禮隆不隆重。對我而言，我爸爸早在一九三六年就已經死了。不過還好，後來我生命中出現了更多美好的人。

一九六一年，我建立了自己的家庭。說得更準確一點，是一九六一年一月二十日。那一天，正好就是甘迺迪就職幹總統的日子。（老天，要是班克斯還活著，他會多痛恨甘迺迪：「他對待這個國家，就像他對待瑪麗蓮夢露一樣——而她最起碼還跟他吃到一頓飯。」諸如此類）對了，最後我真的和瑞雪兒結婚了。從前，查理一直叫我要相信自己的直覺，而瑞雪兒就是我第一個直覺。咖哩有兩個姊姊，一個叫莎拉，今年十一歲，一個叫珍妮，今年十四歲。我們家是一棟黃石砌成的三層樓房子，在布魯克林，距離我小時候住的房子只有四個地鐵站的距離。就算有人付我一千萬美金，我也不會離開布魯克林。知道為什麼嗎?因為我終於發現，我記憶中的布魯克林根本沒有我爸爸的存在。

我記憶中的布魯克林，只有查理。從前是，以後也永遠是。

〈全文完〉

國家圖書館出版品預行編目資料

我的三壘手／史蒂夫．克魯格
Steve Kluger作；陳宗琛譯　初版
臺北市：鸚鵡螺文化，2012.08
面；公分。——(infiniTime005)
譯自：Last Days of Summer
ISBN 978-986-86701-4-3(平裝)
874.57　　　　101013768

鸚鵡螺文化

InfiniTime 005

我的三壘手

Last Days of Summer

Last Days of summer: A Novel by STEVE KLUGER

作　　者—史蒂夫．克魯格
Steve Kluger
譯　　者—陳宗琛
選 書 人—陳宗琛
美術總監—Nemo

出版發行—鸚鵡螺文化事業有限公司
台北市大安區仁愛路四段
122巷63號13樓之1
電話：(02)27550725
傳真：(02)27557376
郵撥帳號—50169791號
戶　　名—鸚鵡螺文化事業有限公司
電子信箱—nautilusph@yahoo.com
總 經 銷—大和書報圖書股份有限公司
ISBN 9789868670143
定　　價—新台幣330元
初版首刷—2012年9月